Un vétérinaire trop sexy

*

Ambitieuse et amoureuse

AMY RUTTAN

Un vétérinaire trop sexy

Traduction française de
MARIEKE MERAND-SURTEL

BLANCHE

HARLEQUIN

Collection : Blanche

Titre original :
TEMPTED BY THE SINGLE DAD NEXT DOOR

HARPERCOLLINS FRANCE
83-85, boulevard Vincent-Auriol, 75646 PARIS CEDEX 13
Service Clients — www.harlequin.fr
ISBN 978-2-2805-1255-8 — ISSN 0223-5056

Édité par HarperCollins France.
Composition et mise en pages Nord Compo.
Imprimé en février 2025 par CPI Black Print (Barcelone)
en utilisant 100% d'électricité renouvelable.
Dépôt légal : mars 2025.

FSC
www.fsc.org
MIXTE
Papier issu de sources responsables
FSC® C159065

Pour limiter l'empreinte environnementale de ses livres, HarperCollins France s'engage à n'utiliser que du papier fabriqué à partir de bois provenant de forêts gérées durablement et de manière responsable.

1

— Ne me regarde pas comme ça !

Harley Bedard toisa d'un œil sévère Willow, sa cockapoo noir et argent. Si la petite chienne la fixait ainsi, c'était parce que Harley terminait son petit déjeuner rapide avant de commencer sa tournée matinale. Willow réclamait toujours tout ce que sa maîtresse mangeait. Elle s'approcha, son regard empli de convoitise intense. Elle tira sa petite langue rose, mouillant son nez noir et sa barbe argentée.

Harley grogna, mais sourit à la petite cabotine. Difficile de résister à cette adorable frimousse. Elle lui tendit un morceau d'œuf brouillé, que Willow engloutit avec avidité.

— Ne dis pas que je ne suis pas gentille, marmonna Harley en lui grattant l'oreille. Tu es prête pour nos corvées ?

Willow éternua deux fois et secoua la tête. C'était un oui.

Harley avait beaucoup à faire aujourd'hui. Elle devait s'occuper des chiens en pension dans le chenil. Comme ce n'était pas un jour de garderie canine, il n'y aurait pas une arrivée en masse de clients, mais elle avait une séance de toilettage en fin de journée. Trois chiens connus sous le nom de « la horde », qu'elle essayait donc de programmer un jour sans garderie. Son amie Christine, qui dirigeait le refuge local pour chats, avait besoin de son aide pour examiner un nouveau lot de chatons et de chats plus âgés qui avaient été abandonnés, et un locataire venait signer un bail pour la maisonnette qu'elle possédait au bout de son jardin, derrière le poulailler. Lorsqu'elle avait acheté la propriété trois ans plus tôt, la petite cabane était déjà là. Elle l'avait rénovée. Habituellement, elle recevait des touristes désireux de passer quelques semaines au cœur du comté de Huron et qui aimaient sa petite maison d'hôtes nichée sur ses douze hectares, juste à l'extérieur d'Opulence, en Ontario. Cette fois, c'était différent. La maison était réservée pour tout l'été.

Le locataire était le gendre du vétérinaire local, le Dr Michel Van Dorp. Ce dernier était semi-retraité et ne cachait pas qu'il voulait que son gendre reprenne son cabinet.

La clinique vétérinaire était essentielle à cette partie du comté de Huron, qui était une communauté agricole. Harley y travaillait si besoin en tant qu'assistante vétérinaire. Mais seulement quand elle en avait le temps. Son chenil et son entreprise de toilettage prenaient de l'ampleur chaque année. Heureusement, elle avait embauché de l'aide.

Un nouveau vétérinaire et une clinique redynamisée seraient très bénéfiques pour la communauté. Michel voulait continuer à travailler, Harley le savait, mais il n'arrivait plus à suivre. Il vieillissait et sa santé n'était pas au mieux depuis la mort de sa fille, Daphné, deux ans plus tôt.

Daphné n'avait que trois ans de plus que Harley. Sa mort avait choqué tout le monde et avait failli tuer Michel.

Cela faisait cinq ans qu'il essayait de prendre sa retraite et qu'il avait fait appel à d'autres vétérinaires, mais aucun n'était resté. Les citadins disaient apprécier la vie à la campagne, mais ils l'aimaient quand elle était ensoleillée, belle et parfaite. Personne n'aimait aider une vache à vêler par moins quarante degrés. Ce n'était pas l'affaire de Harley. À Michel de se débrouiller. Tout ce qu'elle pouvait maîtriser, c'était son entreprise Cosmopawlitan Opulence, ses animaux et sa location d'été. Elle avait conclu un prix raisonnable avec Michel pour loger son gendre, le Dr Ryker Proulx, pendant l'été. Michel était optimiste quant à la possibilité que ce soit prolongé. Il était certain que le Dr Proulx voudrait rester. Harley avait des doutes. À moins d'être d'ici, personne ne restait vraiment. Elle était bien placée pour le savoir.

Quatre ans plus tôt, elle était tombée amoureuse d'un vétérinaire venu à Opulence. Ils s'étaient rencontrés alors que Michel lui présentait la clinique, et Jason l'avait complètement séduite. Il lui avait dit qu'il l'aimait et qu'il aimait la vie à la campagne, et après une idylle fulgurante, il l'avait demandée en mariage.

Elle aurait dû savoir que c'était trop beau pour être vrai.

Ils avaient organisé un mariage en grande pompe. La famille et les amis étaient venus de tout le comté de Huron pour la voir épouser son prince charmant. Ils avaient rêvé d'agrandir la clinique vétérinaire, d'acheter un terrain, de fonder une famille. Jason avait promis tant de choses.

L'amour. Le partenariat. La confiance.

Harley avait acheté la plus extravagante des robes de mariée, toute en froufrous et blancheur mièvres. Elle était si excitée par ce conte de fées avec l'homme de ses rêves.

Elle s'était présentée à l'église, prête pour son bonheur à venir. Mais Jason, non.

Il l'avait plaquée au pied de l'autel.

Quatre ans auparavant

Lorsqu'elle rentra chez eux, elle vit qu'il avait fait ses bagages. Jason sortit de leur chambre. Il semblait navré, mais résolu. Elle connaissait bien cet air déterminé.

— Pourquoi ? demanda-t-elle, tétanisée, perdue.

— Je vais à Toronto. J'y ai une opportunité que je ne pourrai jamais avoir ici.

— Mais qu'en est-il de nous ?

Jason prit l'un de ses sacs et le mit sur son épaule.

— Tu ne serais pas heureuse en ville. Tu n'étais même pas heureuse

à Hamilton, et c'est plus petit que Toronto. Tu me l'as dit. C'est mieux comme ça.

— Ah oui ? lâcha-t-elle d'une voix brisée.

— Oui. Tu es heureuse ici. Tu as de grands projets. Je serai plus heureux en ville et j'ai des objectifs à atteindre. Le mariage, pour l'instant, n'est pas une bonne idée. C'était une erreur.

Elle ne répondit pas. Elle resta plantée là, engourdie.

— Au revoir, Harley.

Cela lui avait fracassé le cœur.

Il ne voulait pas de la vie qu'ils avaient planifiée ensemble. Elle avait été idiote et ne se ferait plus jamais d'illusions. Et elle ne mettrait plus jamais son cœur en jeu.

Jamais, au grand jamais.

Elle avait travaillé dur pour acheter ses douze hectares toute seule après que son fiancé l'avait quittée. Avant de connaître Jason, quand elle travaillait à Hamilton, elle avait fait des heures supplémentaires, économisé. Puis elle était retournée à Opulence, sa ville natale, l'avait rencontré, et ils étaient tombés amoureux. Elle avait pris une partie de ses économies, dépensant de l'argent pour le mariage qui n'eut jamais lieu. Ensuite, elle avait remis de côté tout ce qu'elle gagnait. Depuis, elle avait petit à petit développé son entreprise à Opulence et, aujourd'hui, elle avait enfin retrouvé ses marques. Les choses s'amélioraient. Elle avait ses animaux, sa ferme, c'était tout ce dont elle avait besoin.

N'est-ce pas ?

Harley enfila ses bottes en caoutchouc et attrapa son casque antibruit, car le chenil était très sonore.

Elle devait s'occuper de Toby et Gordo, les deux chiens actuellement en pension chez elle, puis aller voir les alpagas qu'elle avait recueillis, Gozer, Vince et Zuul, Elle devait nourrir sa flopée de poules tarées qui aimaient pondre des œufs partout et la poursuivre. Elle sortit, suivie de Willow.

Willow ne pesait que dix kilos, ce qui n'en faisait guère un bon chien de défense. Harley l'avait depuis huit ans, depuis qu'elle avait aidé le vétérinaire de la clinique de Hamilton à réparer ses genoux en mauvais état. La plus faible de la portée, Willow était le seul chiot que l'éleveur ne pouvait pas vendre, et Harley en était vite tombée amoureuse.

Dès qu'elle entra dans le chenil, Toby et Gordo exprimèrent leur joie. Le casque permit d'étouffer les aboiements et les jappements excités. Elle aimait que les chiens soient si heureux de la voir, mais ses tympans, moins.

— Allez, cria-t-elle par-dessus l'agitation.

Lorsqu'elle ouvrit le portillon du jardin clôturé, Gordo, Toby et Willow s'élancèrent. Heureusement, tous trois s'entendaient bien, et elle n'avait pas à les séparer. Elle changea leur eau et remplit leurs écuelles.

Elle laissait les chiens jouer pendant qu'elle se dirigeait vers ses alpagas. Ces derniers reniflèrent et se levèrent dans leur enclos, ravis de sa venue. Harley s'assura que la barrière de la pâture était bien fermée avant d'ouvrir la porte de la grange. Une fois tout terminé, elle laissa les alpagas sortir pour qu'ils broutent de l'herbe fraîche. Vince, Zuul et le petit Gozer trottinèrent dans le soleil matinal, tandis qu'elle prenait une fourche pour nettoyer leur stalle.

— *Bonjour*, dit une voix en français, alors que quelqu'un lui tapait doucement sur l'épaule.

Harley poussa un cri, lâcha la fourche, pivota pour saisir l'intrus par les revers, dans l'intention de le renverser au sol mais, au lieu de cela, elle glissa sur des excréments et tomba dans un tas de foin sale. L'inconnu s'écroula sur elle, ou plutôt entre ses jambes, avec un « Ouh là » suffoqué.

Harley arracha son casque.

— Qui êtes-vous, bon sang ?

Des yeux gris intenses, avec une pointe de jaune, rencontrèrent les siens alors qu'il écartait ses cheveux noirs de son visage. Son souffle se bloqua dans sa gorge, son visage s'empourpra lorsque leurs regards se croisèrent.

Son cœur battait la chamade, et elle oublia une fraction de seconde que ce type qu'elle venait de jeter par terre, qui était presque couché sur elle, était en fait un parfait étranger.

— Je suis le Dr Ryker Proulx. Votre locataire pour l'été, répondit-il en se relevant d'au-dessus d'elle.

— Ah !

Bien sûr. Elle venait d'essayer, sans succès, de faire du *krav-maga* avec son nouveau locataire. Avec un peu de chance, il ne donnerait pas à sa petite maison un mauvais avis sur le site de location. Elle était un brin décontenancée. Elle n'avait jamais rencontré le gendre de Michel.

Daphné avait déménagé à Montréal après l'université et s'était mariée alors que Harley était encore à la fac. Comme beaucoup de gens qui quittaient leur petite ville pour des pâturages plus verts, Daphné n'y était jamais revenue, si ce n'est pour rendre visite à sa famille.

En regardant son mari, Harley comprenait pourquoi. Pas de doute, Ryker était bel homme, mais elle avait déjà été embobinée par un physique séduisant.

— Désolée ! Je ne pouvais pas vous entendre.

Elle tâtonna dans la paille à la recherche de son casque anti-bruit, qu'elle brandit comme pour dire : « Et voilà ! »

— Vous voyez ? dit-elle, voulant souligner qu'elle n'attirait pas des gars au hasard sur elle dans sa grange. Je ne vous ai pas entendu arriver.

Ryker balaya un peu de paille sur son épaule.

— Je m'en doutais.

— Bienvenue, lâcha-t-elle, toujours assise dans un tas d'excréments d'alpaga.

Oh. Mon Dieu, Harley. Ressaisis-toi.

Son frère David disait toujours qu'elle jacassait à tort et à travers devant les hommes sexy. Lui aussi, d'ailleurs. Elle sentait la chaleur monter de son cou à ses joues.

Un petit sourire se dessina sur les lèvres de Ryker. Il lui tendit la main pour l'aider à se relever. Elle la prit, son pouls s'accéléra, un nœud commença à se former dans son ventre tandis qu'il la hissait vers le haut. Il était plus grand qu'elle et son cœur s'emballa lorsqu'elle l'étudia.

Ryker était exactement son type. Ses cheveux noirs étaient un peu longs, mais pas au point de frôler ses épaules. Sa bouche généreuse avait une expression ferme tandis qu'il considérait les alentours de sa grange. Sa mâchoire ciselée laissait entrevoir une barbe naissante. Il était vêtu d'une veste en cuir noir, d'un T-shirt blanc et d'un jean bien ajusté qui n'avait pas connu la moindre journée de travail dans les champs. Ses bottes en cuir noir étaient également cirées.

Tout en lui clamait la ville, qu'il n'appartenait pas à Opulence, et cela renforça encore sa conviction, à ce moment-là, qu'il ne resterait pas. C'était un estivant.

— On va signer le bail ? proposa Ryker.

— Oui. Michel est là ?

— Oui. Il frappait à votre porte quand je vous ai vue dans la grange, répondit-il avec un net accent canadien-français.

— D'accord.

Jeter un nouveau locataire dans un tas de fumier n'était pas la meilleure façon de le rencontrer, mais c'était ainsi. Elle sortit de la grange et vit Michel près de son pick-up rouge.

— Te voilà ! s'exclama-t-il.

— Tu es en avance, dit-elle, espérant qu'il n'avait pas remarqué que son gendre était couvert de paille, de terre et de fumier.

— J'ai pensé que tu serais déjà levée.

— Je me lève toujours tôt, admit-elle en souriant. Je suis contente que vous soyez passés. J'ai une journée chargée. Je dois aller à Blyth aider au refuge pour chats cet après-midi.

— Je m'en doutais. J'ai entendu dire qu'ils avaient recueilli un tas d'animaux errants, dit Michel.

Elle confirma d'un hochement de tête, regardant Ryker avec inquiétude par-dessus son épaule. Il était encore en train d'enlever de la paille et de l'excrément séché.

— Harley, j'aimerais te présenter mon gendre, le Dr Ryker Proulx, de Montréal. Ryker, voici l'assistante vétérinaire à qui je fais souvent appel et, comme tu le sais, elle est aussi ta propriétaire pour l'été !

Ryker fixa ses yeux gris sur les siens, les écarquillant momentanément sous l'effet de la surprise, et parcourut rapidement sa personne du regard de haut en bas, ce qui la fit frissonner d'excitation.

— L'assistante vétérinaire ? demanda-t-il.

— Oui, acquiesça Michel.

Son regard croisa à nouveau celui de Ryker. Il avait toujours l'air surpris. Elle savait qu'elle était hideuse, avec sa salopette trop large, ses bottes en caoutchouc qui lui arrivaient aux genoux, son débardeur miteux, ses cheveux à peine brossés et noués au sommet de sa tête. Au moins, ils étaient tous les deux couverts d'excréments d'alpaga et de paille.

Ressaisis-toi, répéta sa voix intérieure. Laquelle avait raison. Qui se souciait de son apparence ? Et son apparence n'avait rien à voir avec ses compétences d'assistante vétérinaire certifiée et respectée.

Elle n'était pas là pour l'impressionner, même si une partie d'elle, tout au fond, le voulait… Elle chassa cette pensée dérangeante. Le Dr Proulx était son locataire, veuf, et le gendre de Michel.

Plus important encore, Harley était presque certaine que Ryker était ici temporairement, et elle n'était pas intéressée par une aventure. Surtout avec quelqu'un qui ne restait pas.

— C'est un plaisir de vous rencontrer, docteur Proulx, dit-elle après s'être raclé la gorge, en lui tendant la main.

Les yeux de Michel s'arrondirent lorsqu'il se rendit compte de l'état dans lequel elle et Ryker se trouvaient.

— Qu'est-ce qui s'est passé ?

— Je l'ai surprise. On a tous les deux fait une chute, expliqua tranquillement Ryker, prenant la main tendue.

Elle sentit un petit courant électrique remonter le long de son bras et retira rapidement sa main, agacée par sa réaction.

— Eh bien, hum. Je dois juste aller remettre Toby et Gordo dans leur chenil. La petite maison est de l'autre côté du jardin. Elle n'est pas fermée à clé, alors jetez un coup d'œil rapide pour vous assurer que c'est ce que vous voulez et je vous rejoindrai tous les deux ici.

— Parfait, Harley, répliqua Michel.

Harley devait se concentrer sur son travail et non sur la façon dont son corps avait traîtreusement réagi face à Ryker. Cet homme était tabou. Ainsi, elle ne risquait pas d'avoir le cœur brisé. Comme ce qui était arrivé avec Jason.

Cependant, cela faisait un certain temps qu'elle n'avait pas ressenti ce genre d'attirance physique pour un homme. Ryker Proulx était dangereux pour son équilibre et même s'il était techniquement sur le point de devenir son voisin, elle pouvait au moins le garder à distance. Les seules fois où elle aurait à interagir avec lui seraient quand elle le verrait sur la propriété ou s'il avait besoin d'elle à la clinique.

Ce serait strictement professionnel.

De plus, elle aimait trop Michel pour s'engager avec le veuf de Daphné, et après ce qui s'était passé avec le dernier vétérinaire dont elle était tombée amoureuse, elle ne sortirait plus jamais, jamais, avec un vétérinaire.

Même si le vétérinaire était sexy en diable.

Ryker regarda Harley s'éloigner. Honnêtement, lorsque Michel avait mentionné une amie propriétaire de douze hectares, qui dirigeait une pension canine et avait une petite maison à louer, il avait supposé qu'elle était proche de l'âge de Michel. Il avait été stupéfait de voir une femme plus jeune, peut-être la petite trentaine, diriger une entreprise aussi prospère et posséder autant de terres agricoles.

Il avait également été surpris par la beauté ahurissante de cette femme, même couverte de boue et de paille. Elle avait l'air d'une loque dans sa salopette, ses cheveux dorés attachés en un chignon désordonné, mais lorsque leurs regards s'étaient croisés, son cœur avait battu un peu plus vite et quand il avait atterri sur elle, son sang s'était échauffé à ce bref contact. Pourtant, c'étaient ses yeux qui l'avaient hypnotisé. Ils étaient si bleus, et il avait vu une étincelle de force enfouie dans cette couleur céruléenne, avant que son regard ne descende vers ses lèvres douces, roses et pulpeuses. Pendant une courte seconde, il avait songé à ce que ce serait de les embrasser. Seulement un instant fugace, et puis la culpabilité l'avait envahi, brièvement.

Daphné était partie depuis deux ans. Elle avait été son univers, ils avaient eu un magnifique fils, Justin, et puis, alors qu'ils pensaient que leur deuxième enfant était en route, sa grossesse s'était révélée extra-utérine. Sa trompe de Fallope s'était rompue, et elle s'était vidée de son sang si rapidement qu'il n'y avait rien eu à faire.

Tout ce qu'il pouvait faire, c'était s'occuper de leur fils. Le problème, c'est qu'ils étaient isolés à Montréal.

Après la mort de Daphné, Ryker s'était jeté à corps perdu dans le travail et la prise en charge de Justin. Les amis s'étaient éloignés. Même ceux de Justin, car il ne voulait plus faire de sport ou quoi que ce soit sans son père.

Ryker n'avait plus de famille. Il était fils unique, et ses parents étaient décédés. Ils avaient parlé quelques années de retourner dans la ville natale de Daphné, pour être près de ses parents et pour que Justin ait des cousins à proximité.

Mais maintenant que Daphné n'était plus là, il n'était pas

tout à fait sûr de pouvoir tout laisser derrière lui et de vivre ici. Montréal, c'était chez lui. Chez Justin. Il avait dit à Michel qu'il resterait pour l'été, afin de voir comment les choses se passeraient. La vérité, c'était que Justin avait du mal. Montréal lui rappelait sa mère, et il ne quittait jamais Ryker des yeux. Ryker était en fait surpris d'avoir même pu venir ici pour signer le bail, mais mamie occupait Justin pour le moment. Il espérait que l'été à Opulence aiderait le garçon à guérir. Justin croyait qu'ils étaient en vacances d'été prolongées. Il avait neuf ans et était tout excité d'être près de ses grands-parents et de ses cousins. Ryker ne l'avait pas vu aussi heureux depuis longtemps.

Afin de s'occuper, Ryker avait proposé de travailler pour son beau-père. Une clinique vétérinaire dans une petite ville serait une pause par rapport à l'agitation d'un cabinet en métropole. Aussi, lorsque Michel lui avait proposé de louer la petite maison de son amie, Ryker avait trouvé ça parfait, jusqu'à ce qu'il découvre que l'amie en question était une belle blonde sexy. Peut-être devrait-il trouver un autre lieu de résidence.

— Bon, allons voir cette maisonnette. C'est juste de l'autre côté du poulailler, déclara Michel.

— On devrait peut-être chercher ailleurs, dit Ryker.

Michel s'arrêta et haussa ses sourcils broussailleux.

— C'est la location la plus proche de la clinique, à un prix décent. Il n'y a pas grand-chose à louer à Opulence.

— Exact. C'est ce que tu m'as dit, grommela Ryker, vaincu.

— Je sais que Harley a l'air un peu brut de décoffrage, mais c'est une femme d'affaires intelligente et avisée, et une excellente assistante vétérinaire à temps partiel.

— À temps partiel ? demanda Ryker, brusquement trop conscient que Harley n'était pas seulement sa propriétaire, mais quelqu'un qui allait travailler avec lui.

— Oui, elle m'assiste parfois à la clinique, car elle est très occupée ici. Il y a une pénurie de services fiables pour animaux de compagnie. Quand je ne suis pas à la clinique, les gens doivent faire trente, voire quarante minutes de route. Et il y a des listes d'attente pour les toiletteurs.

Ryker était médusé. *Des listes d'attente ?* En ville, les spas canins sophistiqués poussaient comme des champignons

— D'ailleurs, poursuivit Michel, c'est le seul endroit où il y a une durée de bail qui correspond à ce que tu cherches. Les autres sont des cottages qui se louent à la semaine et qui sont la plupart du temps complets, parfois un an à l'avance.

Michel avait raison. Ryker était coincé. La partie assistante vétérinaire à temps partiel l'inquiétait, mais si Harley travaillait avec lui, alors elle était définitivement zone interdite. Tant qu'il la cloisonnait ainsi dans son esprit, cela pouvait peut-être marcher. Il ne pouvait pas dire à Michel qu'il hésitait à loger ici. Il ne pouvait pas dire à son beau-père que, pour la première fois depuis qu'il avait perdu Daphné, il était physiquement attiré par quelqu'un.

Il n'en était pas question.

— D'accord, allons voir cette maison.

Michel acquiesça et Ryker marcha avec lui.

Il y eut des aboiements frénétiques et il jeta un coup d'œil par-dessus son épaule, s'arrêtant pour regarder Harley ouvrir la porte de l'aire de jeu clôturée de son chenil. Deux chiens s'approchèrent d'elle en bondissant, la queue joyeusement agitée, puis s'écartèrent pour faire leurs besoins. Le petit chien de Harley trottinait devant elle.

Elle avait remis son casque antibruit. Elle lançait des balles aux chiens qui bondissaient gaiement, courant tout autour d'elle et réclamant son attention. Harley souriait et riait en prenant la balle du grand chien qui ressemblait à un cheval et en la lançant à nouveau. Il était évident qu'elle était passionnée par ce qu'elle faisait, et Ryker ne pouvait s'empêcher de sourire en la regardant.

Cette passion, il la ressentait aussi pour les animaux.

Avant de se marier, il avait eu un setter irlandais qui était son meilleur ami. Daphné aussi avait aimé son chien, Temart, qui même dans sa vieillesse, avait été si protecteur envers Justin lorsqu'il était bébé. Une boule se forma dans la gorge de Ryker en repensant à son vieux chien.

C'étaient des souvenirs qu'il pensait avoir mis de côté, mais regarder Harley dans ce chenil avec ces chiens heureux fit remonter ces souvenirs, et cela le submergea. Une partie de lui voulait se joindre à la fête – il ne se rappelait pas la dernière fois qu'il s'était laissé aller à lancer une balle à un chien. Il était surpris de voir à quel point cette femme l'émouvait.

Quelqu'un qu'il connaissait à peine.

Ne pense pas à elle. Ne la laisse pas t'atteindre.

Il fallait qu'il se le répète sans cesse. Tout ce qu'il avait à faire, c'était lui louer un pied-à-terre et éventuellement de travailler avec elle. Rien d'autre. Ce n'était pas parce qu'il était attiré par elle que cela signifiait quoi que ce soit. Il n'ouvrirait pas son cœur, il avait trop peur du chagrin.

Il ne pouvait pas affronter ce genre de perte à nouveau. C'était trop risqué. Seul le bonheur de Justin comptait pour lui dans ce monde. Il avait aimé et perdu. Et il ne revivrait plus jamais ça.

2

Une fois qu'elle eut un peu nettoyé, pris soin des chiens avant de les réinstaller dans leurs niches, ou suites canines comme elle aimait les appeler, Harley s'assura qu'ils avaient tous les deux un jouet pour les consoler d'avoir été remis à l'intérieur. Même Willow y eut droit afin de ne pas être dans ses pattes pendant qu'elle se rendait à la petite maison et s'occupait du contrat de location.

Enfin, si le vétérinaire chic de Montréal trouvait sa location d'été assez convenable. Elle se mit à rire en songeant combien elle ressemblait à certains des habitants les plus âgés d'Opulence, qui se moquaient des étrangers. Et elle avait aussi un peu honte d'avoir ruiné ses beaux vêtements.

Quand avait-elle fait des efforts pour s'habiller pour la dernière fois ? Elle ne s'en souvenait pas.

La vie à la ferme, l'entreprise et les animaux ne lui laissaient pas beaucoup de temps pour sortir. Et elle n'avait jamais été une adepte des discothèques, ni même des soirées entre filles. Elle était un peu solitaire.

Son téléphone sonna. C'était son frère aîné, David.

— Salut, répondit-elle en sortant du chenil bruyant.

— Hey, P'tite Tronche, répliqua David. Je me demandais ce que tu faisais aujourd'hui.

— Sauvetage de chats, toilettage et gestion d'un locataire d'été.

— Comme d'habitude alors.

— Les locataires d'été sont loin d'être habituels.

— Oh ! J'ai raté cette partie. Un locataire d'été ?

— Le gendre de Michel, venu de Montréal.

— Il est mignon ? demanda David.

C'était un euphémisme.

— Non, lâcha-t-elle.

— Menteuse, dit David en riant.

— Tu as vraiment besoin de quelque chose, David, ou tu m'appelles juste pour m'embêter ?

— Oui. Mon véto n'est pas là. Je m'occupe d'un cheval qui a un ulcère gastrique. Il est sous oméprazole mais il ne veut toujours pas manger. Tu as des suggestions ?

Son frère et son compagnon possédaient un haras près d'Inverhuron. Ils élevaient des chevaux de course et étaient capables d'assurer la prise en charge vétérinaire de base. Ils disposaient d'un équipement complet.

— Depuis combien de temps prend-il ce médicament ?

— Quelques semaines, répondit David

— Hum. Son estomac est peut-être encore irrité. Je ne peux pas faire grand-chose au téléphone. Il faudrait vérifier avec une gastroscopie si l'estomac est guéri, mais il se peut aussi qu'il ait peur de manger.

— Peur ? répéta David en soupirant. C'est possible.

— Tu as de la luzerne, j'imagine ? Nourris-le à la main. J'ai également entendu parler de pulpe de betterave, mais il faut vraiment la laisser tremper dans la nourriture pendant au moins vingt-quatre heures. Je ne peux pas venir aujourd'hui, mais je pourrai demain, au besoin.

— Non, ça va. Je sais que tu es débordée. Je vais essayer ces suggestions et voir si ça l'aide. Notre véto sera de retour dans quelques jours, avant qu'il ne reparte en vacances.

— Vacances, qu'est-ce que c'est ? railla-t-elle.

— Quelque chose qu'il faut prendre de temps à autre.

Elle le savait, mais quand aurait-elle le temps ? Au moins, David avait un associé. Elle était seule ici, à part ses deux employées.

— Appelle-moi s'il y a d'autres problèmes.

— Promis. Je t'aime, chipie, dit David affectueusement, puis il raccrocha.

Harley remit son téléphone dans sa poche. Son assistante, Kaitlyn, allait bientôt venir garder les chiens pendant qu'elle se rendrait au refuge pour chats tout l'après-midi. Elle se regarda brièvement dans le miroir, juste pour s'assurer qu'elle n'avait pas d'empreintes de pattes ou de bave sur elle, attrapa sa tablette avec une copie du bail et sortit.

Quelle que soit la décision du Dr Proulx, elle espérait qu'elle serait rapide. Elle avait du travail.

Une petite partie d'elle espérait qu'il ne resterait pas, car elle n'avait pas été très emballée par la façon dont elle avait réagi lors de leur poignée de main. Le Dr Proulx représentait un danger pour son équilibre. C'était tellement le genre de gars qui lui plaisait. Grand. Ténébreux. Raffiné. Même couvert de caca d'alpaga, il était encore plus classe et plus sophistiqué qu'elle.

L'attirance qu'elle éprouvait à son égard lui rappelait la connexion instantanée qu'elle avait eue avec Jason. Elle n'allait pas refaire la même erreur. Elle avait retenu la leçon.

Ah oui ?

Elle le pensait, mais sa vie tournait autour du travail. C'était peut-être une partie du problème. Elle se sentait peut-être seule. Elle ignora ce petit pincement au cœur en s'approchant de la maisonnette. Ryker et Michel se tenaient sous le porche couvert. La terrasse avait été ajoutée l'année dernière, afin que les visiteurs puissent profiter de la vue sur ses sept hectares de forêt et du son du ruisseau qui traversait sa propriété. Ryker avait enlevé ses chaussures pour examiner l'intérieur et était en train de les remettre. Harley grimaça. Elle espérait que le cuir n'était pas abîmé par leur passage dans le fumier, mais elle appréciait qu'il garde la maison propre.

— Alors ? demanda-t-elle. Qu'en pensez-vous ?

— *Très bien*, dit Ryker en français. Ça correspond à mes besoins.

— Super.

Elle se força à sourire. Il vivrait simplement sur la propriété. Elle n'était pas tenue de lui offrir le petit déjeuner, elle devait juste s'assurer qu'il avait de l'électricité et de l'eau. Ils pouvaient être voisins. Ils n'étaient pas obligés d'être amis.

— Vous devrez apporter votre propre linge de maison.

— Ce ne sera pas un problème, dit Michel. Maureen a plein de draps et tout ce qu'il faut pour Ryker et Justin.

— Justin ? Qui est Justin ? demanda Harley.

— Mon fils de neuf ans, répondit Ryker.

Ce fut alors qu'elle se rappela. Le petit-fils de Michel. Le fils de Daphné. Elle n'avait pas pu assister à la *baby shower* neuf ans plus tôt, car elle était en cours, mais elle avait envoyé un cadeau. Une courtepointe pour bébé qu'elle avait confectionnée. Elle était en laine polaire et ornée de chiens.

Tout le monde à Opulence avait été invité.

— Bien sûr, répliqua-t-elle doucement. Je m'en souviens maintenant. Michel chante toujours ses louanges.

Michel sourit jusqu'aux oreilles, et un léger demi-sourire se dessina au coin de la bouche de Ryker qui s'enquit :

— Sa présence ne posera pas de problème, j'espère ?

— Non, pas du tout. Pardon si j'ai paru choquée. Il y a plein d'endroits où il peut faire du vélo, s'il en a un. Il y a un panier de basket. Ce n'est pas très excitant ici.

— C'est parfait, dit Ryker avec un sourire chaleureux.

Elle rougit à nouveau. Elle sentait la chaleur de ce sourire. Et elle était d'accord ; c'était plutôt parfait, chez elle.

— Eh bien, je suis contente, alors, fit-elle bêtement.

— C'est le bail ? demanda Ryker en désignant la tablette qu'elle tenait à la main.

Le bail. Il doit le signer. Concentre-toi, Harley.

Elle acquiesça, lui tendit la tablette et un stylet. Ryker parcourut le contrat tout simple. Son visage était sérieux tandis qu'il lisait, et elle resta là, à l'observer, se balançant sur ses talons. Elle ne savait pas trop quoi faire.

Ryker signa le contrat et le lui rendit.

— Quand pouvons-nous emménager ?

— Dès que vous le souhaitez. Tenez, voici la clé. J'espère que vous apprécierez votre été ici. Moi en tout cas, je l'adore !

Hum. Pauvre nulle, songea-t-elle en grimaçant.

Ryker prit la clé, leurs doigts se frôlant momentanément. Une brusque chaleur la traversa, une fois de plus.

— Merci, fit Ryker avec raideur, tenant la clé avec maladresse.

— Formidable. Je dois bientôt partir à Blyth.

— Ils ont besoin de mon aide ? proposa Michel. Je veux dire, j'ai d'abord un rendez-vous chez le médecin, mais...

— Non, c'est bon. Je peux gérer, répliqua-t-elle.

— Ryker peut y aller, dit Michel en regardant son gendre.

Les yeux de Ryker s'arrondirent, et elle fut embarrassée. Elle ne pouvait pas dire non, mais ne voulait pas dire oui.

— J'irai, déclara Ryker, brisant la tension.

— Et votre fils ? demanda Harley.

— Il est avec sa mamie pour la journée. Si je dois travailler dans cette communauté durant l'été, autant apprendre à connaître les refuges locaux, dit Ryker.

Harley était sidérée. Le nouveau vétérinaire n'avait même pas encore emménagé et il proposait de venir à Blyth. Certes, Michel lui avait forcé la main, mais il avait accepté.

— Eh bien..., balbutia-t-elle. Je dois y être dans deux heures. Michel connaît l'adresse et oui, ce serait bien que vous soyez là pour rencontrer les bénévoles.

— Entendu. On ferait bien de rentrer pour que je puisse me changer et prendre ma trousse. D'accord, Michel ?

— Bien sûr, répondit Michel, Euh, attends une seconde. Mais Maureen a besoin de ta voiture, Ryker. J'ai mon rendez-vous et elle a promis d'emmener Justin à la plage.

— Ah. C'est vrai, fit Ryker en fronçant les sourcils.

Sans réfléchir, Harley lança :

— Je peux passer vous prendre et vous emmener.

— Cela ne vous ennuie pas ? demanda Ryker, l'air étonné.

— Non, pas du tout.

Tu es très, très ostensiblement amicale.

— Tout est réglé, s'exclama Michel. Merci, Harley.

— Merci à vous deux. Je veux dire, il n'y a pas de quoi.

Elle n'en revenait pas d'avoir proposé de prendre la peine d'aller chercher un quasi-inconnu. Mais c'était bien pour le refuge. Un vétérinaire qui donnait de son temps, c'était formidable. L'embarrassant trajet en valait la peine.

— Je passe vous prendre dans une heure, ajouta-t-elle.

— Parfait, répondit Ryker.

Ils remontèrent dans le pick-up de Michel, et elle retourna vers la maison. Michel fit un signe de la main, mais Ryker ne la regarda pas. Non qu'elle se soit attendue à ce qu'il le fasse.

Ryker aurait pu refuser. Il s'était laissé embobiner par un Michel bien intentionné, mais inconscient. Quoi qu'il en soit, elle s'en réjouissait. Alors que Michel sortait de l'allée, la petite voiture de Kaitlyn le croisa et elle klaxonna en guise de salut avant de se garer à côté du chenil. Kaitlyn avait dix-huit ans et économisait pour aller à l'université, puis à l'école vétérinaire. Elle était le bras droit de Harley.

— Qui était-ce ? demanda-t-elle, tout excitée.

— Michel, répondit Harley d'un ton sarcastique.

— Non, le bel inconnu brun sur le siège passager.

— Son gendre et le nouveau véto. Il s'installe dans la petite maison avec son fils. Au moins pour l'été.

— Trop cool. Tu penses qu'il va rester pour de bon ?

— Non, répondit Harley avec franchise.

Les hommes comme Ryker ne restaient pas dans les petites villes. Un jour viendrait où Kaitlyn partirait pour la fac, et Harley doutait sérieusement qu'elle revienne. Elle déménagerait dans un endroit plus excitant qu'Opulence.

Presque personne ne restait ici.

— Dommage.

— Bon. Je vais aller ranger cette tablette, puis nourrir la horde de poules et les alpagas.

— Bonne chance ! Et gare à tes chevilles !

Kaitlyn s'éloigna, et Harley rentra chez elle. Ruminer sur le Dr Ryker Proulx ne servait à rien. Elle avait des tâches à accomplir et des engagements à respecter. Elle ne pouvait accorder une seconde de plus à un homme qui n'était là que pour l'été. Un résident temporaire.

Du moins, c'était ce qu'elle se dit. Son esprit avait d'autres idées.

Pourquoi ai-je accepté ça ?

Ryker ne cessait de ressasser cette question tout en rassemblant son matériel ainsi que quelques fournitures prêtées par Michel. Il aurait dû refuser, mais n'avait pas vraiment le choix puisque Michel l'avait proposé. Donner de son temps à une association allait de soi, mais travailler en étroite collaboration avec Harley était plus difficile. Si elle n'était que sa propriétaire, il pourrait l'éviter, mais étant assistante vétérinaire, elle travaillait dans son domaine.

Maintenant, il allait voyager en voiture avec elle. Il ignorait combien de temps il fallait pour arriver à Blyth ou à ce refuge. Savait-il encore bavarder de tout et de rien ? Ces temps-ci, soit il parlait travail, soit il parlait parentalité avec d'autres personnes. Il avait complètement perdu la notion des conversations adultes avec des amis non mariés ou sans enfants. Sa vie s'était résumée à son travail et à Justin.

Qui n'allait pas bien. Justin ne jouait presque plus. Il était toujours scotché à Ryker et rencontrait des difficultés à l'école. Comme s'il avait peur de perdre son papa de vue.

Ryker espérait que cet été sortirait son fils de sa torpeur et l'aiderait à se rappeler comment jouer. Il espérait que cela le guérirait avant qu'ils ne retournent à Montréal.

Le rythme de travail à la clinique de Michel serait plus calme qu'en ville, mais au moins il pourrait faire quelque chose d'utile et passer du temps en famille. Il avait pensé que ce serait un été facile. Jusqu'à ce qu'il rencontre Harley.

De retour chez ses beaux-parents, où Justin et lui squattaient depuis deux jours, il s'était douché et avait enfilé un vieux jean et une chemise en flanelle, et maintenant il n'avait plus qu'à attendre que Harley vienne le chercher.

Bien sûr, il y avait de belles femmes, mais quelque chose chez Harley, sur lequel il n'arrivait pas à mettre le doigt, l'attirait. Ryker trouvait cela extrêmement déconcertant.

Un bref instant, il songea à faire marche arrière. Ce qui serait très peu professionnel. Ce n'était pas comme s'il pouvait s'enfuir et se cacher. Elle savait où il vivait, au moins pour l'été. S'enfuir juste parce qu'il était attiré par la jeune femme et qu'il allait travailler avec elle était absurde

Un pick-up bleu s'arrêta dans l'allée, et Harley lui fit signe. Tout le monde conduisait des pick-up dans le coin ?

Sa luxueuse berline détonnait déjà par sa plaque d'immatriculation québécoise dans une mer de camions poussiéreux et de plaques d'immatriculation ontariennes.

— Salut ! Prêt à sauver des chats ? s'exclama-t-elle.

— Quel enthousiasme, rétorqua-t-il en la taquinant.

Ses joues rosirent.

— C'est un super refuge. Il faut être enthousiaste !

— J'imagine, dit-il en bouclant sa ceinture.

Elle démarra, et un silence gênant s'installa entre eux. Il lui décocha un coup d'œil. Ses cheveux blonds étaient toujours ramassés au sommet de sa tête, mais ils étaient maintenant soigneusement tressés en chignon. Ses bottes en caoutchouc avaient été remplacées par des baskets et elle portait une blouse à l'effigie de sa pension pour chiens. Ornée de petits animaux humoristiques dans diverses poses ridicules de soins en bien-être. Des caniches se faisant coiffer ou un chat faisant du yoga. Il détacha son regard avant qu'elle pense qu'il la fixait. Ce qui était absolument le cas.

Et il n'y avait pas que les petits animaux dessinés qui attiraient son regard. La blouse était ample, mais pas autant que la salopette qu'elle portait ce matin. Il pouvait distinguer la courbe de ses hanches, le renflement de ses seins, ce sur quoi il ne devrait pas se focaliser. C'était d'autant plus déplacé qu'elle lui rendait service en le conduisant.

— Merci encore d'être venu me prendre, dit-il, rompant le silence.

— Pas de problème. Merci de donner de votre temps. C'est vraiment important pour cette communauté. Les refuges pour animaux sont une bonne chose.

Elle parlait à toute vitesse, et il ne put s'empêcher de sourire lorsqu'elle lui jeta un coup d'œil. Elle sourit aussi, un large sourire, faux, figé, qui n'atteignait pas ses yeux. Non qu'il puisse lui en vouloir. Ils n'avaient guère parlé jusqu'à présent. Il avait été un peu distant avec elle. C'était plus facile ainsi. Il valait mieux que tout reste professionnel entre eux. Il n'avait pas besoin de se lier d'amitié avec elle. Simplement d'être cordial. Il examinerait ces chats rapidement et sortirait Harley de son esprit. Pourtant, elle était passée le chercher. Il ne pouvait pas se comporter comme un mufle.

— Merci encore d'avoir accepté de m'aider, dit-elle.

— Vous voulez dire, merci à Michel d'avoir proposé mon aide ?

Harley sourit, de ce petit sourire mignon qui faisait battre son cœur un peu plus vite.

— C'est vrai. C'est quand même appréciable.

— Vous m'avez remercié trois fois, mais il n'y a pas de quoi. Vous avez raison, les refuges sont importants.

— J'ai tendance à me répéter. Surtout en présence de personnes que je ne connais pas. Mes excuses donc pour la surabondance de gratitude. Je veux dire, vous pourriez être très mauvais, et je regretterais ensuite de vous remercier.

— Vous avez si peu de foi en moi, alors ? ironisa-t-il.

— Bien sûr que non. Je ne vous connais pas du tout. Mais j'ai côtoyé des vétérinaires. Des bons et des mauvais.

— Je vous assure que je suis bon.

— Vous avez votre propre cabinet ? demanda-t-elle.

— Non, hélas. La gestion et le fonctionnement d'une clinique à Montréal coûtent cher. Je suis associé dans une clinique de ville très fréquentée.

Sans compter que Justin lui prenait tout son temps.

— Diriger une entreprise occupe bien, oui. Je le sais.

— Vous avez réussi à acheter une entreprise et une ferme. C'est impressionnant.

— Merci, fit-elle en rougissant encore.

— Ça fait quatre fois maintenant, dit-il pour la taquiner.

Il aimait la façon dont elle lui souriait. Cela lui donnait envie de la faire sourire davantage, de faire scintiller ses yeux bleus. De la rendre heureuse.

Ressaisis-toi, bon sang ! Il devait reprendre le contrôle de ses pensées. Il n'était pas là pour rendre Harley heureuse.

— Combien de chats avons-nous aujourd'hui ? demanda-t-il, essayant d'orienter le sujet vers le travail de sorte qu'il n'ait pas à faire la conversation ou à penser combien elle était mignonne dans cette blouse ridicule.

— Huit.

— Huit ? répéta-t-il, surpris.

— Il y en a aussi quelques-uns qui sont sauvages et qui pourraient probablement être pris en compte dans le cadre du programme d'hébergement des chats errants, admit Harley. Ils ont quand même besoin d'être vaccinés et examinés pour s'assurer qu'ils sont en bonne santé. On devra sans doute les mettre sous sédatifs, c'est donc bien que vous soyez là.

— Donc huit chats relativement domestiqués et deux ou trois chats sauvages ?

— Et cinq chatons.

Les yeux de Ryker s'arrondirent.

— Alors, environ seize ?

Tu parles d'une journée tranquille. Pourquoi avait-il imaginé que l'été ici serait plus calme ?

— Oui. C'est trop ? demanda Harley.

— Non, ça va. J'aime juste savoir à quoi j'ai affaire.

Ils en avaient pour un moment.

Harley se gara sur le parking à côté d'une grange récente, assez similaire aux installations de Harley, mais moderne.

— Ça a l'air très convenable, dit-il.

— Exact. Et très bien géré. Je vais vous présenter au couple qui dirige le refuge.

Il la suivit. Un grand panneau annonçait Fluffypaws Rescue, avec un énorme chat façon dessin animé japonais. Le tout était si mièvre. Trop mièvre pour sa sensibilité, mais il savait que cela aiderait à attirer des adoptants potentiels.

La porte de la grange s'ouvrit, et une femme blonde vêtue d'une blouse ornée de chatons sortit, souriante, un air de soulagement évident sur le visage.

— Harley, merci d'être venue.

— Pas de problème, Christine, dit Harley en la serrant dans ses bras. Je suis toujours heureuse de vous assister.

Christine se tourna vers lui. Il sourit et lui tendit la main.

— *Bonjour*, dit-il en français.

— Voici le Dr Proulx, de Montréal, expliqua Harley. C'est le gendre de Michel, qui est ici pour l'été. Il voulait vous rencontrer et vous aider aussi aujourd'hui.

Christine lui adressa un grand sourire.

— C'est un plaisir de vous connaître, et je suis ravie d'avoir une paire de mains en plus !

— Je suis heureux de pouvoir vous être utile.

Il jeta un coup d'œil à Harley. Elle lui souriait chaleureusement. Avec une telle sincérité que cela fit bondir son cœur. Même s'il voulait la tenir à distance et rester professionnel, il ne put s'empêcher de lui rendre son sourire. Pour une raison ou une autre, cela le réjouissait de la voir lui sourire ainsi et de savoir qu'il la rendait heureuse une fois de plus. Il fallait vraiment qu'il se ressaisisse.

Il n'était pas là pour lui faire plaisir. Il était là pour travailler, et c'était tout. Le but de son été ici, était de rapprocher Justin de sa famille. En espérant que cela remonte le moral du petit garçon. Il n'était pas ici pour flirter ou même penser à s'engager avec quelqu'un. Il n'allait pas remettre son cœur en péril. Ce dernier avait trop souffert.

Pour l'instant, il devait se concentrer sur la tâche à accomplir, à savoir évaluer les chats et les chatons en vue de leur adoption. Harley était assistante vétérinaire et lui vétérinaire ; ils étaient là simplement pour travailler.

3

Christine leur montra où s'installer. Ryker était très impressionné par l'organisation et la bonne gestion de ce refuge rural. La grange disposait d'une petite salle de consultation, avec une table d'examen et une balance. Et les cages où se trouvaient les chats étaient propres et spacieuses.

Il y avait des vaccins et d'autres médicaments, dons généreux de diverses cliniques vétérinaires du comté, et même de particuliers et d'entreprises. Les noms des bienfaiteurs étaient brodés au point de croix sur un magnifique cadre fixé au mur, réalisé par Christine. Elle avait expliqué qu'elle faisait cela pour montrer sa gratitude envers ceux qui faisaient des dons et du bénévolat. Il vit le nom de Harley. Juste sous celui de Michel. Harley Bedard. Avait-elle aussi des origines françaises ? Voilà que ses pensées vagabondaient à nouveau vers Harley. Il ne la connaissait que depuis quelques heures, et elle l'obnubilait. Mais il était évident que Harley était très appréciée et respectée dans cette communauté.

— Bon, dit Christine. Je vous laisse travailler. Harley sait où tout se trouve.

— Merci, répliqua Ryker.

— Alors, on s'y met ? lança Harley.

Leurs regards se croisèrent, et son cœur battit la chamade. Il détourna rapidement les yeux et essaya de se focaliser sur le matériel et non sur le fait qu'il était maintenant seul dans une pièce avec Harley. Ils ne se dirent rien pendant un moment. Pourtant, il trouvait ses divagations et son incessant bavardage nerveux charmants. Plus il lui parlait, plus il aimait être auprès d'elle. C'était distrayant.

C'est ridicule.

Il parlait toujours à ses assistants. Alors pourquoi réagissait-il ainsi ? Harley n'était pas différente des autres personnes avec lesquelles il travaillait. Sauf qu'elle l'était. Harley était sa nouvelle propriétaire, et il était vraiment attiré par elle. Il pensait avoir dépassé depuis longtemps cette tension gênante avec une femme qu'il trouvait attirante.

Il avait été si maladroit lorsqu'il avait rencontré Daphné pour la première fois douze ans plus tôt, à l'école vétérinaire de Guelph, et elle s'était moquée de lui. Ils étaient tombés profondément amoureux et n'avaient jamais cessé de rire.

Enfin, il avait cessé après sa mort. Il ne put pas empêcher le souvenir de se faufiler dans son esprit.

Deux ans plus tôt

— Daphné ? héla Ryker, suivi de Justin qui montait les marches en traînant un sac de courses.

— Regarde, papa, cria fièrement Justin.

— Je vois, mon grand.

Il entra dans la maison. Tout était calme, à l'exception du sifflement strident d'une bouilloire. Où était Daphné ?

Ryker posa le reste des provisions tandis que Justin traînait le plus petit sac à l'intérieur. Il se dirigea vers la cuisine et éteignit la bouilloire, puis il vit Daphné inconsciente, allongée sur le sol. Comme si elle s'était effondrée sur le chemin de la cuisine.

— Daphné !

Il était à genoux, appelant les services d'urgence tout en vérifiant si elle respirait, s'il y avait un signe de vie. Il n'y avait pas de pouls. Un hurlement explosa dans sa tête.

— Maman ! s'écria Justin.

Puis il se mit à sangloter, et Ryker ne pouvait rien faire. Il était impuissant.

— Tout va bien ? demanda Harley.

— Oui, répondit-il avec raideur, agacé d'avoir laissé ses souvenirs prendre le dessus.

Daphné était morte depuis deux ans. Il pensait avoir mis de côté tout ce chagrin. Il avait passé ces années à essayer d'être fort pour Justin. Ce n'était ni le moment ni l'endroit pour laisser remonter cela. Il devait parler travail.

— Dites-m'en plus sur ce programme d'hébergement pour les chats errants, vous voulez bien ?

— Eh bien, en gros, c'est conçu pour les chats sauvages, les chats qui préfèrent vivre dehors et avec un minimum de contact avec les humains. On leur fournit un abri à l'extérieur, de la nourriture et de l'eau propre. On les stérilise, puis ils vont et viennent à leur guise. Les fermiers locaux adorent ça. Ça aide à lutter contre les nuisibles.

— Cela semble une bonne idée. Je crois en avoir entendu parler, mais j'ai surtout travaillé dans une clinique vétérinaire en ville. Je n'ai pas eu à traiter beaucoup de chats sauvages.

— Une clinique haut de gamme ? ironisa Harley avec un demi-sourire amusé.

— Pourquoi cette question ?

— Montréal est une ville assez cosmopolite. En plus, vous étiez habillé très chic par rapport à mon style *grunge* rustique.

Il rit. Il avait envie de lui dire à quel point elle était mignonne dans ce look rustique *grunge*, comme elle disait.

— Oui, la clientèle est plutôt citadine. Il n'y a pas beaucoup de chats errants sur le Plateau-Mont Royal.

— C'est là que se trouve votre clinique ? demanda-t-elle.

— Oui. Trop chic pour vous ?

Harley lui sourit.

— Ne vous inquiétez pas. Vous n'êtes pas trop chic pour aider ici, et c'est ce qui compte. Ça représente beaucoup pour Christine, Dave, la communauté et moi.

Son cœur s'emballa, et il lui sourit à son tour.

— Cela représente autant que ça pour vous ?

Une teinte rosée grimpa le long de son cou gracile et se déposa sur ses joues. Elle détourna rapidement le regard.

— Eh bien, les animaux comptent beaucoup pour moi et ce refuge aussi. Il y a des limites à ce que je peux faire, mais avec votre présence aujourd'hui, nous serons plus efficaces.

— Comme je l'ai dit, je suis heureux d'aider et de faire partie de la communauté cet été.

C'est alors qu'il vit son sourire s'estomper. Comme si elle était déçue qu'il ne soit là que temporairement.

— Bon, je vais dire à Christine d'amener le premier chat.

Harley quitta en hâte la salle d'examen. Ryker soupira. Il s'en voulait de la décevoir, mais c'était la réalité. Il était là pour l'été. Il vivait à Montréal mais était heureux d'amener Justin ici. Dans sa famille. Avec un peu de chance, cela aiderait son fils à sortir de son abattement et à renouer avec le souvenir de sa mère décédée, comme il en avait besoin. Tel était son but.

Maintenant, en regardant Harley et en ressentant les premiers frémissements de l'attirance, quelque chose qu'il n'aurait jamais pensé ressentir à nouveau un jour, il n'était pas sûr de savoir où cet été l'emmènerait. Tout ce qu'il savait, c'était qu'il devait protéger son cœur.

Christine amenait les chats un par un. Harley ne savait pas à quoi s'attendre à propos de la manière dont Ryker et elle allaient travailler ensemble. Michel et Jason lui faisaient entièrement confiance, mais les autres vétérinaires qui n'avaient fait que passer la traitaient parfois comme une simple serveuse de café, du moins jusqu'à ce qu'elle tienne tête à ceux qui doutaient de ses compétences, parce qu'elle savait ce qu'elle faisait et que lorsque Michel n'était pas disponible, elle intervenait souvent et aidait là où elle le pouvait. Elle avait mis trois ans pour obtenir son diplôme d'assistante vétérinaire dans une école prestigieuse, avant d'étudier une année en zootechnie et de passer enfin un certificat de toilettage et de gestion de pension animale en cours du soir.

Certaines personnes, comme Michel, lui avaient demandé pourquoi elle n'était pas devenue vétérinaire à part entière et, en vérité, c'était parce qu'elle avait envie de cela. Elle aimait être assistante. Elle aimait le toilettage et son rêve d'une ferme et de sa propre entreprise. Elle avait travaillé si dur pour économiser afin de pouvoir acheter son terrain et créer Cosmopawlitan Opulence. Elle n'avait pas besoin d'un doctorat ou du titre pour prouver quoi que ce soit.

Peu importait si certains vétérinaires la jugeaient difficile. Harley ne se voyait pas ainsi. Complexe. Brouillonne. Bavarde. Oui. Mais douée dans son travail.

Ryker n'avait vu que son côté bizarre jusqu'à présent, aussi était-elle un peu angoissée de voir comment il allait se comporter lorsque Christine amena une magnifique chatte orange et noir baptisée Nia. Harley serait-elle mise de côté ? Ou bien Ryker allait-il réellement collaborer avec elle ?

— Pouvez-vous la peser, s'il vous plaît ? demanda-t-il.

— Bien sûr, répondit Harley, un peu soulagée.

Nia était un amour, mais elle était nerveuse. Quand Harley la prit des bras de Christine et la serra contre sa poitrine, Nia se mit instantanément à ronronner.

Ryker sourit ; ses yeux sombres étincelèrent lorsque leurs regards se croisèrent. Un frisson d'excitation la parcourut.

— Elle a l'air de bien vous aimer, hein ? fit-il remarquer.

— Je pense que oui.

— Ce n'est pas une chatte sauvage. Elle a été trouvée sur le bord de la route, indiqua Christine.

— Elle est pucée ? demanda Ryker en ouvrant son ordinateur portable pour prendre des notes.

— Non. Ils ne le sont jamais quand ils arrivent ici, mais nous le faisons avant qu'ils soient adoptés, précisa Christine.

— Vous voulez qu'on le fasse aujourd'hui ? dit Ryker.

— Oh ! oui ! Si c'est possible ? Ce serait formidable.

— Harley et moi devrions y arriver.

— Je vous laisse. Appelez-moi quand vous en aurez fini avec elle, conclut Christine en s'éclipsant de la pièce.

— Nia pèse 2,9 kilos, déclara Harley.

— Hum. Elle est un peu en sous poids.

— Elle a probablement perdu un peu de poids lorsqu'elle a été abandonnée, répliqua Harley en caressant Nia.

— Vous êtes sûre que vous n'avez pas besoin d'un chat ? demanda Ryker d'un air narquois, les yeux pétillant de malice.

— J'adore les animaux. C'est évident. Mais, non, j'en ai déjà assez à la ferme...

Elle posa Nia sur la table d'examen. Cette dernière arqua le dos et se frotta contre Harley en ronronnant. Ryker sourit puis tendit la main pour caresser la tête de la chatte.

— *Comment vas-tu ma chérie ?* demanda-t-il en français.

L'animal se frottait contre Ryker à présent, et Harley sentait ses entrailles se réchauffer à la façon dont il regardait la chatte.

Harley croyait fermement que les animaux savaient reconnaître un humain correct. Ils pouvaient sentir qui était bon et attentionné. Nia appréciait manifestement Ryker, et Harley ne pouvait s'empêcher de sourire en le regardant l'examiner. La façon dont il lui parlait doucement et la réconfortait lorsqu'elle émettait un petit miaulement... Il aimait les animaux autant que Michel. Autant qu'elle.

Leurs regards se croisèrent une fois de plus, et elle sentit la chaleur lui remonter aux joues. Pourquoi ne cessait-elle de rougir en sa présence ? C'était mortifiant.

— Elle paraît en bonne santé. Elle a été stérilisée il y a environ cinq ans. On peut donc estimer qu'elle a cet âge, compte tenu de ses dents et de l'état de son pelage, mais ce n'est qu'une approximation en l'absence de dossiers vétérinaires, constata Ryker en caressant Nia. Bien que domestique, elle n'a peut-être pas été régulièrement vaccinée. On va le faire, si vous voulez bien vous en occuper, ensuite on la dotera d'une puce électronique.

— Vous voulez que je la vaccine ? demanda Harley.

— Vous n'alliez pas le faire avant que j'accepte de venir ?

— Si, c'est juste que d'habitude, quand un vétérinaire est là, qui n'est pas Michel ou…

Elle s'interrompit, car elle était sur le point de prononcer le nom de Jason, et elle ne voulait pas penser à son ex.

— Ou ? insista Ryker en écarquillant les yeux.

— Je veux dire, à part Michel, les autres vétérinaires bénévoles me demandent juste d'aller chercher des trucs.

Ryker fit la moue, comme s'il ne la croyait pas.

— Ce n'est pas bien. Vous êtes qualifiée ?

— Oui.

— Alors vous pouvez le faire, et je prendrai des notes. Vous avez déjà posé une puce ?

— En fait, non, admit Harley.

— Je vais vous montrer. Ensuite, quand je ne serai pas là ni aucun autre vétérinaire, vous pourrez vous en charger.

Son cœur se serra un peu lorsqu'il dit qu'il ne serait pas là, et elle ne savait pas vraiment pourquoi. Elle le connaissait à peine et personne ne restait à Opulence, alors pourquoi ça l'affectait-il autant ? Sa présence ici était temporaire.

Reprends-toi, Harley.

Ryker tint la chatte pendant que Harley préparait tous les vaccins, puis il l'apaisa alors qu'elle injectait les doses. Le dernier s'administrait par voie intranasale, et il maintint la tête de la chatte qui protestait. Harley se pencha sur lui, essayant de ne pas penser à la proximité de leurs corps, à l'odeur de ses cheveux propres, à la chaleur de sa peau ou à la façon dont son souffle chatouillait le côté de son cou. Son ventre papillonnait, son pouls s'accélérait, et ses oreilles tambourinaient au rythme de son rythme cardiaque précipité.

Elle administra les gouttes aussi rapidement qu'elle le put. Nia éternua plusieurs fois, n'aimant pas la sensation dans son nez, mais Ryker la récompensa de quelques friandises.

Il avait la partie facile du travail.

Puis il lui confia la chatte, annonçant qu'il allait préparer la puce électronique. Harley évita de croiser son regard, car son cœur battait encore la chamade à la façon dont son corps avait réagi à leur proximité. Ce n'était pas un comportement professionnel, et elle s'en voulait.

Ryker plaça la puce, de la taille d'un grain de riz, dans une petite seringue munie d'une longue aiguille, puis prit un scanner pour la lire une fois qu'elle serait implantée.

— C'est la partie la plus aisée du puçage, expliqua-t-il.

— Quelle est la partie difficile ?

— La paperasse, répondit-il en lui adressant un clin d'œil.

— Vous voulez que je l'enregistre ? dit-elle en riant.

Ryker sourit, un sourire un peu diabolique, et cela fit battre son cœur un peu plus vite.

— Ce serait très aimable de votre part. Mais d'abord, vous pouvez injecter la puce. Prenez la seringue. Pincez un peu de peau sur l'épaule de Nia.

— Comme ça ?

— Parfait. Maintenant, insérez l'aiguille et introduisez la puce. C'est très rapide.

Harley s'exécuta et l'animal tressaillit à peine.

— Je ne sais pas pourquoi je pensais que ce serait plus délicat, constata-t-elle.

Probablement parce que Jason insistait toujours pour le faire lui-même. La paperasse aussi, parce qu'elle n'était pas vétérinaire. À l'époque, elle ne s'était jamais posé de question.

Ryker scanna la puce, et les informations apparurent sur son ordinateur, tout pour enregistrer Nia. Harley se pencha pour mieux voir l'écran. Elle se rendit compte à nouveau qu'elle était proche de lui, mais lorsqu'elle sentit que ses seins étaient pressés contre son dos, elle se figea. Le corps de Ryker se tendit sous le sien, et elle recula rapidement.

— Ça a l'air génial. Tout est officiel en vue de l'adoption. L'enregistrement, c'est trop cool, bafouilla-t-elle.

Tu débloques, Harley !

Ryker prit un air amusé.

— Oui. Très officiel.

— Vous voulez que je remplisse les informations ?

— Non. Je vais m'en charger. Ramenez plutôt Nia à Christine, tenez-la au courant et amenez le prochain chat.

Et Ryker se retourna vers son ordinateur.

— Bien sûr.

Harley prit Nia dans ses bras et se dirigea vers la porte.

Elle avait rendu la situation embarrassante et inconfortable en s'approchant trop près de lui. Ryker ne s'intéressait pas à elle, et elle devait rester professionnelle.

En outre, elle ne voulait certainement pas tomber amoureuse de quelqu'un qui pourrait la quitter. Elle n'allait pas remettre son cœur en péril pour qui que ce soit.

Si elle prenait le temps de sortir avec un homme, elle le ferait de manière décontractée et brève. Elle avait retenu la leçon. Les contes de fées n'existaient pas.

Pas pour elle.

Même si elle commençait à suspecter qu'elle souhaitait secrètement que ce soit le cas.

4

Ils adoptèrent un bon rythme de travail ensemble. Fluide et confortable. Agréable, même. Les autres chats et les chatons étaient en assez bonne santé. Hormis les instructions, tous les bavardages et discussions inutiles prirent fin.

C'était cool. Professionnel.

C'est bien ce que tu voulais ?

Exact. Ryker était un étranger. Même s'il était le gendre de Michel, Harley ne l'avait jamais rencontré avant aujourd'hui. Elle ne savait de lui que ce que Michel lui avait raconté, c'est-à-dire pas grand-chose. Elle évitait toute proximité physique lorsqu'elle travaillait, surtout avec un homme qu'elle connaissait à peine. Qu'est-ce qui lui avait pris ? Rien. C'était là le problème.

Ryker avait proposé à Christine et Dave de stériliser les chats qui en avaient besoin à la clinique de Michel à Opulence, gratuitement – Fluffypaws n'avait pas la salle d'opération nécessaire pour le faire. Harley aurait juré que le nom de Ryker allait finir sur le gigantesque tableau au point de croix.

Les chats errants étaient trop agités, et Ryker s'était arrangé pour qu'ils soient également examinés à la clinique plus tard dans la semaine. Ils finirent à une heure convenable, ce qui soulagea Harley car elle devait rentrer pour son rendez-vous de toilettage. Et plus tôt elle partirait, mieux ce serait. La tension commençait à la gagner. Elle en avait assez de rougir et de divaguer dès qu'elle ouvrait la bouche. Elle se maudit en se remémorant le gâchis qu'elle avait causé en pressant ses seins contre le dos de Ryker.

Cela l'avait visiblement mis mal à l'aise, à en juger par la façon dont il s'était raidi, mais elle était reconnaissante qu'il n'en ait pas tenu compte, comme si rien ne s'était passé.

Harley était un peu mortifiée par son comportement. Elle n'agissait jamais de la sorte avec les hommes, même si elle les trouvait attirants. Pas depuis Jason.

Lorsqu'elle avait rencontré ce dernier, elle l'avait trouvé sexy, beau et charmant. Contrairement à ses précédents petits amis, il n'avait pas reculé devant sa maladresse. Il l'avait invitée à dîner le premier soir de leur rencontre et lui avait fait la cour.

L'attirance physique n'était pas synonyme d'amour. Elle le savait d'expérience. Elle avait appris à garder son cœur en sécurité et à le protéger, en ne se rendant pas vulnérable.

Alors pourquoi ne pouvait-elle pas cesser de penser à Ryker ? Probablement parce qu'il était le premier homme qui l'attirait depuis Jason. Il fallait qu'elle se reprenne.

Vraiment ? Et si tu sortais avec lui pour en être sûre ?

C'était stupide. Il y avait plusieurs raisons pour lesquelles elle ne pouvait pas sortir avec le Dr Ryker Proulx.

1. Il était son locataire.

2. Il était le gendre de Michel et le veuf de Daphné.

3. Il était vétérinaire.

4. Il ne resterait pas au-delà de l'été.

5. Elle ne pourrait absolument pas supporter un autre chagrin d'amour.

6. Ils devaient travailler ensemble.

7. Et qui disait qu'il s'intéressait à elle ?

Elle pourrait sans doute continuer longtemps ainsi, mais il n'y avait tout simplement aucune raison de caresser l'idée qu'ils puissent être ensemble. Cela ne marcherait pas.

Et pourquoi pas ?

Harley ignora cette petite voix dans sa tête. Après Jason, elle n'avait jamais envisagé de se remettre en couple. Elle concentrait son énergie sur le développement de son entreprise. Et de toute façon elle n'avait pas vraiment le temps de sortir avec quelqu'un, ce qui lui convenait très bien.

Elle ne confierait son cœur à personne d'autre.

Il lui avait fallu des années pour surmonter la honte d'avoir été plaquée le jour de son mariage, d'avoir eu le cœur brisé devant ses amis et sa famille. Où qu'elle aille pendant les premiers mois qui avaient suivi la rupture, les gens lui jetaient un regard compatissant ou lui tapaient dans le dos en lui souhaitant du courage. Elle détestait leur pitié.

Alors, non. Elle n'allait pas retomber dans ce piège. Elle attendit sur le parking pendant que Ryker prenait des dispositions avec Christine. Puis il grimpa dans le pick-up.

— Tout est réglé ? demanda-t-elle.

— Presque. Euh... Vous voulez prendre un verre ?

Son souffle se bloqua dans sa gorge. Elle en avait envie, mais elle avait un rendez-vous de toilettage.

— Je ne peux pas. Je dois vous ramener chez Michel parce que j'ai un client. Peut-être un autre soir ? On pourrait faire un barbecue ou quelque chose comme ça.

Elle grimaça. Un verre, c'était très différent d'un dîner.

— Un barbecue, ce serait chouette. Chez vous ou chez moi ?

Elle éclata de rire et démarra.

— Je suis sûre qu'on saura s'arranger.

— C'est paisible ici, fit remarquer Ryker un peu plus loin. J'ai grandi en ville. Mes parents n'avaient pas beaucoup d'intérêt pour la campagne.

— N'avaient ? Ils sont décédés ?

— Oui. Mon père est mort pendant que j'étais en fac. Ma mère est décédée juste après la naissance de Justin.

— Je suis désolée.

C'était horrible. D'abord ses parents, puis sa femme.

— Et vos parents ? demanda-t-il.

— Ils sont vivants. Comme mon frère aîné, David. Il vit au nord d'ici. Ils ont tendance à s'immiscer dans ma vie.

— C'est ce que fait souvent la famille, ironisa Ryker.

— Je suis sûre que Michel se mêle de la vôtre aussi, puisqu'il le fait avec moi et que je ne suis pas de la famille.

— Vous connaissez bien mon beau-père.

— Il a été mon plus grand soutien. Je déteste l'idée qu'il prenne sa retraite.

Elle déposa Ryker devant chez Michel. Ils se saluèrent et Harley rentra chez elle à toute vitesse. Lorsqu'elle s'engagea dans son allée, Ross l'attendait avec ses chiens, Mookie, Aspen et Denver. Bien que très différents, tous trois avaient des personnalités attachantes.

— Désolé d'être en avance, dit Ross. Ma femme travaille tard, et je dois récupérer ma petite fille.

— Pas de problème. Pardon d'être un peu en retard. J'étais chez Fluffypaws pour aider le nouveau vétérinaire.

— Le nouveau vétérinaire ? répéta Ross, surpris.

— Le gendre de Michel est ici pour l'été et nous donne un coup de main, expliqua Harley.

— C'est bon à savoir. Je déteste faire quarante minutes de route pour aller chez le véto quand Michel est absent.

— Peut-être qu'il restera, dit Harley avec optimisme.

Peut-être que si Ryker voyait à quel point les gens étaient formidables ici et à quel point on avait besoin de lui, il reprendrait le cabinet. Elle en doutait encore – pourquoi laisserait-il tout ce qu'il avait à Montréal –, mais Ross n'avait pas besoin de connaître cet élément d'information.

Kaitlyn vint l'aider à emmener les chiens au toilettage.

— Comme d'habitude ? demanda Harley.

— S'il te plaît. Quand est-ce que je reviens ?

— Donne-moi trois heures. Ou un peu plus ?

— Entendu. Je repasserai après le dîner.

Ross repartit, et elle installa la fratrie canine dans la pièce de toilettage. La caméra de sécurité extérieure signala l'arrivée d'une autre voiture.

— Je m'en occupe, dit Kaitlyn. Je peux aussi rester plus tard ce soir pour t'aider avec la meute de Ross.

— Tu es une perle, Kaitlyn !

Elle serait vraiment triste quand son assistante partirait, même si c'était inévitable. Personne ne restait. Sauf elle. Si elle était partie pour ses études, elle avait toujours prévu de revenir.

Une fois les toilettages terminés, Willow et elle iraient s'assurer que les alpagas étaient bien installés pour la nuit, puis elles s'occuperaient de la horde de poules. Willow se tenait généralement à bonne distance des volatiles agressifs.

Sa dernière tâche du soir serait de vérifier que la location était prête pour l'arrivée de Ryker et de son fils le lendemain. Ensuite, elle pourrait dîner, se doucher et recommencer tout le processus… ce qui ne faisait que renforcer son impression qu'elle n'avait pas le temps de sortir avec un homme séduisant, et encore moins d'y penser. Ses animaux, son entreprise et sa ferme étaient plus importants. Pas de disponibilité dans sa tête pour envisager une histoire d'amour. *N'est-ce pas ?*

Ryker ne savait pas très bien ce qui l'avait poussé à inviter Harley à boire un verre. En la regardant repartir, il prit un moment pour se ressaisir avant de rentrer voir son fils. Cela faisait longtemps qu'il n'avait pas ne serait-ce que considéré sortir boire un verre après le travail.

C'était peut-être parce que Justin était avec ses grands-parents. Cela faisait des heures que son fils ne lui avait pas envoyé de texto et, encore, le dernier était différent de ses messages habituels, lesquels s'inquiétaient toujours de l'endroit où il se trouvait.

Alors il s'était égaré et avait demandé à Harley de sortir avec lui. C'était libérateur.

Peut-être qu'avoir amené Justin ici lui ferait du bien à lui aussi.

Ryker savait qu'il aurait un travail. Michel voulait qu'il reprenne la clinique d'Opulence. Ce pourrait être sa clinique.

C'est absurde.

Il ne pouvait pas quitter Montréal. C'était chez eux. Et il ne pouvait pas déraciner son fils, à moins que Justin le veuille. Autant ne même pas y penser.

Plus tôt, il avait envoyé un message à Michel afin de fixer un bon moment pour le reste des interventions sur les chats errants, mais ce dernier avait répondu qu'il devait confirmer la date avec Harley, car si elle n'était pas disponible pour l'assister, c'était sans intérêt. Puis, distrait, Ryker avait oublié de lui demander avant qu'elle s'en aille.

C'était inhabituel de sa part. Il s'était tellement pris au jeu d'être lui-même en sa présence. Pas un vétérinaire. Pas un père. Juste lui.

C'était rafraîchissant. Sans compter qu'il était tellement attiré par elle, sans qu'il sache pourquoi.

Lorsque Harley s'était penchée sur lui, il avait été pris au dépourvu uniquement parce que cela avait enflammé chaque extrémité nerveuse de son corps. Elle était si chaude, si douce, et il avait lutté contre l'envie de se retourner sur sa chaise et de la mettre sur ses genoux. C'était une très mauvaise idée de penser à quelqu'un qu'il connaissait à peine, mais chaque contact, chaque regard, tout ce qu'elle disait et faisait, lui plaisait de plus en plus.

Il avait envie d'elle, et cela le surprenait. Même s'il venait tout juste de la rencontrer, il avait l'impression étrange de la connaître depuis plus longtemps.

Travailler avec elle était si facile. Et son bavardage incessant l'amusait beaucoup. Michel ne s'était pas trompé. Harley était extrêmement compétente.

Honnêtement, il trouvait qu'elle avait sa place dans une clinique à plein temps et il se demandait pourquoi elle n'était pas devenue vétérinaire. Elle avait un don avec les animaux. Un bref instant, il songea à ce que ce serait de diriger la clinique d'Opulence avec elle.

L'idée l'enthousiasmait et le terrifiait à la fois, mais y penser était stupide. Harley n'abandonnerait pas son entreprise florissante pour travailler uniquement avec lui. Peu importait à quel point il aimerait ça.

D'habitude, il ne se souciait pas vraiment de la vie des autres gens. Mais pour une raison ou une autre, il voulait réellement en savoir plus sur Harley. Et cela le troublait. Il n'avait jamais cru qu'il penserait un jour à une autre femme. Il avait eu des envies passagères pour quelques-unes qu'il trouvait attirantes, mais n'avait jamais concrétisé parce que son monde se résumait à Justin et à tenter de compenser l'absence de sa mère.

Justin a besoin d'une famille.

Ryker soupira profondément. À Montréal, il n'y avait que lui, Daphné et Justin. Oui, son fils avait besoin d'une famille.

Lorsque Daphné est tombée enceinte de leur deuxième enfant, ils avaient envisagé un mode de vie plus simple. Ils avaient songé à déménager dans le comté de Huron, mais Daphné était morte, et Ryker avait jeté aux orties tous les projets et les rêves qu'ils avaient faits ensemble, car l'idée de les poursuivre sans elle était bien trop douloureuse.

Pourtant, il était là, à l'endroit où ils avaient parlé de déménager, parce que Justin se sentait seul. Le petit garçon n'avait que neuf ans, mais le chagrin restait néanmoins encore si réel pour lui. Ryker essayait d'être tout pour Justin, mais il voyait que son fils avait besoin de plus.

Montréal était une ville formidable. Il y avait fait sa carrière, et tant de souvenirs précieux étaient ancrés là-bas. Pourtant, ici aussi. Il avait rendu visite à Michel et à Maureen avec Daphné ; il se souvenait des histoires qu'elle lui racontait en regardant les photos. Il y avait eu des Noëls avec eux. Le frère aîné de Daphné, Tomas, n'habitait qu'à une heure de là, et il avait quatre garçons avec lesquels Justin adorait jouer.

Ryker était l'étranger ici.

Il espérait juste que cet été aiderait son fils. Peut-être que revenir ici pourrait devenir une habitude annuelle.

Ryker remonta l'allée qui menait au pavillon de plain-pied de ses beaux-parents, situé juste à l'extérieur de la ville de Goderich. C'était une résidence à population senior, ce qui expliquait pourquoi Justin et lui ne pouvaient pas y squatter trop longtemps. En tout cas, pas tout l'été – aucun des deux n'avait plus de cinquante-cinq ans.

La résidence, composée de pavillons mitoyens comme celui de ses beaux-parents et quelques grandes maisons individuelles, se trouvait au sommet de la falaise. De chez Michel, on avait une vue imprenable sur le lac Huron et les spectaculaires couchers de soleil de la côte ouest de l'Ontario. La résidence disposait également de sa propre plage privée et, à la vue des draps de bain qui s'agitaient dans le soleil du soir, il devinait que Justin et sa mamie avaient passé une journée à la plage.

Michel était sur la terrasse arrière, et Ryker voyait monter la fumée du barbecue. Il grommela. Michel était un brillant vétérinaire et chirurgien, mais un piètre cuisinier.

— Zut ! maugréa Michel.

— Tu t'es encore brûlé, papi ? s'exclama Justin.

— Juste une petite brûlure, répondit jovialement Michel.

Ryker gloussa pour lui-même alors qu'il ouvrait le portillon pour entrer dans le jardin, redoutant le dîner carbonisé que Michel était en train de préparer.

— Papa ! cria Justin d'un ton joyeux.

Ryker posa son sac et tendit les bras à son fils, qui portait encore son maillot de bain et était toujours humide.

— Tu es tout mouillé, mon grand, le taquina Ryker en l'étreignant. Tu t'es transformé en poisson ?

— Presque, répondit Justin en riant. Papi m'a dit que tu nous avais loué une petite maison ! C'est au bord du lac ?

— Non, c'est près de la ville où ta maman a grandi. C'est sur une ferme, avec des chiens, des poules et des alpagas.

Les yeux de l'enfant s'écarquillèrent d'excitation.

— C'est vrai ?

Le cœur de Ryker fondit. Cela faisait longtemps qu'il n'avait pas vu Justin aussi enthousiaste. Aussi heureux.

C'était bon signe.

Il poussa un soupir de soulagement. C'était comme si tout ce poids était tombé de ses épaules. Il y avait là une faible réminiscence du petit garçon dont il se souvenait.

Libéré et prenant du plaisir, s'amusant.

— Il y a aussi une forêt et un ruisseau, ajouta-t-il. Et un sentier pour faire du vélo.

— Super ! Quand est-ce qu'on y va ?

— Demain matin.

Ryker ébouriffa les cheveux de son fils, soulagé que Justin ne soit pas fâché de quitter le domicile de ses grands-parents. Il monta les marches de la terrasse, Justin sautillant à côté de lui, complètement excité par l'idée de la ferme.

— Je vais le dire à mamie !

Justin fonça à l'intérieur, et Ryker s'assit sur une chaise en bois pour regarder Michel massacrer le dîner sur le barbecue.

— Alors, tu as fixé un moment avec Harley pour venir t'aider à la clinique avec les chats ? demanda Michel.

— Je lui ai envoyé un message, mais elle n'a pas répondu.

— Elle est probablement en train de faire un toilettage. Elle a dit qu'elle avait trois chiens à pomponner ce soir.

— J'espère qu'elle me recontactera, dit Ryker.

Il espérait qu'il s'agirait d'un simple échange de textos pour qu'il n'ait pas à lui parler, car il n'arrivait pas à la sortir de sa tête. La douceur de sa peau, la façon dont ses seins s'étaient pressés contre son dos. Cela avait enflammé son sang. Il avait voulu goûter ses lèvres roses et passer ses mains dans ses cheveux dorés. Il avait été submergé par l'envie qu'il avait d'elle à ce moment-là et il s'était écarté aussi vite qu'il l'avait pu.

Pourtant, là encore, rien qu'en y pensant, tout cela lui revenait en pleine figure et l'embrasait.

— Je doute qu'elle te rappelle ce soir. Elle aura des tâches à accomplir. Si tu as besoin de confirmer avec elle ce soir, tu pourrais aussi bien y aller en voiture après le dîner et lui parler face à face, déclara Michel, le sortant de sa songerie.

— Lui parler ? demanda Ryker, surpris.

Michel lui jeta un regard interrogateur.

— Oui, c'est un problème ? Je croyais que vous vous entendiez bien. Vous avez bien travaillé ensemble cet après-midi, non ?

— Oui. Elle est compétente… et elle est…

Il s'interrompit, ne sachant trop quoi dire. Même s'il voulait garder ses distances avec Harley, ce serait difficile à faire alors qu'il vivait à sa ferme, qu'il travaillait avec elle et qu'il l'avait apparemment invitée à boire un verre de manière inattendue. Et il tenait à fixer une date pour s'occuper des chats de Fluffypaws à la clinique de Michel. S'il devait discuter en personne avec Harley de ses disponibilités, eh bien, qu'il en soit ainsi. Il voulait prévenir Christine dès que possible et tout régler ce soir, afin de pouvoir accorder toute son attention à son fils le lendemain pour leur installation. Il ne voulait pas laisser un message téléphonique gênant, aussi n'y avait-il pas vraiment de raison de ne pas aller prendre rendez-vous avec Harley.

Peut-être pourrait-il aussi apporter certaines de ses affaires, ce qui leur épargnerait un déplacement le lendemain.

— D'accord. J'irai à la ferme après le dîner.

Comme Michel gloussait, il ajouta :

— Quoi ?

— Tu as dit qu'elle était compétente, dit Michel en faisant des guillemets en l'air.

— Et alors ?

— Elle est plus que compétente. Ne lui dis jamais qu'elle est médiocre et ne lui demande pas d'aller chercher le café.

Ryker sourit.

— Je sais. Elle m'a prévenu.

Michel referma le couvercle du barbecue et se dirigea vers la maison pour y chercher quelque chose.

Ryker se cala sur la chaise et regarda le lac et le soleil qui se couchait lentement. Il ne disparaîtrait à l'horizon que bien après 8 heures, et il ferait donc encore jour quand il se rendrait chez Harley. Même s'il n'avait vraiment pas envie de la voir, il irait. Il savait au fond de lui que la meilleure façon de la sortir de ses pensées était de la garder à distance, or aller chez elle après le dîner signifiait exactement le contraire.

Toutefois, il s'agissait d'une discussion professionnelle. C'était lié au travail et rien de plus. Ils resteraient des collègues amicaux. Il s'en tiendrait à une relation tout à fait platonique. Il en était capable. Pas vrai ?

5

Après avoir tenté de manger les steaks brûlés et caoutchouteux de Michel, Ryker se rendit à la ferme de Harley. Il se sentait un peu ridicule d'aller là-bas ce soir alors qu'il emménageait le lendemain matin, et s'en voulait encore de ne pas l'avoir interrogée sur son emploi du temps en rentrant de Fluffypaws.

Lorsqu'il se gara dans l'allée, il vit qu'elle était dehors. Le soleil se couchait derrière une rangée de grands épicéas, projetant une lumière orange dorée sur la cour. On entendait un bruissement, un murmure à travers les branches basses des arbres. Il avait toujours aimé ce bruit. Cela le détendait, et le monde lui paraissait alors si serein.

Il pouvait écouter le vent dans les arbres pendant des heures. Peut-être que Justin et lui pourraient être en paix ici.

Peut-être que tu pourrais être heureux ici ?

L'image parfaite fut interrompue par quelques jurons, et il observa avec amusement la scène à l'extérieur du poulailler, où Harley essayait de rassembler un troupeau très indiscipliné de poules et quelques coqs. C'était tout sauf un parfait instant de sérénité pastorale.

— Cluck Norris, espèce de fils de…, cria Harley tandis qu'un grand coq noir et roux battait des ailes après elle.

— Bonsoir, lança-t-il pour ne pas la faire sursauter ni s'écrouler à nouveau sur elle.

Harley leva la tête, et les poules en profitèrent pour continuer à gratter et à picorer le sol au lieu d'aller se percher dans le poulailler pour la nuit. Elle parut surprise.

— Docteur Proulx, puis-je vous aider ?

— S'il vous plaît, appelez-moi Ryker. Je préfère.

D'autant qu'ils allaient vivre sur la même propriété et probablement se côtoyer régulièrement.

Le rose monta brièvement aux joues de Harley.

— Ryker, alors. Comment puis-je vous aider ?

— En fait, j'ai besoin de vous parler de quelque chose.

— Maintenant ? répliqua-t-elle en jetant un coup d'œil à ses poules.

— Si c'était possible. Je suis venu pour ça.

— Vous auriez pu m'envoyer un message.

— Je l'ai fait, mais vous n'avez pas répondu et j'ai besoin d'une réponse très rapidement.

Il voyait bien qu'elle était ennuyée que sa corvée soit interrompue, et il se sentait un peu mal à l'aise. Elle portait à présent une salopette avec un immense sweat-shirt à capuche violet. Elle enjamba la clôture et se dirigea vers lui, les bras croisés. Il détourna les yeux pour ne pas regarder sa poitrine, ni se souvenir de la sensation de ses seins contre son dos.

— C'est à propos de demain ? demanda-t-elle.

— Demain ?

— Le jour de l'emménagement, lui rappela-t-elle.

— Quoi ? Non. C'est pour déterminer quand vous pouvez venir à la clinique afin de m'aider avec les chats de Fluffypaws.

— Oh ! fit-elle en poussant un soupir qui semblait de soulagement. Pourquoi vous ne m'avez pas demandé ça demain, tout simplement ?

— Parce que je dois m'assurer que mon fils prenne bien ses marques, donc je veux être là pour lui. Et j'ai pensé qu'il serait bon de le planifier dès ce soir. Je sais que votre entreprise et votre ferme vous occupent beaucoup.

Une expression étrange de gratitude mêlée de surprise s'empara du visage de Harley.

— Merci. Les autres vétérinaires, jusqu'ici, se contentaient de programmer les choses sans me demander mon avis. J'apprécie donc que vous me posiez la question.

— Et si vous n'étiez pas disponible ? demanda-t-il.

— Ils trouvaient un autre assistant ou ils reportaient le rendez-vous, répondit-elle, sortant son téléphone. Voyons voir. Je peux vendredi, dans la matinée. Je n'ai pas de toilettage ce jour-là, et mes deux employés sont là pour gérer les chiens que j'aurai en pension pour le week-end.

— Vous pensez que 6 heures du matin, c'est trop tôt pour que Christine et Dave amènent les chats ?

— Non, ça ira.

— Vous êtes sûre ?

— Christine et moi sommes de bonnes amies. Elle sera ravie que vous fassiez ça pour elle. Je lui enverrai un message pour la prévenir.

— Merci. C'est fantastique.

Il se retourna vers sa voiture, mais fit volte-face et, avant de pouvoir s'empêcher de le proposer, il dit :

— Vous avez besoin de mon aide pour rassembler les poules ? Je veux dire, je vous ai interrompue.

Ses yeux bleus s'écarquillèrent.

— Vous m'offrez votre aide pour ma horde ? Ces volailles sont méchantes, vous savez. Cruelles, même.

— Pourquoi vous les avez, alors ? demanda-t-il, amusé.

— Eh bien, je les aime bien, en fait. Elles sont odieuses mais j'aime les avoir dans les parages. Et puis les œufs, c'est bon. Donc, oui, bien sûr, si vous voulez m'aider. Je dois les rentrer dans leur poulailler pour la nuit afin qu'elles ne soient pas emportées par des renards ou des coyotes ou n'importe quel autre animal qui veut un poulet assoiffé de sang.

Ryker éclata de rire, et elle lui sourit, ses yeux bleus scintillant dans la lumière déclinante.

Ryker escalada la clôture à sa suite. Quelques poules s'arrêtèrent de picorer pour l'observer avec méfiance. Il remarqua qu'il y avait trois coqs. Ce qui était inhabituel.

— Attention à Cluck Norris. Il donne de méchants coups de bec dans les chevilles, le prévint-elle.

— Lequel est-ce..., commença-t-il lorsqu'une onde de choc douloureuse au tibia l'interrompit.

Il se retourna en jurant tandis que Harley riait.

— Et les deux autres coqs ?

— Cluckula et Wyyatt Chirp. Ils sont beaux, non ?

Ryker acquiesça puis l'aida à rentrer les bestioles.

— Et voilà ! proclama-t-il triomphalement.

Au moment où les mots sortaient de sa bouche, il y eut un battement de plumes, puis il sentit un violent coup de bec derrière son genou et il tomba, pile dans un tas d'excréments de poulets. Pourquoi fallait-il que cela se reproduise ?

Harley attrapa Cluck Norris.

— Un jour, mon ami, tu finiras frit à la texane.

Elle lança le coq dans le poulailler où il battit des ailes et referma la porte. Puis, les yeux pétillants, elle se retourna.

— Venez, vous pouvez vous nettoyer chez moi et je vais faire du thé. Je suis désolée que vous soyez tombé deux fois dans un tas d'excréments en moins de vingt-quatre heures.

— C'est une coïncidence.

Ou une malédiction.

— Laissez-moi vous aider à vous relever, dit-elle en riant.

Ryker prit sa main, et elle le tira vers le haut. Ils étaient si près l'un de l'autre qu'il voyait le sommet de sa tête, juste en dessous de son menton, et il pouvait sentir l'odeur de son shampooing. Il sentait le melon et quelque chose d'autre.

Cela lui rappelait l'été.

Son pouls battait dans ses oreilles, et il luttait contre l'envie irrésistible de l'embrasser au milieu de ce poulailler.

— Mais je suis dégoûtant, objecta-t-il en reculant.

— Je ne crois pas que vous vouliez vous asseoir dans votre belle voiture de luxe et qu'elle sente la fiente de poulet. Je peux laver et sécher vos vêtements rapidement. Pendant que vous attendez, je vous ferai des œufs brouillés et vous pourrez imaginer que vous mangez Cluck Norris pour vous venger. Ou je peux vous faire du thé.

— Je ne veux pas imaginer cela, répliqua-t-il en riant, mais un thé serait parfait. Je viens de dîner, alors je vais faire l'impasse sur les œufs de la vengeance.

Même si entrer chez elle était une mauvaise idée, elle avait raison. Il ne voulait pas abîmer les sièges en cuir de sa voiture ni que l'odeur de basse-cour persiste pendant des jours. D'un autre côté, étant donné que la petite maison ne se trouvait pas très loin du poulailler, il allait probablement sentir l'odeur de toute façon.

Pourquoi l'ai-je invité à entrer ?

C'était ce qu'elle se demandait en mettant la bouilloire en route pendant que le jean de Ryker était dans le sèche-linge. Pour gagner du temps et sur son insistance, il l'avait lavé sans trop de peine à la main dans l'évier et l'avait ensuite mis dans la machine pour un cycle rapide.

Il était maintenant assis à la table de la cuisine, une serviette de plage autour de la taille. Willow, qui l'avait déjà salué et avait reçu plusieurs caresses, ronflait sur le canapé, sur le dos, les pattes écartées de façon obscène. Ryker venait de se moquer d'elle et de la traiter de petite folle.

Harley n'y avait prêté qu'une attention limitée, trop consciente qu'il se trouvait sans pantalon, chez elle.

Elle avait remarqué à son arrivée que son jean était repassé et manifestement de marque. C'était le rat des villes face au rat des champs. Elle ne se souvenait pas d'avoir jamais repassé un jean. En fait, c'était la première personne qu'elle rencontrait qui le faisait.

Qu'il propose de l'aider avec les poules l'avait surprise. Personne ne lui avait jamais proposé – du moins, pas plus d'une fois. Cluck Norris avait toujours vite anéanti les rares bonnes intentions. Elle se sentait coupable pour ses vêtements, mais cela avait aussi été assez comique.

Puis elle l'avait aidé à se relever et il avait été si proche. Elle pouvait sentir son eau de toilette. Subtile, mais elle aimait son parfum épicé et elle était restée là, le creux du ventre tourbillonnant, s'attendant à moitié à ce qu'il l'embrasse. Même si elle ne voulait rien de romantique avec lui, elle était choquée d'avoir désiré son baiser. Et soulagée quand il s'était éloigné, rompant le charme.

Du moins, de son côté. Parce qu'elle était sûre qu'il ne ressentait rien pour elle, et d'ailleurs, pourquoi éprouverait-il quelque chose ?

La bouilloire siffla, et elle chassa toutes ces pensées envahissantes sur le fait de l'embrasser.

— Comment vous voulez votre thé ? demanda-t-elle en espérant que sa voix ne croasse pas.

— Nature, c'est parfait.

Ryker feuilletait une de ses revues agricoles. Elle versa de l'eau chaude sur le sachet de thé et lui apporta la tasse. Elle n'avait pas l'intention de boire du thé à cette heure-ci, car elle ne dormirait pas la nuit, alors elle se remplit un verre d'eau et le rejoignit à la table de la cuisine.

— Vous avez trouvé un article intéressant ?

— Beaucoup, en fait, répondit-il en reposant la revue. J'ai toujours été fasciné par l'agriculture. Je suis désolé d'avoir fouillé dans vos magazines.

— Aucune importance.

— Vous cultivez aussi des terres ?

— Non. Je loue les champs. Quelqu'un d'autre plante ce qu'il veut. Mais j'ai un tracteur.

— Ça plaira à mon fils de le voir, dit-il en souriant.

— Je serai ravie de le lui montrer.

— Je ne veux pas perturber votre vie

— Oh ! pas de problème. Je suis proche de Michel, et vous êtes tous les deux importants pour lui. Je connaissais aussi un peu Daphné, même si elle était plus âgée.

Elle vit une brève lueur de douleur traverser ses yeux.

— Ah oui ?

— Je ne la connaissais pas très bien, mais c'est une petite ville, ici.

— C'est vrai. Je n'ai pas l'habitude.

— C'est paisible. Peut-être que ça finira par vous plaire.

Il sourit en buvant une gorgée de son thé.

— Alors dites-moi, est-ce que la clinique de Michel prend beaucoup de gros animaux en charge ?

— Ça arrive. La clinique vétérinaire de Blyth ne s'occupe que de gros animaux, mais Michel en reçoit un peu. Vous avez déjà dû faire une césarienne par moins quarante ?

— Non, répondit Ryker avec une grimace.

— Restez dans le coin jusqu'à la période des vêlages en février prochain et vous le pourriez, dit-elle en plaisantant.

— Je pense que c'est un plaisir que je vais rater. Dans ma clinique de ville, les césariennes sont pratiquées dans une salle d'opération confortable.

Et voilà. La confirmation, une fois de plus, qu'il n'avait pas l'intention de rester. Elle savait que Michel serait déçu de ne pas pouvoir céder les rênes de sa clinique à Ryker et de ne pas pouvoir prendre sa retraite. La clinique fermerait probablement, ce qui serait terrible pour la communauté.

Ce n'était vraiment pas son affaire, mais peut-être existait-il un moyen de convaincre Ryker de rester.

Et pourquoi voudrais-tu cela ?

Harley ignora cette petite voix, se disant que ce n'était pas pour elle, mais pour Opulence et les animaux du coin Quelqu'un devait remplacer Michel à plein temps, mais Ryker déracinerait-il son enfant ? Peu probable.

— Vous avez déjà travaillé avec de gros animaux ?

— Un peu. J'ai accouché quelques vaches et une jument, répondit-il. Quels animaux élève-t-on dans le coin ?

— Surtout des poulets, dit-elle en plaisantant.

Il étouffa un juron et rit doucement.

— Des porcs, ajouta-t-elle, mais leur élevage est très réglementé. À cause des risques, ils sont traités par des vétérinaires spécialisés. Il y a aussi des exploitations laitières et du bétail.

— J'aime bien les vaches.

— Moi aussi. Mais ma ferme se limite aux poulets et à mes alpagas abandonnés.

— Je suis au courant, dit-il d'un air pince-sans-rire.

Elle rougit en se remémorant leur première rencontre dans l'enclos des alpagas. Ils échangèrent un sourire.

— Cela ne doit pas être facile de s'occuper de tous ces animaux et de gérer votre entreprise. Vous êtes une femme aux multiples talents.

— Merci, fit-elle, rougissant de plus belle.

Le sèche-linge sonna.

— Je suppose que c'est le moment de partir.

— D'accord. Merci pour votre aide avec mes volailles.

— Tout le plaisir était pour moi, lui assura-t-il en riant.

— À quelle heure dois-je vous attendre demain, vous et votre fils ?

— Après le petit déjeuner, je pense. Vers 8 heures. Merci de nous louer cette petite maison. Elle est parfaite pour nous.

Elle acquiesça, et il s'éclipsa dans la salle de bains pour remettre son pantalon, puis il mit la serviette dans le panier à linge en ressortant. Elle croisa à nouveau les bras et recula d'un pas tandis qu'il enfilait ses chaussures et sa veste. Il faisait nuit à présent, et des lucioles voltigeaient dans l'herbe haute à côté de sa grange. Leurs petites lumières s'allumaient et s'éteignaient joyeusement.

— À demain. Bonne nuit, Harley, dit-il doucement.

— Bonne nuit, Ryker.

Elle referma la porte et le regarda monter dans sa voiture et s'éloigner. Willow entra du salon en trottinant et éternua.

— Tu l'as raté, lui indiqua Harley.

Willow éternua encore et secoua la tête.

— Tu le verras demain. C'est notre nouveau voisin.

Un homme qui incarnait la tentation et avec qui elle allait travailler très étroitement pendant l'été. Elle devait ne pas cesser de se rappeler qu'elle ne pouvait pas s'intéresser à quelqu'un qui finirait par partir. Elle s'était remise du départ de Jason, mais avait-elle surmonté la douleur de se voir imposer une décision qui allait bouleverser sa vie, tout cela parce qu'elle était heureuse à Opulence ?

Non. Elle ne s'infligerait plus jamais cela.

6

Harley dormit très mal, tourmentée et en colère contre elle-même à cause de son comportement idiot envers Ryker.

Oui, sa tendance à radoter et divaguer était excentrique et trop amicale, ses amis le disaient parfois, mais en général elle était capable de rester professionnelle. Ce n'était qu'en présence de Ryker qu'elle se sentait nerveuse et qu'elle perdait le contrôle. Presque comme si elle avait le béguin.

C'était la dernière chose qu'elle voulait. Elle était beaucoup plus prudente maintenant. Plus protégée.

Plus seule.

Oui, inutile de le nier. Elle avait ses animaux, mais personne avec qui partager sa vie. Cette entreprise avait toujours été sa finalité, mais une partie de ce rêve était aussi d'avoir un conjoint aimant, des enfants.

C'était ce qu'elle avait espéré de Jason avant qu'il lui brise le cœur.

Finalement, agacée par son agitation, Willow se leva, poussa un énorme soupir de dédain et quitta la chambre pour aller s'allonger au rez-de-chaussée. Quand Harley se leva au matin, la petite chienne lui jeta un lourd regard de reproche.

— Désolée, marmonna Harley en lui ouvrant la porte.

D'habitude, Willow l'accompagnait dans ses tâches mais, après s'être soulagée dehors, Willow rentra en boudant reprendre sa place sur le canapé.

— Traîtresse, grommela Harley.

Elle l'enviait un peu parce qu'elle aurait bien aimé se recoucher aussi, mais les animaux passaient en premier, et il était presque 9 heures du matin. Les alpagas devaient se demander où elle était, et les poules devaient sortir.

Elle se traînait vers la grange lorsqu'elle entendit un bruit de roues. Son cœur bondit quand elle reconnut la berline sombre aux plaques d'immatriculation québécoises.

Pourquoi est-il là si tôt ?

Puis elle se souvint que c'était le jour de l'emménagement et qu'il n'était pas si tôt. Elle était juste en retard. Il fallait qu'elle se ressaisisse, et tout de suite.

— Bonjour, dit gaiement Ryker, ses yeux gris pétillant. Comment ça va ?

— Bien. Et votre jambe ?

— Ma jambe ? demanda-t-il.

— À cause de votre agression hier soir.

— Il a un gros bleu ! s'écria une petite voix à l'arrière.

Un petit garçon aux cheveux roux et aux grands yeux verts la dévisageait. Elle en eut le souffle coupé pendant un instant, car elle revit les yeux de Michel – les yeux de Daphné – qui la fixaient. Il ressemblait tant à sa mère.

— Tu dois être Justin.

— Oui.

— Justin, voici Harley Bedard, dit Ryker. C'est notre propriétaire, et cette ferme lui appartient.

— Je peux voir le méchant poulet ?

— Plus tard, répliqua Ryker d'un ton patient. On doit d'abord emménager.

Devant la moue déçue de l'enfant, Harley déclara :

— Comme tu es ici pour l'été, je te promets que tu rencontreras tous les poulets.

Justin sourit et leva le poing en signe de joie.

— Vous avez besoin que je vous aide en quoi que ce soit ? demanda Harley à Ryker.

— Je ne pense pas. L'eau et l'électricité sont branchées ?

Zut ! C'était ce qu'elle avait oublié de faire.

— Non. Laissez-moi libérer mes alpagas, ensuite je viens vous montrer comment tout mettre en marche.

Ryker acquiesça puis suivit lentement le chemin derrière le poulailler en direction de la petite maison turquoise.

Harley fonça vers la grange où les alpagas, très mécontents, exprimèrent leur réprobation quant à son retard. Elle s'assura qu'ils avaient de la nourriture et de l'eau, puis les laissa sortir dans leur petit pâturage extérieur. Son sang s'embrasa lorsqu'elle se remémora Ryker étendu sur elle. Ces yeux gris qui la fixaient. Au moins l'avait-il pris avec humour.

Elle allait se dépêcher de tout mettre en route dans la petite maison afin de donner à Ryker l'espace dont il avait besoin avec son fils, et de garder ses distances avec lui.

La porte était ouverte, et quelques valises étaient encore posées sous le porche. Il y avait aussi un vélo appuyé contre le côté de la maisonnette, et Justin faisait rebondir un ballon de basket sur le gravier de l'allée. Il leva les yeux vers elle.

— Il y a un panier de basket accroché au mur de la vieille grange avec un petit terrain en béton, si tu veux jouer, dit Harley.

— Vraiment ? demanda Justin, les yeux brillants.

— Bien sûr. Tu n'es pas obligé de rester uniquement devant la maison. Les seuls endroits où je ne veux pas que tu ailles sans la surveillance d'un adulte sont le bâtiment vert près de la route et cette zone clôturée. Oh ! et la grange avec les alpagas. Il vaut mieux ne pas s'en approcher.

— Papa, cria Justin. Je peux aller jouer au basket près de la grange ? Mme Bedard a dit qu'il y a un panier là-bas.

Ryker sortit de la maison.

— Vous êtes d'accord ? Je ne veux pas que vous l'ayez dans les pattes.

— Pas de souci.

Ce qui était vrai. Autant que ce panier serve à quelqu'un.

Justin avait l'air si enthousiaste. Ryker serra les lèvres.

— Bon, mais je veux que tu apportes tes dernières affaires et que tu prépares ton lit d'abord.

Justin acquiesça en grognant et posa son ballon. Harley le regarda ouvrir la portière arrière et en sortir un sac à dos et une courtepointe très abîmée. Ornée de chiens. Une boule se forma dans sa gorge en la voyant.

C'était la couverture en laine polaire qu'elle avait confectionnée pour Justin, et qu'elle avait envoyée à Daphné pour la *baby shower* à laquelle elle n'avait pas pu assister. Daphné l'avait adorée et lui avait écrit une belle lettre de remerciement. À la naissance de Justin, Michel lui avait envoyé une photo du bébé dessus.

— Je peux voir ça ? demanda Harley.

Justin lui tendit la couverture. La laine polaire avait bouloché, mais elle était encore douce, et on voyait qu'elle avait été bien aimée. Cela la rendit heureuse de le savoir.

— C'est ma couverture depuis que je suis bébé, dit Justin.

— Je sais, murmura Harley.

— Comment tu le sais ?

Elle sourit et lui rendit la couverture.

— Je l'ai faite pour toi.

Au début, Ryker n'était pas sûr d'avoir compris ce que disait Harley. Il avait juste regardé à quel point Justin paraissait heureux et comme il interagissait bien avec elle.

Justin avait souvent du mal avec les nouvelles personnes. Il se mettait à l'écart. Le fait qu'il discute avec Harley, surtout de sa courtepointe, lui donna de l'espoir. Puis elle avait dit qu'elle l'avait confectionnée.

Son visage était devenu grave quand elle l'avait vue. Daphné l'avait reçue lors de sa *baby shower* surprise. Ils étaient à Goderich pour rendre visite à ses parents, et il y avait eu cette fête, avec beaucoup d'amis et de membres de la famille. Des cadeaux avaient été envoyés par ceux qui n'avaient pas pu venir, et Ryker se souvenait parfaitement du moment où Daphné avait ouvert le paquet contenant cette couverture. Elle l'avait tellement aimée que le jour où ils avaient ramené Justin de l'hôpital, il était rentré à la maison enroulé dedans.

C'était le doudou de Justin. La chose à laquelle il s'accrochait le plus, à part son père. La couverture sécurisante à laquelle il s'était cramponné lorsqu'il avait appris la mort de sa mère. Elle lui avait apporté un sentiment de réconfort et d'amour. Et Harley l'avait réalisée ?

Ryker essayait de repousser les larmes qui menaçaient de couler, car il ne voulait pas que Justin le voie pleurer.

— Tu as fait ça ? demanda Justin avec enthousiasme. Tu connaissais ma maman ?

Harley lui sourit. Le souffle de Ryker se coupa dans sa gorge. La regarder avec son fils fit fondre son cœur. Voir son fils si impliqué, si intéressé, comme il l'était auparavant...

— Oui. Même si elle était plus âgée que moi. On a grandi dans la même ville. Ici, tout le monde se connaît.

Justin regarda sa couverture avec amour.

— C'est trop cool.

— Je trouve aussi, dit Harley avant de lever les yeux vers Ryker, qui ne put s'empêcher de lui sourire tendrement.

Ils n'étaient ici, à Opulence, que depuis quelques jours et Justin était presque redevenu lui-même.

Il était heureux.

Peut-être que ça durera ? Peut-être que vous pouvez rester ?

Ryker chassa cette pensée. Il n'y avait pas lieu de s'emballer. Mieux valait prendre les choses un jour à la fois.

— Allez, Justin. Apporte tes affaires à l'intérieur et ensuite tu pourras aller jouer au basket, dit-il, espérant que sa voix ne se briserait pas avec toutes les émotions qui se bousculaient à l'intérieur de lui.

Justin attrapa son sac à dos et fonça dans la maison.

Ryker s'approcha de Harley, ne sachant pas trop quoi dire.

— Je ne savais pas que vous étiez à la fête pour le bébé.

— Je n'y étais pas. J'étais à la fac, mais j'ai envoyé le cadeau. J'ai acheté le tissu puis je l'ai cousu dans ma chambre d'étudiante et je l'ai envoyé par la poste à ma mère, qui l'a apporté chez Michel pour la *baby shower*.

— Eh bien, votre cadeau a beaucoup compté pour Daphné et Justin.

Et pour moi. Mais il ne dit pas cette partie à voix haute.

— J'en suis ravie.

Ses joues se teintèrent de rose. Il aimait la façon dont elle rougissait. C'était mignon. Craquant.

— Bon, reprit-il. L'électricité ?

— Oui. Laissez-moi vous montrer comment brancher la maison et tous les boutons et autres pour la fosse septique, l'eau et les panneaux solaires.

— Les panneaux solaires ?

— C'est une petite maison, ironisa Harley. Bien sûr qu'il y a des panneaux solaires. C'est toute une démarche, ce mode de vie à plus petite échelle. C'est écologique et vert.

— Allons-y, dit-il en éclatant de rire.

Harley enleva ses bottes en caoutchouc, et il la suivit à l'intérieur, désorienté par toutes ces émotions qu'elle avait fait naître en lui avec un simple souvenir. Ryker n'était pas du genre à croire au destin, mais il avait l'impression que quelque chose le liait à Opulence.

À elle.

7

Ryker avait bêtement pensé que Justin voudrait passer la journée avec lui. Mais dès que les sacs furent déposés dans leurs chambres respectives, ou plutôt leurs mezzanines, Justin attrapa son ballon de basket et se précipita dehors.

Ryker était agréablement surpris. En fait, sidéré était un meilleur terme. Justin mettait du temps à s'habituer aux lieux et aux gens, et c'était douloureux à voir, d'autant qu'il était un enfant si aventureux avant. Il croyait que Justin mettrait plus de temps à s'installer dans leur nouvelle résidence, car lorsqu'ils étaient venus en Ontario pour l'été, Justin avait été un peu nerveux à l'idée de quitter Montréal.

Pourtant, il n'était pas vraiment surpris de le voir s'adapter aussi rapidement à la petite maison de la ferme, car dès qu'ils s'étaient garés dans l'allée de Michel et Maureen après huit heures de trajet, toute nervosité s'était envolée, et Justin avait semblé accepter avec enthousiasme l'idée de cet été dans le comté de Huron. Apparemment, il en était de même ici. Comment aurait-il pu dire non quand son petit garçon avait demandé avec empressement à rejouer au basket-ball ?

Ryker était ravi d'entendre à nouveau le rire de son fils, l'excitation dans sa voix à propos de l'endroit où ils allaient séjourner. Justin avait dit qu'il adorait absolument tout ici.

Ryker était donc confiant. Il devait parfois se baisser dans l'espace exigu de la petite maison mais, étonnamment, c'était aménagé de manière assez intelligente. Il y avait deux mezzanines. L'une dotée d'un escalier avec des tiroirs de rangement sous chaque marche. L'autre, que Justin avait revendiquée comme sa cachette, avait une échelle pliante. La répartition convenait à Ryker car il préférait l'escalier.

Le rez-de-chaussée comprenait une cuisine moderne et un salon confortable avec quelques fauteuils, une télévision au mur et un petit poêle à bois dont Ryker doutait qu'ils se serviraient. Sous sa mezzanine, il y avait une belle salle de bains qui donnait sur les champs et la forêt.

À l'extérieur, un perron couvert se prolongeait d'une terrasse avec des sièges de jardin aux couleurs vives. En passant sur le côté, il découvrit un petit barbecue au propane.

C'était le refuge idéal pour l'été.

Ryker s'assit sur l'un des sièges, d'où il pouvait voir Justin utiliser le panier de basket. Il entendait les dribbles rythmés et le bruit du ballon qui rebondissait sur le panneau.

Il ferma les yeux, écoutant simplement ce son. C'était la première fois depuis longtemps que Justin n'était pas collé à lui, à se morfondre et à avoir peur.

— Papa ! Regarde-moi, cria Justin.

Ryker ouvrit un œil.

— Quoi, mon grand ?

Justin fit un lancer délicat. Le ballon rebondit sur le panneau et tomba dans le cerceau.

— Tu as vu ça, papa ?

— Magnifique !

Ryker se détendit. Il pouvait aussi entendre les poules, et il rit en se remémorant la scène ridicule avec Cluck Norris la nuit dernière. Il repensa à Harley. À son bavardage constant. Son sourire. Son rire. Il ne put s'empêcher de se demander où elle était. Il entendit une sorte de doux fredonnement. Presque comme un bourdonnement.

Il se leva et se dirigea vers la vieille grange entourée d'un pâturage clôturé. Harley était là, et elle traînait une roche saline. Il y avait trois alpagas dans l'herbe, très intéressés par ce qu'elle faisait. La roche semblait lourde.

Quand il avait surpris Harley et qu'elle l'avait jeté au sol, il n'avait pas remarqué combien d'alpagas occupaient l'enclos. Maintenant, il constatait qu'ils étaient trois. Deux adultes et un petit. En se penchant par-dessus la clôture, il regarda Harley interagir avec eux. Il sourit en voyant les alpagas la pousser doucement. Harley fouilla dans la poche de sa salopette et en sortit quelques carottes qu'ils léchèrent joyeusement sur la paume de sa main en remuant les lèvres.

Elle avait un don avec les animaux.

Il s'en était rendu compte lorsqu'ils avaient travaillé au refuge de chats. Il n'avait pas eu besoin de lui donner beaucoup d'instructions. Une fois qu'il lui avait montré à quel point c'était facile de poser une puce électronique, elle l'avait fait comme une pro. C'était comme si elle comprenait exactement ce dont il avait besoin à chaque instant. Il n'avait jamais travaillé ainsi avec quelqu'un. D'habitude, il fallait des années pour qu'un assistant vétérinaire sache anticiper ce dont il avait besoin, mais avec elle, au refuge pour chats, c'était comme s'ils étaient en tandem.

Elle leva les yeux et le vit appuyé sur la clôture.

— Tout va bien ?

— Oui. Vous voulez de l'aide ? demanda-t-il.

Il avait cru qu'il resterait coincé avec Justin toute la journée. Maintenant, il ne savait plus quoi faire.

— Vous êtes encore trop bien habillé. Je ne veux pas être responsable si vous tombez dans le fumier une troisième fois.

Il éclata de rire. Elle se dirigea vers lui en pataugeant dans les hautes herbes.

— Où est votre fils ?

Il fit un signe de tête par-dessus son épaule.

— Il joue au basket.

— Oh ! bien ! J'espère qu'il se plaît ici.

— Il en a l'air.

Un pick-up arriva en trombe dans l'allée, ses pneus crissant sur le gravier. Justin lâcha son ballon et courut vers lui, effrayé car c'était quelqu'un qu'il ne connaissait pas.

— Papa !

Ryker s'avança rapidement. Justin se blottit contre lui. Un fermier en combinaison verte sauta du camion. Il semblait sortir tout droit d'une étable. Il était couvert de paille.

— Vous avez vu Harley ? demanda le fermier.

— Elle est dans le pré. Juste là, derrière.

Le fermier partit en hâte en hélant Harley.

— Qu'est-ce qui se passe, papa ? demanda Justin nerveusement, en serrant son ballon de basket contre lui.

— Je ne sais pas. Reste sur la terrasse, d'accord ?

Justin acquiesça et courut vers leur maison, mais Ryker pouvait voir que l'anxiété de l'enfant était à son comble.

Il se dirigea vers le fermier et Harley. Elle avait les mains sur les hanches, fronçait les sourcils et hochait la tête.

— Qu'est-ce qui ne va pas ? s'enquit Ryker.

— Sa vache est en train de vêler. Ou elle essaie de le faire.

Ryker était surpris. Ce n'était pas la saison des vêlages.

— J'ai besoin de ton aide, Harley. Le vétérinaire des grands animaux se trouve dans une autre ferme. Tu as déjà mis au monde des veaux, plaida le fermier.

— Oui, mais si elle a besoin d'une césarienne, je ne peux pas t'aider, Mel, objecta Harley.

— Je sais mais, je t'en prie, viens, je n'ai pas la force de tirer le veau tout seul.

— Vous avez une vêleuse ? demanda Ryker.

— Oui, répondit Mel. Qui êtes-vous ?

— Mel, dit Harley, voici le Dr Proulx, le gendre de Michel. Il est vétérinaire. Il peut nous accompagner ?

Le soulagement se lut sur le visage de Mel.

— S'il vous plaît. Harley sait où j'habite. Dépêchez-vous.

— Vas-y, on arrive, le rassura Harley.

Mel courut jusqu'à son camion.

— Et Justin ? demanda Harley.

— Il peut venir aussi, déclara Ryker.

Il n'était pas question de le laisser seul, si anxieux, et encore moins dans un nouvel endroit. Justin l'accompagnait souvent au cabinet quand il devait travailler le week-end. Il n'était pas du tout effarouché par la médecine vétérinaire.

— Vous avez une combinaison ? demanda Harley.

— Ah, non.

— J'en ai une. Suivez-moi.

Ryker fit signe à Justin de venir avec eux, et ils suivirent Harley dans le vestiaire de sa ferme. Willow s'approcha et avant qu'il ait pu dire quoi que ce soit, le garçon et le chien étaient par terre et soudain les meilleurs amis du monde. Toute l'anxiété que Justin avait accumulée depuis l'arrivée de Mel parut se dissiper quand il enfouit son visage dans la fourrure de Willow. Harley pouffa.

— Willow adore les enfants.

Il sourit en regardant son fils et le ridicule petit chien de Harley se lier d'amitié. Willow remuait la queue, ou plus exactement, tout son derrière remuait d'avant en arrière tandis qu'elle léchait le visage de Justin qui gloussait de joie.

— Comment elle s'appelle ? demanda-t-il en la caressant.

— Willow, répondit Harley avant de se tourner vers l'armoire de son vestiaire. Elle a l'air de bien t'aimer !

— Je l'aime bien aussi ! s'exclama Justin.

— C'est ce qu'il semble, murmura Ryker.

— Willow peut venir avec nous ? demanda Justin.

— Évidemment, dit Harley.

— Vous êtes sûre ? insista Ryker.

— Vous amenez votre enfant. J'amène le mien.

Elle lui fit un clin d'œil. Justin glapit un youpi et embrassa Willow, ce qui surprit Ryker. Harley lui tendit une combinaison verte.

— Vous pouvez vous changer dans la salle de bains. J'ai aussi des bottes à votre taille.

— *Merci*, répliqua-t-il en français.

— Mais je n'ai pas de bottes pour Justin, en revanche.

— Il n'entrera pas dans la stalle. Il nous a déjà accompagné, Michel et moi, pour des urgences, expliqua Ryker. De plus, il doit rester avec Willow, n'est-ce pas ?

Justin s'extirpa enfin des câlineries de Willow.

— Je sais ce qu'il faut faire. Je ne vais pas me salir, mais j'ai des bottes en caoutchouc dans la petite maison !

— Va vite les chercher alors, ordonna Ryker.

Justin sortit en courant, au grand dam de Willow. Ryker se glissa dans la petite salle de bains et retira rapidement ses beaux habits avant d'enfiler la combinaison. On aurait dit qu'elle n'avait jamais été utilisée. Puis il ressortit, et Harley posa une paire de bottes en caoutchouc devant lui.

— Merci, dit-il. Cette combinaison est toute neuve ?

— Euh. Ce n'est pas la mienne. C'était celle de mon ex-fiancé. Il me l'a laissée. J'aurais dû la donner, mais je l'ai rangée ici quand j'ai acheté cette maison.

Une bouffée de jalousie le traversa. Elle avait été fiancée ?

Il se demanda ce qui s'était passé. Ce n'étaient pas ses affaires, bien sûr. Leurs rapports étaient juste amicaux.

— Bon, déclara Harvey. On va prendre mon pick-up. J'ai déjà un tas de matériel vétérinaire dedans.

C'était logique. Justin attendait dehors, Ryker le rejoignit. Ce n'était pas du tout la journée qu'il avait prévue, mais cela n'avait pas d'importance. Tout ce qui comptait, c'était de mettre ce veau au monde.

Harley ne savait pas ce qui lui avait pris de dire à qui appartenait la combinaison. Elle avait même oublié sa présence dans le placard, mais elle n'avait pas d'autre combinaison à prêter à

Ryker. Au moins, il n'avait posé aucune question sur son ex ou sur le fait qu'elle avait été fiancée. Non qu'elle veuille le cacher. Mais elle ne voulait pas de sa pitié. Justin bavassait gaiement à propos de Willow et du veau qui n'était pas encore né alors qu'ils parcouraient les deux kilomètres qui les séparaient de la ferme de Mel. Willow, appuyée au petit garçon, le fixait avec adoration.

Ryker jeta un coup d'œil par-dessus son épaule.

— Je crois que vous avez été remplacée dans l'affection de votre chienne.

Harley regarda dans le rétroviseur et gloussa. Cela lui faisait chaud au cœur de voir Justin avec Willow.

— Ce n'est pas la période habituelle pour un veau, fit ensuite remarquer Ryker.

— Vous avez raison. C'est un peu bizarre qu'une vache vêle en été, mais Flossie est une nouvelle génisse, et le taureau de Mel s'était échappé pour la retrouver. Maintenant ils vont avoir un veau d'été. Flossie est une vache laitière primée.

— Un taureau en fuite et une vache primée, dit Ryker en souriant. Un vrai conte de fées.

— Flossie a beaucoup de valeur. Le veau probablement aussi, parce que le taureau qui est son père est lui aussi un reproducteur primé.

— Je ne m'étais pas rendu compte qu'il y avait autant de drames dans les cours de fermes.

— Ici, c'est régulièrement *Amour, Gloire et Beauté*.

Elle rit gauchement à sa propre blague, mais elle fut la seule. Un silence confus tomba. Il fallait qu'elle arrête ça.

— Tu racontes des blagues terribles, lança Justin en s'esclaffant. Je les aime bien.

— Eh bien, je suis contente que quelqu'un les apprécie, répliqua-t-elle en riant à son tour, imitée par Ryker.

Ils se garèrent dans la cour de Mel. Il les attendait dans l'étable. Flossie avait été enfermée dans une stalle avec beaucoup de foin, et Harley vit tout de suite que la poche des eaux qui contenait le veau était rompue.

— C'est un gros veau, indiqua Mel. J'ai déjà mis des veaux au monde, mais jamais aussi gros.

Ryker fronça les sourcils et enfila par-dessus sa manche l'un des longs gants que lui tendit Mel.

— Reste ici, Justin, avec Willow, dit Harley en attrapant un gant et en suivant Ryker dans la stalle.

Elle connaissait bien Flossie, et Ryker était un vétérinaire de ville avec moins d'expérience des grands animaux. Mais il ne lui fallut qu'une minute pour se rendre compte qu'il savait ce qu'il faisait. Il parlait calmement à Flossie qui meuglait en essayant tant bien que mal de mettre au monde son petit. Il inséra doucement sa main à l'intérieur d'elle et tâta le terrain, puis retira son bras.

— Alors ? demanda Harley.

— Je peux sentir la tête et les pattes. Le veau est en position, mais il est gros. Très gros. Je pense que je vais utiliser la vêleuse pour l'aider à sortir.

— Je vais la chercher, annonça Mel. Viens, jeune homme, tu peux m'aider. Amène Willow aussi.

— D'accord.

Justin descendit d'un bond de la barrière où il était perché et suivit Mel, Willow sur les talons.

— Rendez-vous compte vous-même, dit Ryker à Harley.

Harley acquiesça et fit ce qu'elle avait fait d'innombrables fois lorsqu'elle aidait à vérifier la gestation des vaches locales. Elle pouvait sentir le veau – il était vivant, pour l'instant. Et Ryker n'avait pas tort. C'était un gros veau. L'utérus de Flossie se contracta à ce moment-là, et Harley retira sa main. Un pied s'avança, puis recula lentement.

Il était clair que le veau était coincé.

— On est de retour, papa ! cria Justin, qui suivait Mel alors qu'il apportait la vêleuse, parfois appelée tire-veau.

— Bien. Harley, tenez Flossie pendant que je prépare ça.

Harley ôta le gant et s'approcha de la tête de Flossie, caressant et réconfortant la génisse souffrante.

— Ça va aller, ma belle. Ne t'inquiète pas.

Ryker semblait savoir exactement comment installer la vêleuse derrière Flossie. Harley avait toujours trouvé cela horrible. Il y avait des barres métalliques, un levier et une corde qui passait autour des pieds du veau. Le levier tournait autour d'une poulie, ce qui produisait un bruit de grincement. Harley préférait attacher une corde autour du veau et utiliser le poids de son corps pour tirer le veau de la génisse à chaque contraction, mais comme ce veau était en détresse et risquait de mourir, la vêleuse était nécessaire. Ryker la mit en place en poussant la poignée, et un crissement se fit entendre.

— Je vais attendre une autre contraction.

Cela ne prit pas longtemps. Quand Flossie recommença à pousser, Ryker utilisa le levier, accompagnant chaque contraction pour guider avec précaution le veau vers l'extérieur.

— Je vois le nez ! cria Justin.

Bientôt, le tire-veau fit son œuvre et le nouveau-né tomba de Flossie sur le lit de foin. Harley attacha Flossie pour qu'ils puissent examiner son petit.

Ryker enleva la vêleuse et se mit à genoux, frottant vigoureusement le nouveau-né. Harley le rejoignit, leurs mains travaillant ensemble pour frictionner l'animal. Leurs doigts se frôlaient. Elle le regardait avec admiration, ses mains puissantes s'efforçant de maintenir le veau en vie. Il y eut un clignement d'un grand œil brun et une respiration.

— C'est une femelle, annonça Ryker. Elle est vivante.

Harley se releva et libéra Flossie, qui meuglait et appelait son petit. Ryker recula pendant que Flossie léchait la nouvelle génisse, laquelle se mit avec hésitation sur ses pattes, ses grands yeux clignant sous le choc.

Le cœur de Harley se gonfla de fierté en voyant à quel point Flossie aimait son petit veau surprise. Elle croisa le regard de

Ryker, dont les yeux gris scintillèrent. Elle savait qu'il ressentait la même chose.

Une nouvelle vie. Un veau qui serait sûrement mort s'ils n'avaient pas pu venir.

— C'est le meilleur moment, murmura Mel. Quand ils aiment tellement leurs veaux. Quand ils les rejettent, c'est déchirant.

— Sans aucun doute, acquiesça Harley d'un ton mélancolique. C'est aussi mon moment préféré !

— Beau travail, papa et Harley ! dit Justin. Il est trop mignon. Comment vous allez l'appeler ?

Mel se gratta la tête.

— Je ne sais pas. Tu veux lui donner un nom ?

— Molly ! suggéra Justin en souriant jusqu'aux oreilles.

— D'accord. Alors le veau s'appelle Molly.

Mel ébouriffa les cheveux de Justin, puis se tourna vers Ryker.

— Merci, docteur Proulx. Vous avez le même amour et la même motivation que votre beau-père.

— C'est un grand compliment, répliqua Ryker.

Il sourit à nouveau à Harley, ce qui fit bondir son cœur. Ryker ne pensait peut-être pas être à sa place, mais il devenait évident pour elle que c'était le cas.

Opulence avait besoin de lui. Si seulement il voulait bien rester.

8

Après s'être assurés que le veau et sa maman allaient bien, ils remontèrent dans le pick-up de Harley. L'heure du déjeuner était passée depuis longtemps, et l'estomac de la jeune femme grondait. Apparemment, elle n'était pas la seule.

— J'ai faim, papa, geignit Justin.

— Que diriez-vous d'un bon hamburger de bœuf ? ironisa Ryker.

Justin rit, mais Harley en resta pantoise.

— Qui peut raconter des blagues horribles aujourd'hui ?

— C'est pas grave, Harley, fit Justin. J'ai aussi l'habitude des blagues nulles de papa. Mais je veux bien un hot-dog,

— Je crois que j'ai des hot-dogs à la maison, dit Ryker.

Harley mit son clignotant.

— Pas la peine. Je connais un endroit. Le Freezie Witch !

— Il y a des sorcières à manger ? s'exclama Justin, excité.

— Des sorcières de glace, des hot-dogs et des frites, annonça Harley.

— Super ! Tu entends ça, Willow ?

Justin serra sa nouvelle meilleure amie dans ses bras. Willow répondit par un aboiement joyeux.

— Je vois que je suis en minorité pour déjeuner à la maison, grommela Ryker d'un air amusé. Mais j'invite tout le monde, ajouta-t-il avec un petit sourire.

— Y compris Willow ? demanda Justin.

— Seulement s'ils ont des glaces sans danger pour les chiens, objecta Ryker avec fermeté.

— C'est le cas. Ils ont des coupes spéciales pour les chiens, expliqua Harley. J'apprécie que vous proposiez de payer le déjeuner, mais vous n'êtes pas obligé de le faire.

— J'insiste. J'apprécie énormément votre location pour l'été, et j'offre bien volontiers un hot-dog à ma nouvelle voisine et amie.

— Amie ? répéta-t-elle, son pouls s'emballant.

— Bien sûr. On va travailler ensemble. Amis, c'est bien. D'ailleurs, on pourrait se tutoyer, non ?

Ils échangèrent un sourire. Elle aimait la façon dont il lui souriait. Cela la faisait se sentir toute chose. Être amis ne serait pas une mauvaise idée. C'était une option plus sûre, et Willow s'était déjà prise d'affection pour eux.

Elle se gara sur le parking du Freezie Witch. C'était une baraque à frites, et il y avait une grande pelouse avec des tables de pique-nique sous des arbres ombragés. Elle accrocha Willow à sa laisse pendant que Ryker et Justin passaient commande. Justin ne tarda pas à revenir en courant avec une coupe pour chien, et Ryker suivit en tenant une boîte contenant trois hot-dogs et des bouteilles d'eau.

— J'ai pris des formats Jumbo, annonça Ryker.

— Ils sont énormes ! s'exclama Justin.

— Tu m'étonnes ! répliqua Harley, tandis que Willow engloutissait sa coupe de glace et de crème fouettée. Merci pour le déjeuner, Ryker.

— Tu me remercies encore, dit-il en plaisantant.

— Je n'y peux rien. C'est un truc canadien, non ?

— Je suppose, répondit-il en gloussant. Je le fais aussi. Mais, de rien, ça me fait plaisir.

Justin s'assit dans l'herbe à côté de Willow, ignorant tout de leur conversation.

— Il a l'air heureux ici, fit remarquer Harley.

Ryker acquiesça, une expression douce sur le visage.

— Je sais. Ça fait du bien de le revoir comme ça.

— Revoir ?

— Il a eu quelques difficultés. J'espérais que cet été lui remonterait le moral. On dirait que ça marche.

— Opulence est le meilleur endroit du monde. C'est petit, mais puissant.

— C'est petit, en effet. Alors, et toi ?

— Moi ?

— Tu as grandi ici ? Tu as toujours vécu à Opulence ?

— J'ai grandi ici mais, non, je n'y ai pas toujours vécu. J'ai passé plusieurs années à Hamilton après l'université. Je n'ai pas aimé la ville et je suis rentrée.

— Ton ex a déménagé ici avec toi ?

Elle s'étrangla légèrement.

— Ouh là, tu n'en rates pas une, hein ?

— Pardon.

— Non, c'est bon. En fait, je l'ai rencontré ici. Il était vétérinaire, il travaillait avec Michel. Il a fini par vouloir vivre en ville. Pas moi. Ma vie est ici. Mon entreprise est ici. Alors voilà. Fin de l'histoire.

C'était la première fois qu'elle se montrait aussi blasée à ce sujet. Mais Jason n'avait pas d'importance, pas en ce moment avec ses nouveaux amis. Elle était heureuse qu'ils puissent bien s'entendre.

— Il vivait à la ferme ?

— Non, non. Je l'ai achetée moi-même. Après.

— Tant mieux. Bravo.

Elle relâcha son souffle. D'habitude, les gens la plaignaient quand elle leur racontait ce qui s'était passé entre Jason et elle. Ils ne se souciaient guère qu'elle ait accompli tant de choses par elle-même, seulement du fait qu'elle avait été plaquée. C'était du moins l'impression qu'elle avait. Ryker semblait impressionné qu'elle ait réussi à acheter la ferme toute seule. C'était un exploit, et elle en était sacrément fière.

Ils restèrent assis à manger leurs hot-dogs. Ils n'avaient pas besoin d'en dire plus. C'était simplement agréable d'être assis là. Ensemble.

Après le déjeuner, ils retournèrent à la ferme. Ryker alla ranger la maisonnette avec Justin, et Harley rentra chez elle.

Le reste de la journée, elle ne vit aucun des deux. Passer du temps avec Justin et Ryker lui donnait envie d'avoir une famille. Un sentiment dont elle pensait avoir fait le deuil.

Elle avait beaucoup de travail entre Cosmopawlitan Opulence et ses animaux. Elle n'avait pas le temps. Lorsqu'elle rentra de sa tournée de corvées en fin de journée, elle vit que la combinaison qu'elle avait prêtée à Ryker était lavée, soigneusement pliée et posée à côté de sa porte.

Le reste de la semaine fut chargé. Mais chaque fois qu'elle voyait Ryker ou Justin, elle les saluait ou ils échangeaient quelques mots rapides.

C'était agréable de les avoir dans la propriété. Elle ne se sentait pas si seule.

À la fin de la semaine, elle passerait du temps avec Ryker à la clinique vétérinaire, et elle avait hâte d'y être.

Le vendredi matin, elle se prépara à se rendre à la clinique de Michel, sachant qu'elle y verrait son nouveau locataire. Elle devait bien se rappeler qu'elle était là pour faire son travail et qu'elle ne pouvait pas laisser toutes ses émotions tumultueuses interférer. Surtout le fait qu'il lui manquait. Elle ne les connaissait tous les deux que depuis une semaine, et ils s'immisçaient déjà dans sa vie, ce qui l'effrayait.

La journée s'annonçait bien remplie et commencerait tôt car Christine amenait les chats de bonne heure. Ryker était un excellent vétérinaire, et Harley savait qu'elle pourrait travailler en harmonie avec lui, si elle pouvait chasser toutes ces pensées ridicules de sa tête pendant cinq minutes.

Elle expédia rapidement ses corvées et accueillit Kaitlyn, qui s'occuperait de la garderie canine. Harley rentra se doucher et revêtit sa tenue médicale. Puis elle prit la route.

Il était encore tôt, mais les fermes autour de la sienne étaient déjà en pleine activité. C'était le moment de la journée qu'elle préférait. Les tracteurs étaient dans les champs ou grondaient sur les chemins poussiéreux. Les camions de lait rutilants passaient à toute allure devant elle.

C'étaient les matins qu'elle aimait.

Le trajet pour Opulence était court, Ryker était déjà là. Il sortait de sa voiture lorsqu'elle arriva sur le parking. Il portait une blouse médicale bleu foncé et une veste blanche. Elle fut déconcertée de le voir dans cette tenue, qui semblait faire ressortir la couleur de ses yeux et accentuer sa peau bronzée. Son cœur se mit à battre un peu plus vite.

Reprends-toi en main.

— Bonjour, docteur Proulx.

— Ryker. Nous sommes amis, tu te souviens ?

— Eh bien, je me suis dit que comme on est à la clinique...

— Non. C'est toujours Ryker. Comment vas-tu ce matin ?

— Bien, dit-elle tandis qu'ils gagnaient la porte d'entrée.

En réalité, ce n'était pas le cas, parce qu'elle n'arrivait pas à le chasser de son esprit, ni à oublier à quel point il était beau ce matin. Il était bien trop tôt pour être aussi séduisant.

— Où est Justin aujourd'hui ? demanda-t-elle.

— Avec ses grands-parents. Ils vont encore passer une journée à la plage, puis ils iront rendre visite à ses cousins. Il devrait faire chaud aujourd'hui.

— Ne t'inquiète pas, la clinique est climatisée. On sera frais comme des gardons.

Arrête de parler à tort et à travers.

— J'espère bien. La réceptionniste arrive à quelle heure ?

Sarah, la réceptionniste de Michel, travaillait avec lui depuis longtemps, et Harley était presque sûre qu'elle prendrait bientôt sa retraite aussi. Ryker devrait engager quelqu'un d'autre pour la remplacer.

Mais de qui se moquait-elle ? Ryker ne resterait pas à Opulence.

— Sarah sera là à 9 heures. D'ici là, on devrait en avoir fini avec la plupart des chats de Fluffypaws, et tu pourras voir le nouveau chiot prévu plus tard dans la journée.

— Parfait. J'espère être occupé, mais aussi apprendre à connaître tout le monde, marmonna-t-il en parcourant quelques dossiers posés sur le bureau de Sarah.

— Pourquoi ? demanda Harley à brûle-pourpoint.

Il haussa un sourcil et la dévisagea.

— Comment ça, pourquoi ?

— Pourquoi prendre la peine d'apprendre à connaître les gens si tu n'as pas l'intention de rester ?

Il parut surpris par la question et, oui, elle était brutale, mais c'était la vérité. Il avait clairement dit qu'il n'était pas sûr de rester. Son bail n'était valable que pour l'été.

— Eh bien, répondit-il. C'est courtois.

C'était une réponse un peu détournée, mais sa question l'était aussi. Et puis il avait raison. C'était courtois.

— Désolée d'avoir été aussi directe, dit-elle. C'est juste que j'aime cette ville, ses habitants et ses animaux.

L'expression de Ryker s'adoucit.

— Je le sais. Alors, pourquoi n'es-tu pas devenue vétérinaire ? Si tu l'étais, tu pourrais prendre la relève. Michel a beaucoup d'estime pour toi et ton travail.

C'était à son tour d'être direct avec elle, semblait-il.

— Je voulais l'entreprise que j'ai, argua-t-elle fièrement. Je voulais travailler avec les animaux. Quand j'étais ado, j'ai travaillé de nombreux étés pour une toiletteuse de chiens, j'ai appris avec elle. J'aimais ça. Je voulais un peu plus, alors j'ai fait une formation d'assistante vétérinaire. J'ai entièrement payé moi-même mes études et je n'ai pas eu de dettes. J'ai toujours rêvé d'avoir ma propre terre, de travailler avec les animaux et d'être mon propre patron. Je ne regrette aucun de mes choix, même celui de ne pas devenir praticienne.

Ryker lui sourit, les yeux pétillants.

— Tu peux être fière de ce que tu as accompli. J'espère que tu sais que je ne méprisais pas le fait que tu sois assistante vétérinaire. Je serais perdu sans mes assistants.

Elle acquiesça. Le feu monta le long de son cou et s'épanouit sur ses joues, et elle s'en voulut de rougir.

— Au fait, merci d'avoir lavé la combinaison et de l'avoir pliée si joliment. Tu n'étais pas obligé.

— Ce n'est pas un problème. Merci de me l'avoir prêtée. Et euh, poursuivit-il après un instant d'hésitation... Désolé d'avoir posé des questions sur ton ex l'autre jour.

Son ventre se noua. Évoquer Jason la déstabilisait toujours

— Ce n'est pas grave. Je m'en suis remise.

Ce fut alors que ça la frappa. C'était vrai.

Elle avait souffert, elle avait été effondrée, mais pour une raison ou une autre, ce n'était pas bizarre d'en parler avec Ryker. Au contraire, c'était de moins en moins douloureux.

Ryker savait qu'il n'aurait pas dû l'interroger sur son ex. Ce n'étaient pas ses affaires. Il avait essayé de se sortir ça de la tête durant la semaine, mais il n'y était pas parvenu.

Ils n'avaient pas beaucoup échangé depuis le déjeuner après la naissance du veau. Ce moment où ils étaient assis à une table de pique-nique en train de manger des hot-dogs avait semblé si juste. Comme si c'était normal. Comme s'ils avaient déjà fait ça souvent – déjeuner et bavarder. Harley allégeait par sa présence le fardeau et tout le stress qu'il portait. Il avait beau essayer de garder ses distances avec elle, c'était comme si elle était sa compagne. Son égale.

Il n'était à Opulence que depuis une semaine et il pensait sans cesse à une femme, alors que ça aurait dû être la chose la plus éloignée de son esprit. Il ne voulait ni repousser Harley ni rendre les choses gênantes. Il aimait être avec elle.

— Je suis désolé, fut tout ce qu'il réussit à dire. Encore une fois, je ne voulais pas être indiscret.

— Ne sois pas désolé. Ce n'est pas grave. C'est du passé.

Elle essayait de paraître confiante, mais elle ne le regardait pas dans les yeux, et sa voix tremblait légèrement. Elle esquissa un sourire courageux, et pourtant il percevait la douleur sous la surface. C'était une douleur différente de la sienne, mais il reconnaissait la douleur d'aimer et de perdre.

— On ferait mieux de tout préparer. Christine et Dave ne devraient pas tarder à arriver.

— Exact, répliqua-t-elle rapidement, Ils entreront probablement par l'arrière. Je vais aller voir.

— D'accord.

Ryker la suivit des yeux tandis qu'elle s'éloignait. Qu'est-ce qui lui prenait ? Cela ne lui ressemblait pas. Il devait se ressaisir. La question qu'elle lui avait posée à propos de son séjour à Opulence avait été directe, mais il avait répondu honnêtement. Sa vie était à Montréal.

Toutefois, travailler avec Harley et voir Justin s'épanouir chaque jour lui faisait voir Opulence différemment.

Justin paraît si heureux ici.

Ce qui était vrai, mais il venait tout juste d'arriver. La magie d'un nouvel endroit pouvait facilement s'estomper, et il ne pouvait pas déraciner son fils sur un coup de tête. Son fils serait-il encore heureux à l'automne ?

Ryker se mit au travail. Il restait encore beaucoup à faire. Les chats errants devaient subir un bilan de santé général, être pucés et stérilisés. Il fallait les endormir, pour sa propre sécurité et afin de leur éviter du stress. Les deux autres chats, déjà pucés et vaccinés, devaient à présent être stérilisés.

Il commença par les chats sauvages, car la tâche prenait plus de temps. Il travailla en tandem parfait avec Harley, sans avoir besoin de bavardage non professionnel. Tout se déroula plutôt rapidement, et les chats récupéraient en attendant que Christine et Dave viennent les rechercher après le déjeuner.

Il devait ensuite examiner un nouveau chiot. Lorsqu'il eut le temps de souffler, il consulta son téléphone. Il y avait un message de Michel. Justin faisait une crise de panique et avait besoin de lui. Juste au moment où il pensait que son fils s'adaptait. Il soupira.

— Qu'est-ce qui se passe ? demanda Harley.

— Je dois partir. Il faut que j'aille voir Justin.

— Eh bien, c'est la pause déjeuner, et le nouveau chiot n'est programmé qu'après. Va le chercher et amène-le ici.

— Tu es sûre ?

— Évidemment, répondit Harley.

— Je serai de retour à temps pour le rendez-vous avec le chiot, je le promets.

— Tu as intérêt !

C'était une taquinerie, mais il appréciait la décontraction avec laquelle elle avait exprimé son idée d'amener Justin à la clinique. Ceux avec qui il avait travaillé par le passé n'avaient pas toujours été aussi accommodants. Un autre point en faveur d'Opulence.

9

C'était facile de travailler avec Ryker. Il semblait lui faire confiance sur ses compétences. Ça changeait des autres vétérinaires passés au fil des ans, qui ne la connaissaient pas et la surveillaient sans cesse. Même Jason, au début. Mais la confiance de Ryker lui faisait du bien.

Ce n'était pas dans ses habitudes de parler de son ex, elle était néanmoins contente de l'avoir fait. Elle n'avait pas tout dit à Ryker, notamment qu'elle avait été plaquée, mais c'était agréable d'évoquer ses sentiments, son ressenti, devant quelqu'un qui n'avait pas été là pendant cette période. Et surtout, elle appréciait que Ryker n'ait pas cherché à en savoir davantage.

Quand il revint avec Justin, elle vit que le petit garçon était bouleversé. Ses yeux étaient gonflés, comme s'il avait pleuré.

— Hé, salut, toi, dit-elle prudemment. Tout va bien ?

— Ça va, répondit Ryker avec raideur. Justin voulait passer la journée ici. Ça ne te dérange pas ?

Ryker posait à nouveau la question, mais elle avait l'impression que c'était au bénéfice de son fils. Peut-être que Justin avait besoin qu'elle-même le rassure sur ce point.

— Pourquoi ça me dérangerait ?

Justin émit un demi-sourire, mais il parut s'égayer.

— Je peux rester, alors ?

— Bien sûr, répondit Harley. Qui a dit le contraire ?

— C'est juste que… ça agace certains assistants et d'autres employés quand papa m'amène à la clinique de Montréal.

Cela lui fendait le cœur de voir Justin si chamboulé et anxieux. C'était si dur que quelqu'un d'aussi jeune souffre comme ça, porte un tel fardeau. Elle n'avait qu'une envie, serrer le petit garçon dans ses bras, mais elle était encore presque une étrangère pour lui.

— Eh bien, pas moi. Tu peux être mon assistant pour le reste de la journée, si tu veux ? suggéra-t-elle, espérant que cela lui remonterait le moral.

— En vrai ?

Justin sourit, ses yeux gonflés s'illuminèrent.

— Mais tu dois écouter ce que dit Harley, intervint Ryker.

— Promis.

Justin sautilla de joie avant d'aller déposer son sac dans le bureau de Michel. Ryker se tourna vers elle.

— Merci.

— Pour quoi ? demanda Harley.

— Pour être si attentionnée avec mon fils. Il a parfois du mal à me quitter. Aujourd'hui, c'est l'un de ces jours. Et puis il s'est inquiété parce que certains membres du personnel de la clinique où je travaille ne sont pas très gentils.

— Je suis désolée de l'apprendre. Ce n'est pas normal. Vraiment, ça ne pose aucun problème. Il y a un tas de fournitures à ranger, et je suis sûre que Sarah ne serait pas contre un peu d'aide non plus.

— J'apprécie quand même, dit-il avec un sourire soulagé.

Elle ne pouvait qu'imaginer la douleur que Ryker ressentait devant ce manque de compassion si cruel envers Justin. Le pauvre enfant n'avait pas besoin de ça. Ils allèrent tous les deux trouver Justin, qui discutait avec Sarah.

— Il paraît qu'on a un assistant, dit gaiement celle-ci.

— Exact. C'est mon assistant, mais je peux te le prêter si tu en as besoin, répliqua Harley avec un clin d'œil à Justin.

— Je pourrais lui montrer la déchiqueteuse et j'ai quelques lettres à poster.

Sarah sourit tendrement à Justin. Celui-ci était tout excité.

— Le nouveau chiot arrive quand, déjà ? demanda Ryker.

— À 3 heures, répondit Sarah. C'est une urgence. Le chiot ne va pas bien selon les nouveaux propriétaires.

Le ventre de Harley se noua. Ce n'était pas bon signe si un chiot ne s'épanouissait pas. Soit il avait ingurgité quelque chose qu'il n'aurait pas dû, soit attrapé quelque chose pour lequel il n'était pas vacciné, soit, eh bien, elle ne voulait pas penser au pire, ou à l'idée qu'il vienne d'un élevage intensif de chiots.

— Il y avait aussi un mail de Christine de Fluffypaws pour vous remercier, docteur Proulx. Apparemment, les chats ont déjà presque tous été adoptés, reprit Sarah. Nia est toujours à la recherche d'un foyer.

— Ah bon ? fit Harley. Nia n'a pas encore été adoptée ?

— C'est peut-être un signe, railla Ryker. Je crois me souvenir qu'elle t'aimait beaucoup.

— Je pensais plutôt recueillir un chat errant...

— Tu vas avoir un chat ? demanda Justin avec enthousiasme. Papa, si Harley ne prend pas le chat, on pourrait peut-être, nous ?

Harley sourit à Ryker qui se contenta de gémir.

— Je vais me préparer. Justin, tu écoutes bien Harley et Sarah.

— D'accord, papa.

Justin fit un salut militaire à son père qui le salua à son tour avant de disparaître à l'arrière. Harley riait toute seule.

Peut-être qu'elle devrait prendre des chats sauvages. Elle devait assurer la sécurité des alpagas et la vieille grange était à deux doigts d'être infestée par des nuisibles susceptibles de transmettre des maladies.

— Qu'est-ce que tu veux que je fasse en premier ? lui demanda Justin, interrompant ses pensées.

— Je pense que tu devrais faire un peu de déchiquetage avec Sarah, suggéra-t-elle.

— Et je pense que Harley est astucieuse, lança malicieusement

Sarah en se levant. Viens, Justin. Je vais t'emmener dans ma salle des fournitures de bureau.

Justin bondit à la suite de Sarah. Harley était sur le point de se préparer pour le reste de sa journée lorsqu'elle entendit des coups frénétiques sur la porte. Elle se retourna et vit une femme qui tenait une petite boule brune dans une serviette. Ses yeux étaient écarquillés et ses cheveux en désordre.

— Je peux vous aider ? demanda Harley en se précipitant.

— C'est mon chiot. Elle est apathique. Je suis très inquiète, répondit la femme.

— Vous êtes le rendez-vous de 3 heures ?

— Non, je n'ai pas de rendez-vous. J'ai eu ma petite chienne il y a deux jours. Elle s'appelle Brownie.

La femme sanglotait tandis que Harley se penchait pour vérifier les constantes du chiot. Le pouls était faible, et la petite bête ne réagissait pas. Le cœur de Harley se serra.

— Vous feriez mieux d'entrer.

Elle conduisit la femme affolée directement dans la première salle d'examen où Ryker attendait le prochain rendez-vous. Il était en train de taper quelque chose sur son ordinateur et il leva les yeux, surpris.

— Ce n'est pas le chiot que nous attendions, mais celui-ci ne va pas bien, expliqua Harley.

— Mettez-le ici, ordonna-t-il, immédiatement investi.

La femme déposa sa petite chienne sur la table d'examen. Ryker enfila des gants et une blouse chirurgicale jetable. Un silence pesant tomba pendant qu'il examinait le chiot.

— Elle est déshydratée, murmura Ryker. Elle a quel âge ?

— Ses papiers disent qu'elle a sept semaines. Je l'ai achetée il y a deux jours à Sharpe Line Farms. Ils sont en dehors de Dungannon.

La femme tendit les papiers à Ryker. Harley vit rouge. Sharpe Line Farms était un élevage intensif, connu comme une véritable usine à chiots. Elle savait que Christine, Dave et quelques autres organismes de protection des animaux essayaient de faire fermer le lieu. Le problème, c'était que les usines à chiots n'étaient pas illégales au Canada.

Elle ne doutait pas une seconde que ce petit chiot avait le parvovirus et que les papiers remis à Ryker étaient des faux.

Celui-ci fronça les sourcils.

— Je vais faire un test antigénique fécal, mais avant tout, ce chiot est gravement déshydraté. Je dois lui poser une intraveineuse.

— Je vous en prie, faites tout ce qu'il faut pour sauver Brownie, supplia la femme en sanglotant.

— Brownie ? C'est un joli nom pour un chien. Nous ferons ce que nous pourrons. Harley va vous conduire auprès de Sarah pour ouvrir votre dossier. Je vous tiens au courant.

Ryker prit Brownie dans ses bras et l'emmena à l'arrière, dans la partie hôpital de la clinique. La femme fondit en larmes, et Harley passa son bras autour d'elle pour la consoler. Elle ne pouvait pas lui dire que tout irait bien, parce qu'il n'y avait pas de remède contre le parvovirus. C'était au chien de s'en remettre. Tout ce qu'ils pouvaient faire, c'était soutenir son corps pour lui donner une chance de s'en sortir.

Ryker attendait le résultat. Il avait branché Brownie à une intraveineuse et des antibiotiques. Il avait ensuite pu prélever le petit échantillon dont il avait besoin pour effectuer le test antigénique. Il était presque sûr de connaître le résultat.

Il était certain qu'il s'agissait du parvovirus.

Les vaccins qui figuraient sur tous les documents de Brownie étaient faux. Il les vérifiait en ce moment même et les résultats ne donnaient rien. Le vétérinaire et son numéro de licence n'étaient plus utilisés. En fait, il était mort dix ans plus tôt, et sa licence était périmée.

Ryker allait se rapprocher de la famille du vétérinaire décédé. Mais d'abord, il allait contacter les services de protection des animaux pour qu'ils envoient un inspecteur dans cet élevage. Il ne faisait aucun doute que ce chiot n'avait pas été vacciné et qu'il était atteint du parvovirus.

C'était pourquoi il avait immédiatement mis des gants et une blouse jetable. La maladie pouvait se propager très rapidement à un autre chien. Il devait dire à Harley de faire de même, puis demander à Sarah et Justin de nettoyer les poignées de porte, le sol et tout ce que la propriétaire de Brownie avait touché. Harley entra, les bras croisés.

— Sharpe Line Farms est une usine à chiots.

— Zut, maugréa-t-il. Tu es sûre ?

— Absolument.

Le minuteur se déclencha, et il vérifia le test.

— Le test est positif.

— Bon. Alors on nettoie tout et on repousse les autres rendez-vous ?

— J'ai vérifié le dossier du nouveau patient. C'est aussi un chiot de Sharpe Line Farms. Je parie que c'est la même portée. Je vais le voir, mais on doit se changer. On ne peut pas répandre ça dans toute la clinique.

Ryker décrocha le téléphone et appela la réception.

— Sarah, veuillez annuler les rendez-vous ultérieurs. Sauf l'autre chiot. Ils viennent tous les deux du même endroit. Nous avons une épidémie de parvovirus à la clinique. Il faut faire un nettoyage en profondeur.

Ryker raccrocha et vérifia l'état de Brownie. Elle se reposait et ses constantes s'étaient améliorées.

— Je n'ai pas de tenue de rechange, dit Harley. Je ne peux pas retourner à ma ferme dans cette tenue.

— Michel a des tenues supplémentaires dans son bureau. Prends-en une et change-toi, puis on mettra nos vêtements souillés dans un sac scellé. On les lavera dans la machine de la clinique, d'accord ?

Harley acquiesça puis quitta la pièce en hâte.

Ryker se débarrassa de ses gants et de sa blouse usagés et

s'aspergea les mains d'un spray antiseptique. Puis il se dirigea vers le bureau de Michel. Sans réfléchir, il ouvrit la porte et tomba nez à nez avec Harley, debout en soutien-gorge rose vif et culotte assortie. Ses joues étaient de la même couleur que ses sous-vêtements. Tout ce qu'il put faire, c'était la fixer – juste un instant, mais qui parut durer une éternité. Il baissa enfin le regard.

— Excuse-moi, dit-il en refermant rapidement la porte.

Quel idiot. Il lui avait dit d'aller se changer. Bien sûr, il ne s'attendait pas à ce qu'elle le fasse dans le bureau de Michel. Pour une raison ou une autre, il pensait qu'elle prendrait la blouse de rechange et se changerait ailleurs.

Justin arriva en courant dans la partie arrière. Il portait une blouse jetable trop grande pour lui et des gants.

— Papa, l'autre chiot est là. Sarah l'a emmené dans la salle d'examen n°2. Le monsieur n'a touché aucune porte.

— Bien. J'y vais dès que possible.

Harley sortit du bureau, ne croisant pas son regard, mais elle sourit gaiement à Justin.

— Tu as tout à fait l'air d'un vétérinaire.

— C'est le but.

Justin retourna à l'avant pour aider Sarah à nettoyer.

— Bon. Hum, fit Ryker. Je vais me changer et ensuite on doit examiner ce chiot.

— Très bien, répliqua Harley. Je vais mettre des gants et une blouse en papier aussi.

Elle s'éloigna rapidement, remontant son pantalon stérile trop grand. Elle essaya de le resserrer, mais cela ne fit que souligner son postérieur galbé, dont il avait eu un bel aperçu dans cette culotte rose vif.

Arrête d'y penser.

Le problème, c'était qu'il n'était pas sûr d'y parvenir. C'était gravé dans sa rétine et le fait était que ça lui avait plu.

Il fut plus facile de chasser Harley et ses sous-vêtements roses de son esprit lorsqu'il vit le deuxième chiot qui venait du même élevage et avait reçu exactement les mêmes vaccins, ou plutôt l'absence de vaccins.

Test au parvovirus positif. Le cas de ce chiot était pire. Ryker, avec l'aide de Harley, réussit à le brancher aussi à une perfusion d'antibiotiques. Il ne leur restait plus qu'à attendre. Et c'est exactement ce qu'il prévoyait de faire toute la nuit.

— C'est l'heure de la fermeture, lui rappela gentiment Harley en entrant dans la salle de soins, des heures plus tard.

Ryker leva les yeux de son ordinateur.

— Ah oui ? Déjà ?

— J'ai renvoyé Sarah chez elle il y a longtemps. Justin et moi avons préparé les commandes de médicaments et de nourriture. On a mis en place un service de retrait dehors.

— Formidable. Où est Justin maintenant ?

— Sur l'ordinateur de Michel, en train de jouer.

Harley s'assit, observant leurs deux patients très malades.

— Tu pourrais me rendre un service ? demanda-t-il.

— Bien sûr.

— Tu peux aller chercher pour Justin des vêtements de rechange, son oreiller et sa couverture ?

— Vous allez rester ici ?

— Oui. Je dois surveiller ces chiots de près. Et Justin…

Il hésita avant de poursuivre.

— Il ne peut pas rester seul. Il est très anxieux si on est séparés, à cause de ce qui est arrivé à sa mère.

— Il était là quand ça s'est passé ? s'enquit-elle, une expression pleine d'empathie sur le visage.

— Quand Daphné est morte ?

— Oui, murmura-t-elle.

— Il était là, oui Je suis rentré avec Justin après avoir fait les courses. On l'a trouvée par terre. Elle était enceinte, mais c'était une grossesse extra-utérine. Sa trompe s'est rompue et elle s'est vidée de son sang.

— Je ne savais pas, chuchota Harley. Michel n'a jamais dit comment elle était morte.

Ryker déglutit. Il n'arrivait pas à croire qu'il racontait ça à Harley, mais elle était d'un abord si facile, et cela faisait du bien de tout lâcher, de parler à quelqu'un.

— Je me souviens juste qu'il hurlait. Il n'avait que sept ans à l'époque. C'est pour ça qu'on est ici. Pour donner à Justin une pause dans son hypervigilance. Il n'a pas été un enfant depuis si longtemps.

— Eh bien, c'est l'endroit idéal, dit joyeusement Harley. Mon enfance à Opulence a été la meilleure.

— Daphné disait souvent la même chose.

— C'est vrai.

— Tes parents vivent toujours à Opulence ? demanda-t-il, voulant changer de sujet.

— Non, ils ont déménagé à Goderich. Dans la même copropriété que Michel. Ils vont parfois au chalet familial dans la région d'Inverhuron, et mon frère aîné et son compagnon ont une ferme équestre à Ripley, qui est aussi près d'Inverhuron.

— Tu as grandi dans une ferme ? C'est pour ça que tu voulais en acheter une ?

— Non, j'ai toujours voulu vivre dans une ferme. C'était mon projet de vie. Je pensais que c'était aussi celui de mon ex. Mais finalement il a changé d'avis. Je suis très fière d'avoir pu le réaliser seule.

— Tu peux l'être. Ton ex ressemble à un *ostie de colon*.

— Un quoi ?

— Un idiot, traduisit Ryker en souriant. Écoute, à propos de tout à l'heure dans le bureau de Michel...

— Ne t'inquiète pas pour ça. Ce n'est pas grave, répliqua-t-elle très vite, le rose aux joues.

Il aimait bien le rose sur ses joues, mais il repensa immédiatement à elle en sous-vêtements.

— Et si Justin dormait chez moi ce soir ? proposa Harley.

— Quoi ? demanda Ryker, surpris.

— Je lui apporterai des vêtements de rechange, on commandera une pizza pour manger ici et ensuite il pourra s'amuser avec Willow et moi ce soir pendant que tu surveilles les chiots et désinfectes nos vêtements.

— Je doute que Justin soit d'accord avec ça.

C'était à peine s'il acceptait de rester avec Michel et Maureen sans son père.

— On peut lui demander. Ici, ce n'est pas l'idéal pour un enfant la nuit, et Willow adorerait se blottir contre lui sur le canapé.

Justin n'avait pas passé une nuit sans lui depuis la mort de Daphné, mais Harley avait raison. C'était un endroit affreux pour qu'un enfant y passe la nuit. Il était certain que Justin refuserait, mais il devait essayer et lui poser la question.

— Pourquoi pas, s'il est d'accord. Tu es sûre ?

— Mais oui. Et s'il a vraiment besoin de te voir, je le ramènerai ici.

Cela semblait trop beau pour être vrai, et c'était très gentil de sa part. Ryker se nettoya les mains et se dirigea vers le bureau de Michel, à côté de la salle de soins. Justin jouait à un jeu de cartes en ligne. Il ne leva pas les yeux de l'écran.

— Hé, mon petit pote. Écoute, je dois rester ici ce soir. Ces chiots sont vraiment malades.

— On doit rester ici toute la nuit ? se renfrogna Justin.

— Oui. Sauf si... Harley a proposé que tu passes la nuit chez elle avec son chien.

Ryker retint son souffle. Il était certain que Justin refuserait. Son fils interrompit son jeu.

— C'est vrai ?

— Ça te plairait ? demanda prudemment Ryker.

— Oui ! Youpi ! s'exclama Justin avec enthousiasme.

Ryker était abasourdi, mais content.

— Alors d'accord. Harley va aller te chercher des vêtements de rechange pour que tu ne transmettes pas le parvovirus à Willow. Avant que tu te changes et que tu partes, on mangera une pizza ensemble ici, et ensuite tu pourras rentrer avec Harley.

— Génial, fit Justin avant de retourner à son jeu.

Ryker quitta le bureau de Michel en état de choc. Justin voulait passer la nuit chez Harley, loin de lui ?

Peut-être pour changer de décor ?

Peut-être que ce changement était une bonne chose ?

Et peut-être que Ryker en avait lui aussi besoin.

10

Après tout ce que Ryker lui avait dit sur Justin et sur la mort de Daphné, Harley était stupéfaite que Justin ait accepté de dormir chez elle. Mais elle était ravie, parce que le voir aussi bouleversé l'avait attristée. Un enfant ne devrait pas avoir à porter le fardeau d'un chagrin aussi lourd. Il devrait être capable de jouer et d'être simplement un enfant.

Harley avait été surprise par sa propre proposition, car elle n'avait pas coutume de faire du baby-sitting, mais elle était heureuse que Ryker se sente suffisamment à l'aise pour lui confier Justin, et soulagée que Justin lui fasse suffisamment confiance pour accepter. Visiblement, cela lui avait remonté le moral, et elle s'en réjouissait.

Après qu'elle fut allée chercher la pizza, ils mangèrent rapidement et Justin, à qui Ryker avait recommandé d'être sage, la suivit jusqu'au parking. Il était de toute évidence impatient de se rendre chez elle. Il bavarda joyeusement pendant tout le trajet jusqu'à la ferme et, une fois qu'ils furent bien désinfectés, Kaitlyn sortit Willow du chenil et la ramena à la maison. À partir de ce moment-là, le chien et l'enfant, meilleurs amis du monde, furent à nouveau réunis.

Justin adorait Willow et vice versa. La petite chienne semblait faire fondre l'anxiété de l'enfant. Harley en était tout émue.

Ils allèrent rassembler ce dont il avait besoin pour la nuit dans la petite maison puis rentrèrent chez elle.

Harley n'avait pas l'habitude de côtoyer des enfants. Elle avait voulu être mère, mais depuis qu'elle avait fermé son cœur à l'idée de retomber amoureuse, elle avait en quelque sorte abandonné l'idée, le rêve d'avoir des enfants. Plus jeune, elle faisait du baby-sitting, mais cela remontait à longtemps, et son frère et son compagnon n'avaient pas l'intention d'avoir des enfants, seulement des chevaux.

À présent, elle craignait d'être trop ennuyeuse pour Justin. Qu'est-ce que les gamins aimaient de nos jours ? Elle n'avait pas de jeux vidéo. Au moins, Willow semblait l'occuper, mais combien de temps cela durerait-il ?

— Qu'est-ce qu'on va faire maintenant ? demanda Justin, alors que Willow se lovait contre lui sur le canapé.

Harley n'en avait aucune idée, et Justin la regardait, dans l'expectative.

— Euh, eh bien, j'ai des corvées à faire. Ensuite, je dois faire un tour dans le chenil pour m'assurer que les chiens qui sont en pension ont tout ce qu'il faut.

— Je peux t'aider ?

— Tu veux m'aider à faire les corvées ?

— Oui, j'adore les animaux, expliqua Justin. Je veux être vétérinaire comme mon papa et papi.

Son cœur se gonfla. Ryker avait dit que l'anxiété et le chagrin l'entravaient, mais elle commençait à entrevoir un garçon qui aimait sa vie avec son père et ses grands-parents. Un garçon qui aimait être ici, c'était évident.

Peut-être que si Ryker voit ça, il restera ?

Elle chassa cette pensée. Personne ne restait. Les intentions de Ryker étaient claires depuis qu'elle l'avait rencontré. Leur séjour à Opulence ne durerait qu'une saison.

Ce n'était pas parce que Justin était heureux ici maintenant que les choses allaient changer. Comme la petite maison serait vide quand ils retourneraient à Montréal...

— Alors, je peux t'aider ? insista Justin, tout excité.

— D'accord, mais ça risque d'être salissant. Tu peux porter la combinaison que j'ai prêtée à ton père, mais elle sera trop grande.

Justin haussa les épaules et se leva d'un bond.

— J'ai apporté mes bottes parce que je savais que tu devrais t'occuper des autres animaux.

— Eh bien, tu es plus intelligent que je ne le pensais.

— Je suis super intelligent, affirma fièrement Justin.

— Bien, monsieur Fûté, allons faire les corvées. Willow peut venir aussi.

— Génial.

Harley équipa Justin de la très grande combinaison, et la maintint en place avec une ceinture et des pinces. Elle lui mit une casquette de base-ball sur la tête et il enfila ses bottes, puis lui emboîta le pas pour les tâches du soir.

Il ne se mit pas en travers de son chemin et fit exactement ce qu'elle lui demandait. Il était d'une grande aide.

Willow resta collée à lui pendant qu'ils couchaient les alpagas, et Vince le laissa même lui donner du raisin. Justin et Willow restèrent en retrait pendant qu'elle enfermait Cluck Norris et sa horde maniaque dans le poulailler. Ensuite, elle demanda à Justin de l'aider à déplacer l'enclos, afin qu'elles aient un sol frais à gratter et à picorer le lendemain. Le soleil commençait à se coucher lorsqu'ils terminèrent.

— Harley ! s'exclama Justin. Qu'est-ce que c'est ?

Harley leva les yeux et vit les chauves-souris qui piquaient et plongeaient sur les insectes.

— Les chauves-souris.

— Je n'avais jamais vu de chauve-souris, dit Justin, bouche bée en les regardant.

— C'est plutôt chouette, non ? dit-elle en riant. Les chauves-souris peuvent être porteuses de la rage, mais elles sont essentielles à l'écosystème. Elles empêchent les moustiques de proliférer. Surtout quand les moustiques sont porteurs de maladies comme le virus du Nil occidental.

— Papi m'a parlé de ça. C'est vraiment cool. On ne voit pas ce genre de choses en ville. Ou des étoiles.

Harley tendit le cou pour apercevoir les premières étoiles qui pointaient dans le ciel qui s'assombrissait.

— Non, tu as raison.

C'était pour ça qu'elle n'aimait pas la ville. Elle avait eu besoin d'y faire des études, et d'y travailler pour acquérir de l'expérience, mais elle n'aimait pas le bruit, la pollution lumineuse, le manque d'espace. Elle adorait l'endroit où elle vivait. Jason avait peut-être eu raison. Elle n'aurait pas pu être heureuse à Toronto. C'est juste qu'il ne lui avait jamais donné le choix. Il avait pris la décision de mettre fin à leur histoire sans qu'elle ait son mot à dire.

— Je n'aime pas Montréal, lança Justin avec désinvolture.

— Oh ? fit Harley en s'approchant doucement de lui. Mais tu es de Montréal. Ça ne peut pas être que mauvais.

— Non, mais j'aime bien être ici. Avec les animaux et ma famille. Maman était d'ici, ajouta-t-il en levant les yeux vers elle, qui pressa tendrement son épaule.

— Je sais. Cet endroit est incomparable, et ta maman l'adorait, et elle vous adorait, toi et ton père.

— Elle me manque, murmura Justin.

— Je n'en doute pas. Je suis sûre qu'elle est là-haut, en train de te regarder.

Les larmes lui piquaient les yeux alors qu'elle se tenait là, à fixer le ciel du soir avec Justin, à observer les chauves-souris et les étoiles.

— Je la sens plus, ici, Harley.

Justin glissa sa petite main dans la sienne. Cela la surprit et la fit fondre. Elle serra sa main, lui faisant savoir qu'elle était là aussi et qu'il avait en elle une amie pour la vie.

— Et si on faisait du pop-corn, on construisait un fort avec des couvertures et on regardait un film ? suggéra-t-elle, espérant alléger l'atmosphère.

— Oui ! dit Justin en sautant, ce qui fit aboyer Willow, même si elle ne savait pas pourquoi. Viens, Willow !

Harley regarda Justin courir vers sa maison, Willow le suivant de près, aboyant d'excitation. D'habitude, après avoir fait ses corvées, elle rattrapait son retard dans ses courriels et sa paperasse avec une tasse de thé. Elle ne se souvenait pas de la dernière fois qu'elle avait pris le temps de regarder un film. C'était une bonne idée. Ce serait encore plus agréable en compagnie de quelqu'un.

Ne t'attache pas.

Même si Justin lui avait dit à quel point il se plaisait ici, cela ne signifiait pas que Ryker allait rester. Et elle savait déjà qu'ils lui manqueraient terriblement quand ils partiraient.

Ryker était mort de fatigue, mais son épuisement en valait la peine. L'état des deux chiots s'était considérablement amélioré au cours de la nuit. Ils avaient juste besoin d'être gardés sous surveillance aujourd'hui, et ensuite il pourrait les rendre à leurs propriétaires.

Michel avait appris par Sarah la présence des chiots malades et que Ryker avait passé la nuit à la clinique, alors il s'y précipita le matin, soulageant Ryker pour la journée afin qu'il puisse dormir un peu. Ryker envisageait de revenir à la clinique juste avant le dîner pour remettre les chiots à leurs propriétaires mais, pour l'instant, il prévoyait de faire une sieste. Il était content de ne pas avoir reçu d'appels ou de textos de Harley à propos de Justin et ne pouvait s'empêcher de se demander ce qu'ils avaient bien pu faire. C'était la plus longue séparation entre Justin et lui depuis deux ans.

Après avoir quitté la clinique, il passa au café du coin pour acheter des beignets et deux cafés avec double dose de crème et de sucre, puisqu'il ne savait pas ce que Harley aimait. Lorsqu'il se gara dans son allée, Harley était assise sous le porche, les jambes croisées, sur une chaise longue, en train de lire. Elle portait un pantalon de yoga et un débardeur. Ses cheveux blonds étaient tressés en une natte qui pendait sur son épaule, et il pouvait voir du rose vif sur les ongles de ses orteils. Le rappel de son amour pour cette couleur lui procura un coup de chaud dans tout le corps.

— Hey, fit-il, espérant que sa voix n'était pas trop empreinte de fatigue.

Elle leva les yeux et posa son livre.

— Salut. Comment vont les chiots ?

— Ils survivront, répondit-il, avant de brandir le carton contenant les cafés. Je n'étais pas sûr de ce que tu aimais.

— J'aime le café du moment que je peux en avoir.

Ryker lui tendit une tasse et s'installa sur la chaise longue à côté de la sienne.

— Comment ça s'est passé avec Justin ?

— Très bien ! Il dort encore. Je lui ai laissé un mot pour qu'il vienne dehors s'il me cherchait. J'ai fait ma tournée tôt quand Willow s'est levée. Après, elle l'a rejoint dans le fort.

— Le fort ?

— Oui, un fort fait avec des couvertures. On a tous dormi dedans. Il a insisté, mais je dois dire que je suis trop vieille pour dormir par terre.

Ryker s'esclaffa, et elle le regarda de travers.

— Tu me trouves vieille ? C'est ça ?

Il grommela un juron en français en détournant les yeux.

— Je te taquine, assura Harley en riant.

Il lui fit un clin d'œil, soulagé qu'elle ne soit pas vexée.

— Ouf. Alors, qui surveille les chiots maintenant ?

— Michel. S'ils continuent à aller mieux, je vais les libérer ce soir. J'ai déjà informé les propriétaires. Ils étaient ravis, mais terriblement contrariés par Sharpe Line Farms.

Harley serra les lèvres.

— Moi aussi. C'est une plaie dans la région depuis des années. Tous les refuges sont au courant de leur existence. On a appelé les responsables municipaux, la police, mais il n'y a pas de loi contre les usines à chiots.

— Eh bien, on doit faire quelque chose, déclara Ryker.

— J'ai parlé à Christine et Dave et à quelques amis d'autres associations et de refuges. On va faire passer le message sur les réseaux sociaux. Ils fermeront pendant un certain temps, mais ils se réorganisent toujours.

— Je vais quand même me plaindre auprès du procureur général. J'ai déjà des copies des faux carnets de vaccination. Ils enverront un inspecteur.

— Vraiment ? Génial !

— Deux chiots qui auraient dû être vaccinés contre le parvovirus, provenant de la même portée et achetés au même endroit avec des certificats de vaccination presque identiques et méticuleusement copiés, plus une fausse identification de vétérinaire, c'est une bonne raison pour que l'inspecteur se rende à Sharpe Line Farms.

Harley posa son café et l'entoura de ses bras. Il fut pris au dépourvu, mais il apprécia l'étreinte. Ses bras autour de son cou, la chaleur de son corps contre le sien. Il voulait retenir cette sensation. Mais elle se dégagea, embarrassée.

— C'est vraiment super.

— Je suis ravi que tu sois contente. Bon, ajouta-t-il en se levant. Je devrais aller voir Justin.

— Bien sûr, vas-y.

Elle prit son téléphone et entreprit sans doute d'envoyer un texto à Christine de Fluffypaws pour l'informer. Elle était si mignonne quand elle était excitée, et il ne pouvait s'empêcher de sourire en la regardant. Elle était si amicale, si chaleureuse et il était évident que Justin l'aimait bien, parce qu'il n'avait pas appelé. Il avait passé la nuit chez elle.

Dans un fort constitué de couvertures !

Ryker entra dans le salon, et Willow laissa échapper un petit *woof* et remua la queue en le voyant.

— Tout va bien, ma belle. Je suis juste venu voir Justin.

Willow sembla le comprendre et retourna en trottinant dans le fort de couvertures. Ryker jeta un coup d'œil à l'intérieur et sourit en voyant son fils étalé, les bras écartés, sur le sol. Il y avait des oreillers partout, et Willow postée en plein milieu. Il pouvait voir l'endroit où Harley s'était recroquevillée, un tout petit espace. Justin avait occupé la plus grande partie du matelas pneumatique. Le fort était fait de diverses courtepointes, et il y avait une guirlande de lumières à piles accrochée aux dossiers des chaises.

Ryker secoua doucement son fils.

— Justin, je suis là.

Justin gémit et ouvrit lentement les yeux.

— Papa ? Les chiots ont survécu ?

— Oui. Ton grand-père s'occupe d'eux maintenant, mais ils devraient pouvoir rentrer chez eux dans l'après-midi.

— C'est bien, dit Justin avec un sourire.

— Tu as passé une bonne nuit ?

— Oui. J'ai vu maman hier soir. C'était chouette. Elle était contente que je sois là.

Le cœur de Ryker se serra. Très fort. Il avait du mal à respirer, pas de façon triste, mais d'une bonne façon. C'était troublant de voir à quel point Justin se sentait à l'aise ici. Il était content de le retrouver comme autrefois, avant qu'il ne perde sa mère. C'était ce qu'il voulait.

Et il devait se demander si Justin serait d'accord pour retourner à Montréal et à leur vie.

Pourquoi devez-vous y retourner ?

Instantanément, il pensa à Harley, au fait de ne pas avoir à lui dire au revoir, et c'était une pensée tentante en effet, mais il n'y avait aucune chance qu'il puisse ouvrir son cœur à nouveau. S'il y laissait entrer quelqu'un d'autre, s'il envisageait de tomber amoureux et que Justin aime aussi cette femme et qu'il lui arrivait quelque chose, eh bien, il n'était pas sûr de pouvoir y survivre. Ou que Justin le puisse.

Il était plus facile d'être seul, et il pouvait mettre de la distance entre Harley et lui en retournant à Montréal à la fin de l'été. Tout ce qu'il pouvait lui permettre d'être, c'était une collègue de travail et une amie. Rien de plus.

Il devait donc faire attention avec Harley et Justin, car il ne voulait pas que ce dernier s'attache à quelque chose de temporaire.

Pourquoi ça devrait être temporaire ?

Justin était manifestement heureux ici. Peut-être que déménager à Opulence serait la meilleure chose pour lui.

Pour eux deux ?

C'était une grande décision, et Ryker ne savait pas trop quoi faire.

— Je serai dehors.

Ryker sortit lentement du fort improvisé et retourna à l'extérieur. Harley était au téléphone, et elle lui adressa juste un coup de pouce enthousiaste, qu'il lui rendit.

Il ne pouvait pas laisser son cœur fondre pour elle.

Il ne pouvait pas le confier à quelqu'un d'autre.

Ou est-ce qu'il le pouvait ?

11

Après sa sieste, Ryker se réveilla au son de rires et de cris.

Il lui fallut un moment pour se rappeler qu'il n'était plus à la clinique mais revenu à la ferme de Harley. Il saisit son téléphone, vit l'heure et poussa un juron.

Il avait dormi quatre heures, et l'après-midi était bien entamé. Il n'avait pas eu l'intention de dormir si longtemps.

Savoir que tout s'était bien passé pour Justin chez Harley l'avait détendu. Il avait sombré dans le sommeil. Cela faisait longtemps qu'il n'avait pas dormi aussi profondément.

Il vérifia ses messages. Michel avait écrit que les chiots allaient très bien. Cela signifiait qu'ils pouvaient rentrer chez eux, mais qu'ils auraient néanmoins besoin de contrôles et de soins réguliers. Il devait contacter les propriétaires et se rendre à la clinique pour libérer les chiots.

Il sortit du lit et se dirigea vers la fenêtre pour regarder dehors. Justin courait pieds nus sur la pelouse avec un pistolet à eau, poursuivi par Harley armée d'un tuyau d'arrosage qui paraissait interminable. Elle semblait trempée jusqu'aux os et riait. Il gloussa en les observant tous les deux, en les entendant rire. Cela faisait longtemps qu'il n'avait pas entendu Justin rire et crier comme ça. Il était heureux de le voir s'amuser, jouer. Il était à l'aise avec Harley, ce qui faisait plaisir, mais ce qui était inquiétant aussi. Que se passerait-il quand ils partiraient ? Il ne voulait pas que

Justin souffre. Ni blesser Harley. Elle méritait un amour et un bonheur durables.

Et toi aussi.

Ryker chassa cette pensée. Il avait peut-être besoin de bonheur, mais il ne pouvait pas prendre le risque d'une telle éventualité. Pas en impliquant son fils.

Pourtant, les regarder tous les deux lui donnait envie, et il songea à comment ce serait si les choses étaient différentes. S'il restait. Mais il avait trop peur.

Il se passa un peu d'eau sur le visage et sortit dans le jardin, où Justin le dépassa en courant.

— Salut, papa ! cria-t-il en se ruant à l'angle de la maison.

— Justin...

Ryker hurla lorsqu'il reçut un jet d'eau glacée.

— Je t'ai eu ! cria Harley, surgissant de derrière un arbuste, brandissant son tuyau d'arrosage. Oh ! Pardon !

Elle éteignit le tuyau tandis que Ryker passait une main dans ses cheveux mouillés.

— Bon, eh bien, je suis réveillé maintenant.

— Je suis vraiment désolée. On faisait une bataille d'eau.

— J'avais deviné.

Il entra prendre une serviette avant de ressortir pour se sécher. Il vit Harley chuchoter à Justin et les deux éclater de rire en jetant un coup d'œil dans sa direction.

— Papa, tu t'es fait avoir ! s'exclama Justin.

Harley étouffait son rire derrière sa main. Il fronça un sourcil, et son fils détala, poursuivi par Willow qui aboyait.

— Je suis vraiment désolée, répéta Harley, hilare.

— Je ne sais pas pourquoi, je ne pense pas que tu le sois, grogna-t-il.

Mais c'était drôle, même s'il était la victime.

— Je le suis sincèrement, lui assura-t-elle sans cesser de rire.

— Vraiment ? Tu n'as pas l'air si contrite.

— D'accord, admit-elle. N'empêche, je suis quand même désolée. Tu n'étais pas ma cible.

— Ce n'est pas grave.

Et c'était vrai. Ça valait la peine d'entendre les cris de joie de son fils.

— Tu as des nouvelles des chiots ? demanda-t-elle.

— Oui. Je vais aller les libérer, dans une heure environ.

— Tant mieux. Et au moins tu as pris ta douche.

Ses yeux pétillaient d'humour. Elle le taquinait.

— Oui, je te remercie.

Il retira son T-shirt mouillé, sans même penser au fait que Harley se tenait juste là. Lorsqu'il s'en souvint, il leva les yeux et vit qu'elle détournait le regard, les joues rougies. Il aimait qu'elle rougisse, qu'elle le remarque. Ça l'excitait.

Arrête de penser comme ça.

— Euh, fit-il, embarrassé, je vais me changer, et à mon retour de la clinique, on fera un barbecue. Pour te remercier d'avoir pris soin de Justin.

— Tu n'es pas obligé, dit-elle rapidement.

— J'en ai envie.

— D'accord. Ça me va.

— Super.

Elle était radieuse, ses yeux bleus étincelaient. Elle écarta quelques cheveux humides de son visage, et il remarqua de petites gouttes d'eau qui ruisselaient sur sa peau hâlée. Il résista à l'envie de passer ses mains sur ses bras nus.

— Bon, j'y vais, annonça-t-il après s'être raclé la gorge.

— À tout à l'heure. Je promets de ne plus t'arroser.

Harley prit la direction de sa maison. S'il n'y avait pas eu les chiots, il se serait joint à la fête. C'était agréable de jouer à nouveau, et il se réjouissait du barbecue de ce soir. Mais, là, il avait besoin d'un peu de distance avec Harley. Il ignorait comment, mais elle s'immisçait dans son cœur, dans sa vie.

Une vie temporaire qui ne pouvait durer que l'été. Même si

sa petite voix intérieure lui soufflait que ce n'était pas obligé. Il commençait à penser qu'elle avait raison.

Harley se sécha et demanda à Justin d'enlever ses vêtements mouillés. Lorsque Ryker revint de la clinique, elle termina ses tâches quotidiennes et se changea pour le barbecue. Elle mit un joli haut fluide et un legging et fit une tresse épaisse de ses cheveux. En se rendant chez Ryker, elle sentit l'odeur des steaks et des hot-dogs qui grésillaient. Elle-même avait préparé une salade du jardin.

Justin était en train de dresser la table qu'il avait tirée à l'extérieur. Les lumières de la terrasse étaient allumées, et il y avait une glacière remplie de boissons gazeuses. Willow laissa échapper un aboiement excité et courut devant Harley pour saluer Justin. Ce dernier agita la main et cria :

— Hé, Harley !

Ryker jeta un coup d'œil depuis l'angle de la maison où il faisait des grillades, la salua et retourna au barbecue.

— J'ai apporté de la salade, annonça-t-elle.

— Je vais la mettre au frigo, dit Justin. Viens, Willow !

La petite chienne le suivit à l'intérieur. Harley contourna la maison pour parler à Ryker. Elle se sentait intimidée. L'image de lui à moitié nu l'obsédait. Son corps s'embrasait quand elle pensait à son torse musclé et aux gouttes d'eau qui coulaient le long de sa peau bronzée et lisse. Ses joues s'empourpraient à nouveau. Il fallait qu'elle arrête de penser à lui comme ça. Le problème, c'était qu'elle n'y arrivait pas et que son corps la trahissait à chaque fois en rougissant.

— Tout s'est bien passé avec les chiots ? demanda-t-elle, essayant de se distraire en parlant de travail.

En fait, ils pouvaient parler de tout, facilement. C'était ce qu'elle aimait dans leurs conversations.

— À merveille. Je crois qu'ils vont se rétablir tous les deux, répondit Ryker avec un sourire en retournant un steak.

— C'est super. Pourvu maintenant que les inspecteurs fassent leur travail et ferment Sharpe Line Farms.

Mais c'était le gouvernement, et ça prendrait du temps.

— Merci encore pour Justin. Il a passé un bon moment. Ça fait longtemps que je ne l'ai pas vu aussi heureux.

— Avec plaisir. C'est un enfant formidable, dit-elle.

Elle le pensait vraiment. Elle adorait être en sa compagnie. C'était presque comme s'ils formaient une petite famille. Ça paraissait aller de soi, ce qui était absurde parce qu'elle savait que cela ne pouvait pas durer. Quand bien même elle le voulait. Mais sa vie était ici, et pas la leur.

— Au fait, reprit Ryker. Où est-ce que Justin a eu ce pistolet à eau ?

— Quand on est partis déjeuner pendant ta sieste. Excuse-moi. C'était dans un magasin *discount*, et j'ai été impulsive. Pardon si j'ai dépassé les limites en lui achetant un pistolet à eau. Il ne l'a pas demandé, pas avec des mots en tout cas.

— Ce n'est pas grave, répliqua Ryker. Il t'aime bien.

— Moi aussi je l'aime bien, répliqua-t-elle en souriant

— Tu aurais dû t'en acheter un, par la même occasion.

— Le tuyau d'arrosage est tellement plus puissant.

— J'ai remarqué, oui, grommela-t-il.

— Alors, steaks et chiens saucisse, hein ?

— Chiens saucisse ?

— Les hot-dogs, expliqua Harley en les pointant du doigt.

— Ah ! fit Ryker avant de pouffer.

— Pourquoi on paraît toujours avoir ces conversations bizarres ? fit-elle remarquer.

— Je ne sais pas, mais c'est amusant, non ?

— Si ! Tu es d'une approche si facile.

Elle n'avait pas eu l'intention de lui avouer cela, mais c'était vrai. Elle aimait vraiment être avec lui.

— Réellement ? demanda-t-il, la voix rauque.

— Oui, murmura-t-elle. Tu es un bon ami.

Ryker fit un pas vers elle et prit sa main dans la sienne, l'entraînant loin du barbecue vers un endroit plus isolé. Sa main solide, qui tenait la sienne, fit palpiter son cœur. Son corps frissonna, et Ryker fit un pas de plus vers elle.

— Ça compte tellement, chuchota-t-il. De t'avoir aussi comme amie.

— Je suis heureuse d'être ton... amie, répliqua-t-elle le souffle court.

Son ventre se comprimait, elle tremblait à l'idée qu'il soit si proche. Elle sentait son odeur. En ce moment, elle voulait être plus qu'une simple amie. Elle plongea le regard dans ses yeux gris, tombant à nouveau sous son charme. D'habitude, elle était si forte, mais il la faisait craquer. Avant qu'elle comprenne ce qui se passait, il effleura sa joue du pouce, et elle eut les jambes en coton.

— *J'ai des sentiments pour toi. Je veux te serrer contre moi*, dit-il en français d'une voix douce. *T'embrasser.*

Elle regretta vraiment de ne pas se souvenir de ses cours de français au lycée, car elle n'avait aucune idée de ce qu'il disait mais, franchement, elle s'en fichait. Elle fondait dans ses bras, puis sous ses lèvres, dans un baiser qui l'enveloppait d'une étreinte brûlante de désir. Cela lui coupa le souffle. Les mains de Ryker descendaient le long de son dos, l'attirant plus près des reliefs durs de son corps.

Elle voulait juste rester là pour toujours, dans ce moment.

— Papa, ta viande brûle ! cria Justin de l'autre côté du jardin.

Ils se séparèrent. Très vite. Ryker jeta un coup d'œil au barbecue qui fumait et lâcha un juron. Il ouvrit le couvercle et laissa échapper la fumée tandis que Harley étouffait un petit rire nerveux.

— Ça a pris feu ?

— Tu n'as pas idée, répondit-il avec un sourire.

Comme ce baiser. Il avait été incroyable. Elle s'était complètement perdue dans cette connexion entre eux.

Pourquoi as-tu laissé cela se produire ?

Elle avait voulu que cela arrive, mais elle ne se souvenait plus qui s'était approché et qui avait été le premier à initier le baiser. Le simple fait qu'il la touche lui avait donné des frissons d'anticipation dans tout le corps.

Ça, elle s'en souvenait. Elle s'était complètement abandonnée, alors qu'elle n'aurait pas dû. Ils étaient amis. Sauf que les amis n'échangeaient pas de baisers passionnés...

— Harley, dit-il à voix basse. Je suis désolé si j'ai dépassé les bornes.

— Non, non, pas besoin de t'excuser.

Justin s'approcha d'eux en courant, et leur conversation prit fin. Ryker indiqua son fils de la tête.

— On parlera plus tard, murmura-t-il.

Harley acquiesça. Son corps vibrait encore d'un besoin inassouvi, entièrement pour Ryker, mais elle ne pouvait pas laisser cela se reproduire. Elle ne pouvait plus mettre son cœur en danger. Elle avait déjà trop souffert auparavant. Elle ne voulait pas faire souffrir Justin si les choses ne fonctionnaient pas, et comme Ryker n'était là que pour l'été, c'était inévitable. Elle préférait que ce soit elle qui perde Ryker plutôt que son fils ait de la peine.

Ce n'était pas seulement son cœur fragile qui était en jeu. Il y avait trop de risques pour envisager de tenter sa chance, même une chance qu'elle désirait autant.

Deux semaines passèrent, et Ryker ne vit Harley qu'en passant, mais ils prenaient toujours le temps de faire un barbecue le vendredi soir, sur l'insistance de Justin.

À vrai dire, Ryker les attendait avec impatience, lui aussi, ces vendredis.

Ils n'avaient pas parlé de leur baiser, et c'était peut-être mieux ainsi. Ils travaillaient bien ensemble les jours où elle pouvait l'assister, mais ses rendez-vous de toilettage l'avaient tellement occupée ces derniers temps qu'ils avaient à peine eu l'occasion de collaborer, raison pour laquelle il avait hâte de cette journée qui débutait.

Il devait recevoir les patients habituels de Michel, et Harley l'aiderait toute la journée. Initialement, Michel devait travailler, mais Ryker s'était porté volontaire pour le remplacer pendant que Michel et Maureen emmenaient Justin rendre visite à ses cousins.

Il inspira à fond quand Harley introduisit le premier patient.

— Sylvie, voici le Dr Proulx qui remplace Michel aujourd'hui. Docteur Proulx, voici Sylvie et sa chatte Bootzie.

Sylvie sourit et posa son panier à chat sur la table d'examen. Bootzie miaula à l'intérieur.

— Ravie de vous rencontrer, docteur Proulx, dit Sylvie en ouvrant la porte du panier, dont Bootzie sortit, agitant sa queue noire d'avant en arrière.

— Moi de même, répliqua Ryker. Qu'est-ce qui amène Bootzie aujourd'hui ?

— J'ai prélevé un échantillon d'urine, répondit Sylvie en produisant un flacon. Bootzie boit énormément. J'étais un peu inquiète.

— Je le prends, déclara Harley. Tests standard, docteur ?

— Oui. Merci, Harley.

Ryker examina Bootzie tandis que Harley quittait la salle pour analyser l'urine, en quête d'une infection ou d'un diabète félin. Il caressa le chat, qui se laissa faire avec ravissement, vérifia la peau de son cou pour déceler un signe de déshydratation, qui pouvait indiquer une occlusion.

Ryker offrit une petite friandise à la chatte qui la prit bien volontiers. Il sourit et lui tapota la tête.

— On va la peser.

Le poids de Bootzie était celui d'un chat en bonne santé. Harley frappa et entra dans la pièce.

— Le test est positif à une infection urinaire. Tout juste. Il semble que Sylvie l'ait pris à temps.

— Bien. Je vais lui prescrire des antibiotiques mais quand même envoyer l'urine pour des analyses plus poussées.

Sylvie s'alarma aussitôt et regarda Harley.

— Je dois m'inquiéter ?

— Non. Le Dr Proulx veut juste savoir quelle bactérie provoque l'infection, la rassura Harley.

— Comme ça, je pourrai ajuster le traitement en fonction de la bactérie. En attendant, les antibiotiques la soulageront.

— Merci beaucoup, docteur Proulx !

Ils se saluèrent puis Ryker gagna la salle d'examen suivante, tandis que Harley allait chercher le patient.

Il recula d'un pas à l'entrée d'un beagle avec un petit chihuahua noir sur le dos, suivi d'un vieux monsieur à canne.

— Oh ! qui avons-nous là ?

Les yeux de Harley pétillèrent.

— Voici Snoopy et Pepper, les meilleurs copains du monde, et Al, leur propriétaire.

— Comment allez-vous, Al ? demanda Ryder.

Snoopy s'assit, et Pepper sauta de son dos pour s'asseoir juste à côté de lui.

— Oh ! affreusement mal, répondit Al.

Ryker écarquilla les yeux, et Harley rit sous cape.

— Ne fais pas attention. Al dit toujours ça. Pas vrai, Al ?

— Hélas, admit Al avec une grimace amusée, tout en s'asseyant, les mains sur le pommeau de sa canne. Harley me connaît bien. Elle s'occupe de mon autre petit chien, Gordo.

— Vous avez trois chiens ?

— Ouaip. Ma femme est à la maison avec Gordo.

— Bon, qu'est-ce que je peux faire pour ceux-là ? s'enquit Ryker tandis que Harley hissait Pepper sur la table d'examen.

— Les vacciner contre la rage. Gordo l'est déjà. C'est un peu une diva, alors je l'emmène seul. Les deux autres sont copains, alors ils viennent ensemble, expliqua Al.

Harley vint se placer près de Ryker pour l'aider. Il était extrêmement conscient de sa proximité, et du fait qu'il n'avait guère besoin de lui donner des instructions. Il percevait son odeur fraîche. Son sang s'embrasa. Il aimait être proche d'elle, travailler à son côté.

Le soir de leur premier barbecue l'obsédait. La douceur de sa peau, son sourire, son rire. Quand il l'avait serrée contre lui, elle tremblait sous son toucher.

À présent il ne pouvait s'empêcher de penser à ses lèvres et combien il avait envie de l'embrasser, encore et encore.

L'espace d'un instant, il envisagea de rester à Opulence. Il pourrait diriger la clinique avec Harley auprès de lui. Peut-être qu'ils pourraient enfin parler de ce baiser – et voir si elle voulait l'embrasser encore autant qu'il le voulait.

Cela le prit de court d'imaginer ça. C'était bon de recommencer à rêver.

Il ne put s'empêcher de sourire en l'observant avec Snoopy et Pepper. Tout ce qu'elle faisait semblait le faire sourire ces derniers temps. C'était son comportement délicat avec les animaux, et l'extrême gentillesse qu'elle manifestait envers son fils. Elle était tout simplement un être humain merveilleux, et ces sentiments qui l'assaillaient n'étaient pas aussi inopportuns qu'il l'aurait cru, mais peu importait à quel point il avait envie de les explorer, il ne le pouvait pas. Il ne lui ferait aucun mal, car il était certain d'une chose.

Plus jamais il ne retomberait amoureux. Il n'en était pas question.

N'est-ce pas ?

12

Lorsqu'ils terminèrent avec le dernier patient du jour, Harley avait les pieds en compote.

Bien que ses journées soient d'ordinaire bien remplies, elle avait oublié ce qu'était une journée chargée à la clinique.

Mais le travail bien fait en valait la peine. Heureusement, Kaitlyn lui avait envoyé un message pour dire qu'elle avait fait les corvées, y compris gérer Cluck Norris et sa horde, ce dont Harley lui serait éternellement reconnaissante. Tout ce qu'elle avait à faire en rentrant, c'était de préparer quelque chose à dîner, se mettre à l'aise et se détendre. Elle poussa un soupir de soulagement.

Bien que Ryker et elle n'aient pas évoqué le baiser, elle y avait pensé toute la journée. Elle devait juste garder ses distances, ce qui était difficile avec leurs barbecues des deux dernières semaines, mais elle n'échangerait ces moments pour rien au monde. Et avec la présence de Justin, c'était plus facile de résister à la tentation.

— Tu es encore là ? demanda Ryker, visiblement surpris de la voir sur le parking.

— Oui, j'avais encore quelques affaires à ranger.

— Justin est chez ses cousins, alors j'allais manger un morceau à la brasserie du coin. Tu te joins à moi ?

Dis non. Dis non.

C'était son premier réflexe, mais elle n'était pas contre l'idée de mettre les choses au clair à propos de leur baiser. Arracher le pansement et en finir.

— Euh, bien sûr.

Après tout, ils étaient amis. Il était son collègue et son voisin. Un voisin séduisant et beau à tomber, mais elle pouvait garder son sang-froid. Ce n'était qu'un simple repas.

— Top. On se retrouve là-bas ?

— D'accord. À tout de suite, dit-elle.

Son cœur battait à tout rompre. Ryker monta dans sa voiture. Elle baissa les yeux sur sa tenue et souhaita avoir le temps de se changer. Ce qui était idiot. Ce n'était qu'un dîner décontracté. Un baiser n'avait rien changé, n'est-ce pas ? Elle prit son pick-up et suivit Ryker juste en dehors d'Opulence, jusqu'à la petite micro-brasserie. C'était un endroit populaire pour prendre une bière et commander un plat sans chichis. Elle se demanda s'ils auraient une table, car on était vendredi soir, et c'était un lieu très prisé en été avec tous les touristes.

Ryker l'attendait devant la brasserie. Au moins, elle n'était pas la seule à être en tenue médicale. Heureusement, le restaurant n'avait pas l'air bondé. Ce ne devrait pas être trop compliqué. Alors, pourquoi était-elle si nerveuse ?

Parce qu'elle aimait être avec lui. Elle appréciait sa compagnie. Il n'y avait rien de mal à cela.

— Tu crois qu'on va pouvoir avoir une table ?

— Je pense que oui. Je pensais dîner en terrasse, pour regarder le célèbre coucher de soleil du comté de Huron. Ça te va ? demanda-t-il.

— Oui, ça me paraît chouette.

— À la bonne heure.

Ils marchèrent en silence. Elle se sentait gênée parce qu'elle ne savait pas trop quoi lui dire. Ce qui était totalement stupide, car ils avaient bavardé et travaillé toute la journée. Une bonne journée. Longue, mais excellente. En ce moment, elle se sentait comme la fille timide qu'elle avait été quand elle était très jeune.

Ce n'est qu'à l'université qu'elle avait trouvé sa propre voie, sa propre marque de hardiesse.

Le genre de culot qui pourrait expédier un type sur un tas d'excréments d'alpaga avec une prise de *krav-maga*.

Elle se mit à rire en pensant à cette première rencontre absurde. Il la regarda d'un air étonné.

— Qu'est-ce qu'il y a de si drôle ?

— Rien.

Pas question de remettre cet incident sur le tapis. Surtout la façon dont il avait atterri sur elle, entre ses jambes. Un élan de désir torride envahit son corps, et elle déglutit.

— Pourquoi c'est brusquement si difficile de parler normalement ? demanda-t-elle.

Ryker riva des yeux ronds sur elle.

— C'est difficile ?

— Je ne sais pas de quoi parler. Sauf du travail. On pourrait en parler. On pourrait discuter de stérilisation.

Oh ! Harley ! Mortifiée, elle enfouit son visage dans ses mains. Mais il éclata de rire.

— Je n'ai jamais parlé de ça durant un dîner.

— J'en suis sûre. C'est mon cerveau qui dit : « Oui, c'est une bonne idée, parlons de stérilisation et ensuite de vermifuge. » J'ai juste tendance à… je…, bredouilla-t-elle.

— Divaguer. Je sais. Je trouve ça charmant.

Elle croisa son regard, et son expression était douce, sincère. Son cœur s'emballa. Cette fois, ce n'était pas de l'embarras qui lui montait aux joues. Il la trouvait charmante.

— Je le prends comme un compliment.

— Tu peux.

— Bienvenue ! dit gaiement l'hôtesse d'accueil.

— Une table pour deux, dehors si possible ? fit Ryker.

— Bien sûr. Par ici.

La terrasse était pleine de monde, mais il y avait une petite table dans un coin, avec une vue parfaite sur les champs verdoyants et la forêt. Le soleil était encore un peu haut, mais il s'apprêtait à descendre.

Ryker tira la chaise pour elle. Elle n'avait pas l'habitude d'une telle attention galante. Jason ne faisait jamais ça.

Alors qu'elle s'asseyait, elle sentit les doigts de Ryker effleurer le haut de son épaule, ce qui provoqua un picotement de plaisir le long de sa colonne vertébrale.

— Merci, dit-elle en espérant que sa voix était normale.

— Je suis un gentleman dans l'âme.

Il lui fit un clin d'œil, et elle ne put s'empêcher de rire.

— Je peux vous apporter quelque chose à boire ? demanda la serveuse, les interrompant.

— De l'eau pour moi jusqu'à ce que je sache quelle bière je veux, répondit Harley.

— Et vous, monsieur ?

— La même chose.

— D'accord. Je reviens dans quelques minutes après que vous aurez consulté le menu. Le plat du jour est la salade de rutabaga avec du fromage de la ferme de chèvres locale.

Ryker fronça les sourcils.

— Qu'est-ce que la salade de rutabaga ?

— C'est comme une salade de chou, mais avec du rutabaga râpé, expliqua Harley en riant.

— Pourquoi du rutabaga ? demande-t-il en plissant le nez.

— Ça se cultive beaucoup par ici. C'est très populaire, surtout autour de Blyth. Ils organisent tout un festival autour de ce produit. Des courses de lits, un homme rutabaga… c'est tout un programme. Très folklorique.

— Je n'aurais jamais deviné. Je ne suis pas sûr de vouloir essayer, décréta-t-il en ouvrant le menu.

— C'est bon. Tu n'as jamais mangé de rutabaga cru ?

— Non ! répondit-il avec une grimace dégoûtée. C'est une chose que les gens mangent ?

— Mais oui. Tu as déjà mangé des Huron County Fries ?

— Non..., fit-il prudemment.

— Ce sont des frites, accompagnées de sauce brune et de cheddar...

— Une *poutine*, alors ? la coupa-t-il, masquant un sourire.

— Non, laisse-moi finir. Ce sont des frites, de la sauce brune, du cheddar... »

— On dirait vraiment une *poutine*.

Il y avait une lueur dans ses yeux alors qu'il reculait sur sa chaise et croisait les bras. Il était en train de la taquiner.

— La dernière fois que j'ai vérifié, une *poutine* n'avait pas de cheddar. C'était du fromage caillé en grains, rétorqua-t-elle. Tu sais quoi ? Tu ne mérites pas de savoir ce que sont les Huron County Fries, docteur Proulx.

Ils rirent de concert.

— Vas-y, continue. Frites, sauce brune, cheddar et... ?

— Sauce ranch, cornichons à l'aneth et bacon.

— Beurk, fit Ryker. Je préférerais encore du rutabaga cru.

— Comment ça, beurk ?

— Sauce ranch et sauce brune ? dit-il en insistant sur le « et ».

— Hé, du fromage en grains et de la sauce brune, ça n'a pas l'air hyper appétissant non plus, mais c'est bon.

— C'est même délicieux, mais Montréal a toute la meilleure nourriture. Les meilleurs *bagels*, la meilleure viande fumée, la meilleure *poutine*.

— Le comté de Huron est assez génial aussi. On a du rutabaga. Bon, OK, Montréal c'est pas mal non plus, admit-elle en éclatant de rire.

— C'est vrai, dit-il doucement.

— Alors, à propos de ce baiser d'il y a deux semaines. Je sais qu'on aurait probablement dû en parler plus tôt, reprit-elle, mais ça n'a pas arrêté à la ferme.

Il était inutile de repousser la discussion plus longtemps. Autant mettre les choses au clair tout de suite.

— Oui, répliqua Ryker. J'aimerais en parler aussi, mais je comprends que tu aies été très occupée.

— Je suis contente qu'on soit amis.

— Moi aussi. Je ne regrette pas le baiser, mais j'aimerais continuer comme avant.

— Moi aussi, admit-elle avec un soupir de soulagement.

Il acquiesça. Son sourire était si chaleureux que toute la tension et la gêne qu'elle avait ressenties disparurent. Un bref instant, elle souhaita que l'été dure toujours.

— Justin a l'air d'un enfant normal. Un peu angoissé, mais c'est quand même un garçon formidable. Et il n'est pas là ce soir, ajouta-t-elle gentiment.

— Non, répliqua. Ryker. C'est mal si je dis que c'est agréable ?

— Je ne pense pas. Toi aussi, tu as besoin d'une pause.

— C'est vrai. C'est bien qu'il s'amuse avec sa famille et qu'il n'ait pas à s'inquiéter de moi. C'est trop lourd pour un enfant. Il va beaucoup mieux, en effet.

— Et toi ? demanda-t-elle.

— Et moi ?

— Comment vas-tu ?

Ryker ne savait pas trop comment répondre à cette question. Était-il toujours le même après la mort de Daphné ? Non. Il n'était plus le même homme, mais il s'en sortait. Il y a peu, Justin ne pouvait même pas passer la nuit loin de lui. Ryker était ravi qu'il ait été si à l'aise chez Harley et que, ce soir, il soit ailleurs, en famille. Les choses commençaient à redevenir normales.

C'était donc bien d'avoir un peu de répit, de pouvoir respirer, parce que Justin était heureux d'être avec ses grands-parents et ses cousins.

Et toi, comment tu vas ? Tu survis ?

Il ignora cette petite pensée et afficha un faux sourire.

— Je vais bien. J'espère que cet été ici aidera Justin à se rappeler comment s'amuser. Ça a l'air de marcher pour l'instant.

— J'espère qu'il ne s'ennuie pas trop à la ferme. Je sais que je te l'ai déjà dit, mais je m'inquiète. On est un peu isolés, admit Harley. Mon voisin le plus proche est à un kilomètre et ses enfants sont des adolescents. Il n'y a pas beaucoup d'enfants dans les environs, pour qu'il se fasse des amis.

C'était gentil de sa part de se soucier de son fils.

— Jusqu'ici, il ne s'ennuie pas du tout. Il adore cet endroit. Quand je lui ai dit pour la première fois qu'il y avait des chiens, des alpagas et... des poulets, il était très excité. Il adore les animaux. Il adore Willow.

— Elle l'adore aussi. Je vois combien il aime les animaux, mais on doit quand même le tenir à l'écart de Cluck Norris.

— Ouais, j'ai encore ce bleu, des semaines plus tard.

— Je te le dis, mange les œufs frais de la ferme et imagine que tu te venges de Cluck pour chaque coup de bec donné.

— C'est un peu sinistre de la part d'une assistante vétérinaire.

— Ce qui est plus tordu, c'est de le garder et d'essayer de gagner son amour.

— Les poulets peuvent-ils aimer ? demanda-t-il, songeur.

— Je ne sais pas, mais j'essaie. Pourquoi on parle de mes poulets, d'ailleurs ?

— C'est mieux que de stérilisation !

Harley rit à gorge déployée. C'était contagieux, et il ne put s'empêcher de rire avec elle. Ses yeux bleus scintillaient dans la lumière du soleil couchant. Elle était si charmante, si avenante. Il comprenait pourquoi Michel l'aimait tant. Pourquoi tout le monde l'aimait. Il était difficile de faire autrement.

C'était agréable de discuter de poulets ridicules. C'était aussi agréable de rire à nouveau avec quelqu'un de son âge. Cela faisait un certain temps qu'il n'avait pas fait ça, qu'il n'avait pas eu une vraie conversation avec quelqu'un en dehors du travail ou de la famille. Oui, c'était difficile de ne pas aimer Harley, de ne pas tomber sous son charme.

Comme quand il l'avait embrassée. Il était heureux qu'elle ait accepté qu'ils restent amis. Une partie de lui voulait vraiment plus, donc il devait être prudent. Une frontière d'amitié l'aiderait.

— Dis-moi, comment es-tu entrée en possession de ces volailles ? demanda-t-il.

— Eh bien, les poules pour avoir des œufs. Ensuite, une amie qui dirige un programme de sauvetage de coqs indésirables en Nouvelle-Écosse m'a dit qu'on les tuait presque à la naissance, et c'est là que j'ai acquis Cluck Norris, Cluckula et Wyatt Chirp.

— Donc tu es allée chercher trois coqs de Nouvelle-Écosse pour les conduire en Ontario par pure compassion ?

— Oui, mais c'étaient encore des poussins, et le trajet n'est pas si long.

— Hum, une vingtaine d'heures, quand même.

Harley haussa les épaules.

— Eh bien, c'était censé être ma lune de miel à l'époque, tous ces acomptes n'étaient pas remboursables, alors Willow et moi y sommes allées à la place de ma lune de miel.

— Lune de miel ? En ce cas, à quel point as-tu été proche d'épouser ton ex ? demanda-t-il.

— Ma foi, il m'a plaquée au pied de l'autel, le jour même du mariage, alors il s'en est fallu de peu.

Il percevait la tristesse dans sa voix. La douleur.

Il comprenait la douleur, même si la sienne était différente. Daphné ne s'était pas enfuie, elle était morte, mais cela avait quand même été un chagrin d'amour. Et il pouvait voir le chagrin d'amour gravé sur le visage de Harley, dans sa voix.

Avant qu'il ne puisse s'en empêcher, il prit sa main. Ses petits doigts délicats s'inséraient si bien dans les siens. Il passa son pouce sur ses jointures, et son bras fut pris de frissons. Leurs regards se croisèrent, et son cœur battit la chamade tandis qu'il luttait contre l'envie de la serrer contre lui et d'embrasser ces délicieuses lèvres pulpeuses. Ses joues se teintèrent de rose et ses lèvres s'écartèrent, comme si elle allait lui dire quelque chose.

Mais elle ne le fit pas. Leurs regards restèrent rivés l'un sur l'autre. Son corps s'embrasa. Son pouls battait dans ses oreilles. Elle le fixait de ses yeux bleus pleins de douceur.

Elle était belle. Ses cheveux blonds tombaient en cascade sur ses épaules, et il les imagina soyeux sous ses doigts. Cela faisait longtemps qu'il n'avait pas ressenti de telles émotions, de tels désirs. Et il ne savait pas trop quoi faire. C'était agréable de tenir sa main. De ressentir à nouveau ce lien avec quelqu'un. Même s'il devait le faire, il ne voulait pas la lâcher.

— Il y a une fête foraine vendredi prochain, dit-elle, rompant le silence.

— Une fête foraine ? demanda-t-il, sans lâcher sa main.

— Avec des stands, des manèges et des jeux. Peut-être qu'après le barbecue on pourrait y emmener Justin ?

— C'est une bonne idée.

— Bien, murmura-t-elle, les yeux pétillant alors que le soleil commençait à se coucher.

C'était si difficile de ne pas l'embrasser à nouveau. Il en avait envie. Terriblement envie.

— Prêts à commander ? les interrompit la serveuse.

Harley retira sa main. Ses joues virèrent au cramoisi et elle se concentra sur le menu devant elle. Ce moment partagé était brisé, et c'était probablement mieux ainsi.

— Oui, je prendrai le poulet du chef avec une salade et mon ami canadien-français meurt d'envie d'essayer les Huron County Fries.

Les yeux de Harley brillaient d'un éclat diabolique. Ryker secoua la tête en signe de consternation.

— Pourquoi tu m'as commandé ça ? demanda-t-il quand la serveuse se fut éloignée.

— Hé, quand on est à Rome, hein ?

— Touché.

Il se pencha en arrière et regarda le soleil se coucher sur une colline verdoyante. Il n'était pas sûr de ce qui se passait avec Harley, et il savait qu'il ne devait rien laisser d'autre se produire, mais lorsqu'il était avec elle, il était si facile de sentir qu'il redevenait lui-même. L'homme d'autrefois.

Celui qui aimait s'amuser et plaisanter, et non la coquille vide qu'il avait dû devenir pour pouvoir s'occuper de son fils. Qui devait vivre au jour le jour, hébété, afin que Justin n'ait pas à porter en plus le fardeau du chagrin de son père.

Le problème, c'était que personne n'était là pour lui.

Et si tu restais ?

L'idée lui faisait encore peur, mais pendant un bref instant, il l'imagina. Quitter Montréal, reprendre le cabinet de Michel. Travailler avec Harley. Continuer à la découvrir.

Ce serait un risque. Et il n'était pas sûr de vouloir le prendre, du moins pas juste pour lui-même. Si à la fin de l'été, déménager semblait la bonne décision pour Justin, alors il devrait l'envisager. Mais il ne pouvait pas le faire uniquement pour lui.

Pas pour un sentiment éphémère de liberté et un magnifique coucher de soleil partagé avec une femme splendide. Il devait juste profiter du temps qu'il avait ici et ne pas l'embrouiller avec des notions de bonheur. Parce que le bonheur éternel n'existait pas.

13

Durant le reste du dîner, ils discutèrent des patients qu'ils avaient vus dans la journée et de leur pratique en général.

Finalement, elle ne regretta pas d'avoir accompagné Ryker. Juste que ce moment exquis se termine.

Lorsqu'ils rentrèrent à la ferme, Michel ramena Justin et elle leur souhaita une bonne nuit sans s'attarder. Elle avait un week-end chargé devant elle et quelques affaires à rattraper.

La clinique était fermée le week-end, mais Ryker avait mis son numéro à la place de celui de Michel sur le site web pour gérer les urgences. Michel avait beau ne travailler qu'à temps partiel, il était toujours disponible pour les urgences animales. Une autre raison pour laquelle il était si apprécié.

C'était bien que Ryker continue dans cette voie. Même pendant le peu de temps qu'il passait à Opulence.

Harley avait des chiens en pension pour le week-end, et était donc plutôt occupée. Elle ne vit Ryker et Justin que de loin. Un simple signe de la main amical, rien de plus. Mais pendant tout le week-end, elle ne cessa de penser à leur dîner. À la réaction tendre de Ryker quand elle lui avait raconté comment elle avait été plaquée le jour de son mariage. C'était agréable de discuter avec quelqu'un qui comprenait la peine et la perte, même si la perte de chacun d'eux avait été différente. Elles avaient dû être tout aussi douloureuses.

Quand il avait pris sa main, son sang s'était embrasé et une vague de désir s'était déployée dans son ventre. C'était tendre et électrique à la fois. Elle avait voulu l'embrasser à nouveau. Elle avait brûlé de l'envie de presser ses lèvres contre les siennes. Et cette envie l'avait surprise.

Heureusement que la serveuse les avait interrompus.

Cela faisait longtemps qu'elle n'avait pas ressenti cela pour un homme. C'était libérateur, mais aussi effrayant car elle savait que Ryker partirait après l'été.

À mesure que son week-end intense avançait, elle s'aperçut qu'interagir avec Ryker et Justin lui manquait vraiment, et pour la première fois depuis des lustres, elle se rendit compte à quel point elle se sentait seule.

Et elle n'aimait pas du tout ce sentiment. Le week-end fut long et ennuyeux, et même si ce sentiment de solitude persista pendant la semaine, au moins avait-elle plein de travail pour la distraire. Ryker et elle étaient tous les deux tellement occupés qu'ils n'eurent guère l'occasion de discuter, ni à la clinique ni à la maison. Ce baiser ne fut plus évoqué, mais il n'y eut pas de malaise non plus. Comme si le baiser n'avait jamais eu lieu. C'était en tout cas ce qu'elle se disait. Si elle n'arrivait pas à le chasser de son esprit, elle ne le laissait pas gêner son travail, et elle ne comptait pas non plus le laisser gêner leurs projets de vendredi !

Elle se réveilla le vendredi en se réjouissant de la virée à la fête foraine le soir même. La journée traîna en longueur, mais elle s'acquitta de ses tâches de bonne heure afin qu'ils puissent partir juste après leur dîner.

C'était une soirée si paisible, tous les trois savourant leur repas dehors, sous les robiniers. Le vent chuchotait à travers les branches d'épicéa, et les alpagas bourdonnaient dans le champ. Une fin de journée d'été absolument parfaite.

Après le dîner, ils se rendirent à Opulence dans la voiture de

Ryker. La petite fête foraine avait été installée sur le champ de foire. Le soleil se couchait, et Harley pouvait voir les lumières électriques et les néons illuminant le ciel qui s'assombrissait.

— Waouh, regardez ! s'exclama Justin depuis la banquette arrière. Une grande roue ! Papa, on pourra y aller ?

Ryker et Harley échangèrent un sourire.

— Bien sûr. On peut faire tous les manèges, dit Ryker.

— Youpi !

— Peut-être pas trop de manèges qui tournent, objecta Harley. On vient de dîner.

— On va d'abord se promener, déclara Ryker.

Ils se garèrent, puis allèrent acheter des tickets pour les manèges. Justin courait devant, visiblement tout excité.

— Ça fait longtemps que je ne l'ai pas vu aussi excité. Il était comme ça autrefois à Halloween ou à Noël.

Ryker soupira. Harley lui pressa le bras.

— C'est bien. Il est en train de guérir.

— Combien de temps il t'a fallu pour guérir de ton chagrin ?

— Un an.

En fait, elle n'était pas sûre que ce soit aussi clair. Guérirait-elle vraiment un jour ? Pouvait-on réellement se remettre d'un coup pareil ? Elle avait surmonté la perte de Jason, mais ce qui s'était passé était quelque chose qu'elle porterait toujours en elle. Il ne lui manquait pas. Elle était juste blessée par la façon dont tout cela s'était terminé. Elle n'avait rien vu venir et détestait ça.

— Et toi ? demanda-t-elle.

— Je ne sais pas très bien. Je crois que dès le début, je me suis concentré sur Justin au lieu de faire mon deuil, alors c'est toujours resté en suspens. Mais récemment, j'ai eu du temps pour moi et je me suis senti… plus léger. Je veux dire, ça fera toujours partie de moi, mais…

— C'est une discussion très lourde pour un soir de fête foraine, dit-elle doucement.

— Tu as raison. Ne parlons plus de ça. Profitons !

— D'accord. Promis juré ?

Elle tendit la main, et il accrocha son petit doigt au sien. Une décharge électrique la traversa, et son corps s'embrasa, alors qu'elle se rappelait comment il l'avait embrassée, comment il lui avait tenu la main au restaurant.

— Promis juré craché, répondit-il.

Armés d'un gros paquet de tickets, ils se dirigèrent vers les manèges. Ce n'était pas une grande fête foraine, mais une de ces foires itinérantes qui sillonnaient la région pendant l'été, toutefois, pour Justin, cela aurait pu être un immense parc d'attractions, tellement il était surexcité. Ses yeux pétillaient et sa bouche était ouverte tandis qu'ils se promenaient, repérant les endroits où ils voulaient aller en premier. De la musique forte provenait des jeux avec des rangées d'animaux en peluche aux couleurs vives suspendus au-dessus des stands. Il y avait des vendeurs de barbe à papa, de pommes d'amour d'un rouge éclatant et de pop-corn, ce qui faisait gargouiller l'estomac de Harley. Elle ne se souvenait plus de la dernière fois qu'elle avait mangé une barbe à papa.

— Papa, il y a une maison hantée ! On peut y aller ?

— Tu es sûr ? demanda Ryker, haussant un sourcil.

— Oui !

— D'accord.

Ryker fit une grimace, et elle rit tandis qu'ils se dirigeaient vers la fausse façade de la maison hantée.

Un petit chariot arriva. Justin s'assit à l'avant, mais il insista sur le fait qu'il était assez courageux pour y être seul, aussi Ryker grimpa-t-il sur le siège arrière, avec Harley. Ils étaient serrés l'un contre l'autre, et il s'arrangea pour que son bras repose sur le dossier. Elle dut s'appuyer sur son corps et son pouls commença à s'accélérer.

— Je te garderai en sécurité, lui dit-il en la taquinant.

— Ou bien tu me balanceras par-dessus bord.

La barre s'abaissa, et une cloche sonna. Le chariot avança d'un bond et les portes, peintes de couleurs criardes, s'ouvrirent dans un bruit de chaînes qui s'entrechoquaient. Elles se refermèrent, et le chariot se fraya lentement un chemin parmi des fantômes phosphorescents, avec une bande sonore bas de gamme de gémissements de fantômes, de chaînes grinçantes et de hurlements.

Justin était mort de rire en se retournant vers eux. Harley ne pouvait se concentrer que sur la proximité du corps de Ryker et la façon dont son bras la faisait se sentir en sécurité.

Jusqu'à ce qu'une araignée en plastique tombe devant elle et qu'elle pousse un cri avant d'éclater de rire.

— Harley, tu as peur ? demanda Justin, hilare.

— Je déteste les araignées, hoqueta-t-elle en essayant de calmer son cœur qui battait à tout rompre.

— Je te protège, déclara Ryker en la serrant contre lui.

Elle appréciait qu'il promette de veiller à sa sécurité. Personne ne l'avait jamais fait auparavant, hormis ses parents et son frère. Elle avait appris à ne compter que sur elle-même. Personne ne vous déçoit si vous ne comptez que sur vous-même, mais en regardant Ryker, elle se sentit bien.

Les portes s'ouvrirent, et la maison hantée passa de l'obscurité à la lumière. Le chariot s'arrêta dans un tressaillement. La barre se souleva, et Ryker retira son bras.

— Alors, Justin, ça t'a plu ? demanda-t-il en se levant.

— C'était super !

Ryker se tourna vers elle et lui tendit la main pour l'aider à se lever. Son cœur battait la chamade, et son corps tremblait tandis qu'ils se tenaient là un moment, avant de sortir du manège pour rejoindre un Justin toujours excité.

Elle s'était dit que leur baiser resterait exceptionnel. Ils étaient tous deux d'accord pour que cela ne se reproduise pas, mais c'était difficile de se le rappeler dans ce moment qui donnait l'impression qu'ils étaient une famille.

Après la fête foraine, ils rentrèrent à la ferme. Justin s'était endormi, et Ryker dut le porter pour le mettre au lit. Mais avant de l'emmener, il avait donné à Harley un tendre baiser sur la joue, ce qui l'avait rendue toute chose, un peu confuse. Elle voulait plus mais savait que ce n'était pas possible, alors elle se mit au lit. Elle essayait de ne pas penser au plaisir qu'elle avait eu avec eux, mais c'était impossible. Même si elle était physiquement épuisée, Harley passa une autre nuit à chercher le sommeil, obnubilée par Ryker. La façon dont il s'était serré contre elle dans la maison hantée et dont il lui avait tenu la main lorsqu'ils sortaient ensemble des différents manèges.

Elle adorait la façon dont il était avec son fils, et elle aimait être avec eux deux. C'était comme s'ils étaient censés être tous ensemble. Elle multipliait les scénarios dans sa tête, mais arrivait toujours à la même conclusion : ça ne pouvait pas marcher. Même si Ryker était prêt à sortir avec elle, Montréal était trop loin d'Opulence.

À son réveil, elle alluma son téléphone et grogna devant les alertes d'orages qui s'annonçaient en fin de journée, ce qui serait pénible pour réaliser ses tâches. Elle vit quelques appels manqués, mais avant qu'elle ne puisse réagir, le téléphone sonna dans sa main. Le numéro de son frère s'afficha. Avec le surnom qu'elle lui avait attribué. Machin.

— Bonjour, David, dit-elle en étouffant un bâillement.

— Harley, j'ai besoin de ton aide.

Elle percevait la panique dans la voix de David.

— Qu'est-ce qui se passe ?

— J'ai un poulain qui boite. Notre véto est encore absent. Tu penses pouvoir demander à Michel de venir l'examiner ?

— Michel est avec son petit-fils aujourd'hui.

Elle connaissait leur emploi du temps par cœur.

— Ah zut, pesta David.

— Je peux voir si mon... si le gendre de Michel peut venir. Il est aussi vétérinaire.

— Ce serait génial. Je suis hyper inquiet pour le poulain.

— Pas de problème. S'il ne peut pas venir, je viendrai et j'essaierai d'aider du mieux que je peux.

— Je t'aime, P'tite Tronche, dit David, puis il raccrocha.

Harley sortit du lit, prit une douche rapide et s'habilla. Elle acheva ses corvées, se changea et lorsqu'elle alla voir Ryker, Michel était là pour récupérer Justin.

— Bonjour, les salua Harley. Vous avez de grands projets pour la journée ?

— Bonjour ! répliqua Michel. On emmène Justin faire du karting et visiter un musée.

Justin acquiesça avec enthousiasme.

— Après, papi et mamie dîneront ici.

— Ça a l'air super. Ton papa est là ?

— Oui, il a du travail, donc il ne va pas faire du karting.

Harley leur dit au revoir de la main tandis qu'ils partaient en voiture. Elle se dirigea vers la maisonnette de Ryker. Il était sur la terrasse, assis devant son ordinateur portable ouvert sur la petite table de bistrot.

— Bonjour, dit-elle, se sentant immédiatement nerveuse.

— Salut ! fit-il en la voyant s'approcher.

— Le karting ne te plaît pas ?

— Mes neveux seront là, donc Justin aura de la compagnie. Je les adore, mais le soleil brûlant et le karting, non merci.

— Que dirais-tu d'une excursion dans une ferme en dehors de la ville pour examiner un poulain boiteux ? demanda-t-elle en se tordant les mains, ce qu'elle faisait toujours lorsqu'elle était nerveuse.

— Un client ?

— Mon frère, David, l'éleveur de chevaux. Son vétérinaire est absent. Michel lui a déjà donné un coup de main, mais je ne voulais pas gâcher leurs projets du jour.

Ryker jeta un coup d'œil à son ordinateur, puis le ferma.

— D'accord, mais je dois préparer le dîner de ce soir pour mes beaux-parents.

— On sera de retour d'ici là, le rassura Harley.

— Je... j'espérais que tu viendrais dîner aussi, dit-il, la voix pleine d'espoir.

Elle hésita. Elle avait envie de lui demander si c'était une bonne idée. Mais Michel et Maureen étaient aussi des amis à elle, alors comment pouvait-elle dire non ?

— Bien sûr. Avec plaisir.

— *Parfait*, conclut-il en français.

— Je conduis ? proposa-t-elle.

— Volontiers. Je te retrouve dans dix minutes.

Harley s'en alla. Cela allait être difficile d'être coincée dans son pick-up avec Ryker pendant une heure, mais elle pouvait être professionnelle. Elle devait l'être.

Ce n'était pas parce qu'ils avaient passé une soirée agréable à faire semblant d'être une famille à la fête foraine que leur accord avait changé. Et le baiser sur la joue de la veille au soir ne signifiait rien.

Elle prit ses affaires et rejoignit Ryker près du pick-up. Il chargea ses affaires et les siennes à l'arrière, puis s'installa sur le siège passager. Son jean délavé et sa chemise à carreaux lui allaient à ravir. Au moins, il était mieux habillé pour travailler dans une ferme. Cette fois, s'il tombait dans le fumier, elle ne se sentirait pas si mal. Elle ricana à cette idée.

— Quoi ? demanda-t-il. J'ai acheté ça à la boutique d'équitation. Ce n'est pas bien ?

— Si, c'est parfait. Je pensais au fumier.

Elle gémit lorsque les mots franchirent sa bouche. Il rit.

— Pourquoi crois-tu que j'aie acheté cette tenue ?

— Elle est superbe.

— À quelle distance se trouve le ranch de ton frère ? demanda-t-il.

— Un peu plus d'une heure. Nous quittons le comté de Huron pour le comté de Bruce.

Elle remua ses sourcils, essayant de rompre la tension par un peu d'humour alors qu'ils s'éloignaient.

— C'est excitant pour un samedi.

Il lui sourit chaleureusement, et son cœur battit la chamade. La sensation de ses lèvres, les souvenirs de leur baiser et de son bras puissant autour d'elle à la fête foraine tournaient en boucle dans son esprit. Cela allait être un long, très long trajet jusqu'au ranch de David.

Ryker avait espéré une journée tranquille pour rattraper son retard. Il avait appelé pour prendre des nouvelles des chiots atteints de parvovirus, et ils se portaient bien. Il avait également rédigé une lettre pour que l'élevage de Sharpe Line Farms soit inspecté. Il l'avait envoyée immédiatement.

Tout ce travail productif ne l'empêchait pas de penser à Harley. Il savait qu'ils s'étaient mis d'accord pour n'être que des amis, et que c'était la chose la plus intelligente à faire, mais d'autres idées continuaient à se faufiler dans son esprit. Ce baiser, notamment. Il ne savait pas ce qui lui était arrivé. Elle se tenait là, et il n'avait pas pu s'en empêcher. Le baiser avait été tout ce qu'il avait imaginé. Et cela faisait des semaines qu'il l'obsédait.

Puis il lui avait dit en français qu'il voulait la serrer contre lui et l'embrasser et il était sûr qu'elle n'avait pas compris.

C'était irrésistible et bouleversant. Elle était si douce dans ses bras, et il voulait tellement plus. Il était content que Justin les ait interrompus. C'était du moins ce qu'il se disait.

Il avait pensé qu'une soirée à la fête foraine le distrairait mais, au contraire, cela l'avait rapproché d'elle. C'était si agréable de se sentir à nouveau normal. Lui, Harley et Justin. C'était comme s'il devait en être ainsi.

Ils avaient discuté du temps qu'il fallait pour surmonter un chagrin d'amour. Il n'était pas sûr qu'on y parvienne un jour, soupçonnant plutôt qu'on apprenait à vivre avec, mais il pouvait y avoir de la place pour une autre personne. Ce qui était idiot. Comment pouvait-il même envisager cela ?

Toute la nuit, il n'avait cessé de penser à elle et à la façon dont il la désirait. Elle lui donnait envie de prendre à nouveau des risques, et cela l'effrayait. Une partie de lui disait de rentrer à Montréal, mais l'été n'était pas terminé. Justin serait effondré s'ils partaient plus tôt que prévu. Son fils était si heureux ici. C'était comme s'il était débarrassé d'un lourd fardeau de chagrin, et il ne savait pas comment l'accepter. Peut-être était-il temps de changer ? Il était en train de tomber amoureux de Harley et il ne savait pas quoi faire.

— Parle-moi du ranch de David, tu veux bien ? demanda-t-il en essayant de ne pas penser à ses lèvres.

— Oh ! il n'y a pas grand-chose à dire. Mon frère aimait tellement les chevaux de course qu'il a étudié les soins équins et la gestion à Ridgetown. C'est là qu'il a rencontré son compagnon, Armand. Ils sont tombés amoureux et ont commencé à élever certains des chevaux de course les plus recherchés du comté. David a aussi des étalons qui sont très demandés et il enseigne l'équitation. Classique et western.

— Il connaît donc bien ses chevaux, dit Ryker, impressionné.

— Oui. En général, s'il y a un problème, Armand et lui peuvent s'en occuper. Ils ont pratiquement leur propre cabinet vétérinaire sur place. Quand il m'appelle ou appelle son vétérinaire à l'aide, ce n'est pas bon. C'est que quelque chose le dépasse complètement.

— Tu as dit que le poulain était boiteux ? demanda Ryker.

— Oui. David avait l'air vraiment angoissé.

— Eh bien, on va voir ce qu'on peut faire.

— Je te remercie.

Elle le regarda, ses yeux bleus pleins de chaleur, ce qui suscita en lui une nouvelle poussée d'émotions.

Elle était envoûtante, et il se sentait revivre auprès d'elle. C'était agréable, même si ce n'était pas une bonne chose.

Le reste du trajet fut assez silencieux. Il apprécia le paysage tandis qu'ils roulaient vers le nord, le long de la côte du lac Huron.

Il voyait des moulins à vent, des fermes, des cultures et des remorques au loin, et de temps en temps un tracteur sur la route, qui les ralentissait. Enfin, ils quittèrent l'autoroute principale pour emprunter une route de gravier qui menait à un cul-de-sac. Au bout du chemin, un énorme portail de style western annonçait Bedard and Soukh Ranch, au-dessus d'un magnifique mustang gravé courant à travers un champ avec, en arrière-plan, un coucher de soleil doré sur le lac Huron. Harley sonna, et le portail s'ouvrit. Elle savait où elle allait, et alors qu'elle s'approchait d'une belle et massive grange moderne, Ryker vit deux hommes qui attendaient, avec un poulain nerveux dans un enclos extérieur, couché dans la terre. La mère était à proximité, mais séparée d'eux pour éviter qu'elle ne les morde.

Harley se gara, et un homme blond s'avança, les bras grands ouverts, clamant :

— Salut, P'tite Tronche !

Harley descendit du pick-up et le serra dans ses bras.

— Hé, Machin. Voici le gendre de Michel, Ryker. Ryker, voici mon frère, David Bedard, et son associé, Armand.

— Ton beau-frère, corrigea David.

Il se tourna vers Ryker et les mêmes yeux bleus que ceux de Harley le fixèrent avec une appréciation évidente.

— Je suis si heureux que vous ayez pu venir aussi vite.

— Pas de problème, lui assura Ryker en lui serrant la main.

Armand serra à son tour Harley dans ses bras.

— Alors, parlez-moi de ce poulain, dit Ryker, essayant d'en venir à l'essentiel.

Justin l'attendait à la maison ce soir, et il avait promis de faire à dîner pour Michel et Maureen.

Et Harley. Tu as aussi invité Harley.

Plus vite il verrait ce poulain, mieux ce serait.

— Adele est née il y a trois jours, dit Armand. La boiterie a commencé ce matin. Elle ne veut pas mettre de poids sur sa jambe, et on voit qu'elle a mal. Je crains une infection. J'ai déjà vu ça, des bactéries qui pénètrent par l'ombilic.

— Vous n'avez pas tort, acquiesça Ryker en se dirigeant prudemment vers l'enclos.

La petite pouliche essaya de se lever, mais il était évident, à la façon dont elle évitait de peser sur cette jambe et à la façon dont elle essayait de s'éloigner en boitillant, qu'elle souffrait. Elle s'effondra sur le sol. Elle était toute jeune, donc s'il s'agissait de quelque chose d'infectieux comme une infection des plaques osseuses ou des articulations, elle aurait une chance de s'en sortir. Il avait besoin d'un test sanguin, mais dans l'immédiat, il pouvait aider à soulager la douleur.

— Harley m'a dit que vous aviez un espace de soins pour votre vétérinaire habituel, lança Ryker. On peut y faire entrer le poulain pour que je puisse l'examiner ?

— Bien sûr, répliqua David. On a un échographe et des analgésiques. Tout ce dont notre vétérinaire a besoin.

Il était très impressionné. Ils faisaient passer leurs animaux en premier, comme tout bon fermier ou tout bon éleveur. Il ne put s'empêcher de songer à Sharpe Line Farms et au fait qu'ils étaient tout sauf la définition du bien.

Armand et David s'efforcèrent de mettre la petite pouliche debout, puis Armand la souleva pour la transporter dans la grange, tandis que David calmait la mère.

— Je vais te montrer le chemin, dit Harley. Ils ont des blouses et tout. Armand a suivi des cours de zootechnie. Ils s'occupent beaucoup de leurs chevaux et tous leurs animaux.

— Je suis épaté, admit Ryker. C'est impressionnant de diriger une telle entreprise.

— David est un homme d'affaires avisé. Je l'ai toujours admiré pour ça, reconnut Harley.

Il avait envie de lui dire qu'elle l'était aussi, elle l'avait montré en montant un centre de toilettage et une pension à partir de rien, tout en travaillant comme assistante vétérinaire. Elle était admirable.

Ils traversèrent le bureau principal, et Harley le conduisit à la salle de soins. Il enfila une blouse et des gants jetables, puis entra dans la pièce spacieuse et propre. Le poulain était là, tenant à peine debout, avec Armand qui l'apaisait.

Ryker s'approcha d'Adele et lui parla doucement. Il s'agenouilla et examina la jambe en question. Il y avait un gonflement et en palpant délicatement la zone, il vit que cela lui faisait mal mais il ne pensait pas qu'il s'agissait d'une infection, et il cerna rapidement le problème.

— Je pense que c'est son os du cercueil, dit-il. J'aurais besoin d'une radio pour en être sûr.

— L'os du cercueil ? demanda Armand. Est-ce que cela peut être guéri chez un animal aussi jeune ?

— Oui, c'est possible. Elle aura besoin de repos. On fera quand même un test sanguin pour être sûrs, et je lui donnerai un peu d'analgésiques.

— Tous nos médicaments sont dans cette armoire, dit David. Et on a un appareil à radiographie portable.

— Je sais l'utiliser, proposa Harley. La radiologie animale était une de mes spécialités.

— Bonne idée, répliqua Ryker en souriant. Alors je vais calmer sa douleur, et on lui fera une radio.

Ryker n'avait pas fait beaucoup de radiographies équines, car à Montréal c'étaient surtout les assistants vétérinaires qui manipulaient les appareils. Il était content que Harley connaisse le fonctionnement de celui de son frère. Cela dit, il avait ici une approche beaucoup pratique qu'en ville, et il était surpris de voir à quel point il aimait ça.

Après que Ryker eut effectué les prises de sang et donné au poulain un analgésique, il réalisa avec Harley les radiographies.

Puis tous les quatre examinèrent les images, envoyées directement sur l'ordinateur de la salle de soins.

— C'est bien son os du cercueil, dit Ryker en pointant du doigt l'endroit de la fracture du sabot avant. Vous voyez, sur la phalange distale.

— Au moins, ce n'est pas bactérien, remarqua David, même s'il semblait néanmoins déçu car cette fracture n'était pas facile à guérir, comme Ryker le savait pertinemment.

— Adele est assez petite et ne pèse pas trop lourd. Elle devrait s'en remettre. Elle aura besoin d'un fer à barre ovoïde, et il faudra refaire des radios jusqu'à ce qu'elle soit complètement guérie. Cela prendra plusieurs mois.

— J'ai des fers à barre, acquiesça David. Et des petits.

— Parfait. Alors laissons-la se reposer dans son box avec sa mère. Elle a subi assez de stress aujourd'hui. Tenez-moi au courant des résultats des analyses de sang, et je ferai une note à votre véto habituel pour qu'il me contacte.

David sourit et serra la main de Ryker.

— Merci encore, doc. N'oubliez pas de m'envoyer votre facture.

— Il le fera, assura Harley.

David et Armand firent sortir Adele. La petite pouliche était suffisamment jeune pour que Ryker ne doute pas que l'os du cercueil guérirait avec du repos et l'aide du fer à barre circulaire qui reliait le talon et empêchait tout mouvement du sabot. Ryker tapa son compte rendu d'examen pour le vétérinaire de David et Armand.

— Tu t'es vraiment bien débrouillé, dit Harley, pour un vétérinaire de la ville.

Il sourit, heureux qu'elle soit satisfaite.

— Je n'ai pas l'habitude de prendre des radios d'un cheval en ville. La pratique ici est beaucoup plus tout terrain.

— C'est vrai, et c'est ce que j'aime. N'oublie pas que j'ai aussi travaillé en ville, lui rappela-t-elle.

— Je me souviens que tu as dit que tu détestais la ville.

— Je ne la déteste pas, je préfère la vie ici, c'est tout.

— Je te comprends.

— Pourquoi tu n'as pas encore ton propre cabinet ?

— C'est mon rêve. Justin est né peu de temps après notre mariage, alors je n'étais pas pressé de voler de mes propres ailes.

Une autre raison pour laquelle reprendre la clinique de Michel était tentant. Un cabinet où tout est déjà en place ? Clients, matériel, personnel. C'était trop beau pour être vrai. Pourtant, l'idée de prendre la relève et de quitter le filet de sécurité de Montréal était angoissante. Pourrait-il porter le poids de sa propre entreprise sur ses épaules ? Il n'était pas certain d'y arriver. Justin avait encore tant besoin de lui.

— C'est logique, admit Harley.

— Bon, j'ai fini mon compte rendu. Allons voir Adele et son ferrage. Ensuite, on devrait prendre la route, d'accord ?

Harley sourit et acquiesça.

— Enfin, reprit-il, on déjeune d'abord quelque part. Mon estomac gronde. Puis retour à Opulence.

— Ça devrait pouvoir se faire, répliqua-t-elle avec un sourire adorable. David a déjà dit qu'il voulait qu'on reste. Si ça te va ?

— Je pense que c'est bon.

Ryker la suivit hors de la salle de soins. Il y avait tant de choses à aimer dans cette région. Tant de bonnes choses. Pourtant il était terrifié à l'idée de franchir le pas. Mais il n'était pas aussi effrayé de prendre ce risque qu'il l'avait été en arrivant ici.

Peut-être, peut-être seulement, Opulence pourrait être aussi leur foyer, à Justin et lui.

14

Harley pensait que David allait leur préparer un déjeuner simple et rapide. Mais quand son frère sortit le grill et se mit à cuisiner, Ryker ne parut plus si pressé que ça. Non qu'elle puisse le lui reprocher, David était un excellent cuisinier.

Ils mangèrent à l'extérieur de la maison surplombant la ferme. Le ranch de David et Armand était situé au sommet d'une colline, de sorte qu'ils pouvaient voir la fine ligne bleue du lac Huron au loin et toutes les autres fermes environnantes. C'était l'un des plus beaux endroits de la région, même si elle préférait naturellement sa ferme.

À mesure que le déjeuner avançait, Harley voyait les gros nuages sombres qui s'approchaient. De nouvelles alertes apparaissaient sur son téléphone, mais elles étaient maintenant plus sérieuses et il y avait une menace potentielle de tornade et d'inondation localisée.

Ryker et elle rassemblèrent leurs affaires et firent leurs adieux, mais la tempête arriva plus vite que Harley pouvait conduire. Peu après le début du trajet, ils furent frappés par des pluies torrentielles qui rendaient la visibilité très difficile.

— Jusqu'où s'étend cette tempête ? demanda Ryker.

Elle entendait l'inquiétude dans sa voix. Elle savait qu'il pensait à Justin. Et elle aussi.

— Sur la majeure partie du nord du comté de Huron et sur l'ouest du comté de Bruce, répondit-elle.

Le téléphone de Ryker bipa et il y jeta un coup d'œil.

— Michel et Maureen sont chez toi avec Justin. Le karting a été interrompu par la pluie. Justin est chamboulé, mais Willow le calme. J'espère que ça ne te dérange pas, Michel a utilisé ton double de clés. La petite maison est un peu exiguë.

— Pas du tout.

Elle voyait à la façon dont Ryker fronçait les sourcils et consultait sans cesse son téléphone qu'il était de plus en plus inquiet pour son fils. Il murmura entre ses dents :

— Je n'aurais pas dû rester déjeuner.

— On aurait quand même pu être pris au piège, répliqua Harley. C'est arrivé très rapidement.

— J'étais juste en train de savourer le moment. Des conversations d'adultes, de la bonne nourriture…

Un éclair transperça le ciel, accompagné d'un coup de tonnerre qui parut secouer le pick-up.

— Il s'en est fallu de peu, souffla-t-elle.

Le ciel avait pris une teinte verdâtre et s'assombrissait au fur et à mesure qu'ils se rapprochaient du lac. Elle ne serait pas surprise que des trombes tornadiques se forment à la surface. Le vent se leva en un sifflement creux et inquiétant.

Le téléphone de Ryker et le sien se déclenchèrent en même temps. Des alertes intimaient à toutes les personnes présentes dans la région de se mettre à l'abri dès maintenant.

La pluie les projeta sur le côté, et il devint difficile de garder le contrôle du pick-up. Elle ne voyait plus rien. Ils étaient à mi-chemin entre chez David et chez eux.

— On doit se mettre à l'abri, dit Ryker, le visage tendu.

— Tu as raison.

Alors qu'ils dépassaient une route secondaire en gravier, un éclair frappa un arbre qui s'abattit devant eux.

Harley freina brusquement, son pick-up fit de l'aquaplanage avant de s'arrêter.

— Ça va ? demanda Ryker.

— Mon rythme cardiaque devrait bientôt revenir à la normale, dit-elle, essayant nerveusement de minimiser l'incident. La route qui mène au chalet de mes parents se trouve à quelques minutes d'ici, dans le sens d'où on est venus. On peut y attendre la fin de la tempête.

— Bonne idée. Je préviens Michel.

Calmant ses nerfs à bout, Harley fit demi-tour et revint en arrière, jusqu'au chemin privé qui descendait la colline vers un groupe de cottages. Le chalet de ses parents se trouvait au bout. Se faufilant entre d'autres branches tombées, elle arriva au chalet, se gara et sortit le double de la clé de son trousseau. Puis ils se précipitèrent vers la porte d'entrée sous une pluie battante qui se transformait en grêle

Ses doigts étaient froids et engourdis lorsqu'elle déverrouilla la porte, le vent les poussant tous deux à l'intérieur. Le temps d'entrer et de refermer la porte contre le vent violent, ils étaient complètement trempés.

— Voyons si nous avons de l'électricité.

Harley appuya sur l'interrupteur, mais rien ne se produisit.

— Zut. Au moins, on a un toit, déclara Ryker.

Le vent hurlait, et le tonnerre grondait. Ils regardèrent tous les deux le toit avec angoisse, s'attendant presque à ce qu'il s'envole. Il y eut un craquement, et ils coururent à la fenêtre pour voir qu'un vieil épicéa était tombé, bloquant l'allée et la route, et évitant de justesse le pick-up de Harley.

Formidable. Ils étaient coincés ici.

— Je dois dire à Justin que je vais bien, mais que je serai retardé.

Ryker sortit son téléphone et jura ; il n'avait pas de réseau. Elle vérifia sur le sien, pas de réseau non plus.

— Essaye le vieux téléphone à cadran, suggéra Harley en cherchant des serviettes et des couvertures dans l'armoire.

Ryker acquiesça et décrocha le téléphone, mais il y eut un fort grésillement d'électricité statique, ce qui signifiait que la ligne téléphonique avait été frappée par la foudre.

— Pose ça ! cria Harley, se rappelant soudain qu'il ne fallait pas utiliser un téléphone fixe pendant un orage, sous peine d'électrocution, même si le risque était faible.

— *Tabernacle*, maugréa-t-il en obéissant. Je voulais leur dire que j'étais en sécurité et où je me trouvais.

— Michel, Maureen et Willow sont avec lui. Tout ira bien.

Ryker hocha la tête avec appréhension, et elle voyait bien qu'il était inquiet. Elle lui tendit des serviettes et une couverture. Devant son regard étonné, elle expliqua :

— Je ne vais pas rester dans des vêtements mouillés. Au diable la pudeur.

— D'accord. On est des adultes.

— Exactement. Tu peux utiliser la chambre d'amis et je vais aller dans celle de mes parents. Ils ont peut-être des vêtements secs ici.

Elle se rendit dans la chambre de ses parents et se débarrassa de ses habits trempés. La tempête faisait rage et le vent hurlait. Elle voyait les petits arbres du jardin plier sous le vent incessant. Il faisait si sombre dans le chalet aux murs lambrissés de bois qu'elle procédait à tâtons.

Comme elle ne trouva pas de vêtements de rechange, elle s'enveloppa dans un édredon et prit une lampe de poche pour retourner dans le salon.

Ryker était là. Une serviette entourait sa taille. Son torse large et musclé était nu. Son pouls commença à accélérer et elle essaya de ne pas le regarder, mais c'était difficile.

— Pas de vêtements secs ? demanda-t-il.

— Non, rien.

Elle gagna le canapé en frissonnant. Il vint s'asseoir près d'elle, et tous deux restèrent à écouter la tempête faire rage. Il n'y avait pas que les éléments qui se déchaînait ; une tempête intérieure bouillonnait dans toutes les fibres de son être. Son corps était très conscient de la proximité de Ryker et de l'isolement dans lequel ils se trouvaient.

— Dès que la tempête sera passée, la police provinciale viendra vérifier les maisons ici, dit-elle, rompant le silence.

— J'espère que le réseau sera bientôt rétabli pour que je puisse appeler Justin.

— J'en suis sûre.

— Je ne voudrais pas que cela le fasse régresser, reprit-il en soupirant. Il a fait de grands progrès ici. Il est plus lui-même.

— Et toi ? demanda-t-elle.

— Qu'est-ce que tu veux dire ?

— Tu te préoccupes tellement de Justin, mais est-ce que tu as réussi à guérir, toi aussi ?

Ils avaient déjà parlé de guérison. Elle pensait qu'elle allait bien, mais en passant du temps avec lui, elle commençait à comprendre qu'elle aussi était en train de réapprendre à faire confiance. Même s'il lui restait du chemin à faire. Elle tombait amoureuse de lui, elle le savait, mais n'était pas sûre de se fier à lui pour ne pas la quitter.

— Je n'ai jamais vraiment eu le temps de réfléchir à tout ça, admit-il. Justin et sa santé mentale ont été ma priorité, mais... oui. Je crois qu'ici je vais mieux.

Quand elle l'entendit dire qu'Opulence l'avait peut-être aidé à guérir, son cœur se mit à espérer.

— Et toi ? demanda Ryker. Est-ce qu'Opulence a aidé à guérir ton cœur ? Tu ne sors avec personne ? Pourquoi ?

— Hum. Au début, je me suis dit que c'était parce que j'étais trop occupée, mais j'avais peut-être aussi peur d'être à nouveau blessée. Et puis, il n'y a pas beaucoup d'hommes célibataires par ici. J'ai aussi appris que les gens ne restent jamais à Opulence. Je dois être prudente. Je ne vais pas baisser mes exigences parce que je me sens seule.

Elle divaguait complètement, donnant mille excuses pour

expliquer sa solitude, mais en réalité, c'était la peur. La peur qu'on décide de sa vie à sa place. La peur d'être abandonnée et seule.

— Mon ex a décidé de mettre fin à notre relation sans me demander mon avis. Alors je préfère rester seule. Je fais mes propres choix, je prends mes propres décisions.

Sauf que durant ces semaines avec Ryker, elle s'était rendu compte que ce n'était pas vrai.

— Moi aussi, je me sens seul, avoua Ryker.

— Mais c'est agréable d'avoir un ami.

Leurs regards se croisèrent, et son cœur s'emballa, son corps commença à vibrer de désir alors qu'elle se remémorait leur baiser et tous les contacts qu'ils avaient partagés depuis.

À chaque moment qu'ils passaient ensemble, elle songeait qu'elle ne se sentait pas seule lorsqu'elle était avec lui.

Le tonnerre grondait, le vent et la pluie s'abattaient sur le chalet, mais elle l'entendait à peine par-dessus son cœur qui battait la chamade. Elle avait envie qu'il l'entoure de ses bras, qu'il la serre contre lui. La fasse se sentir en sécurité.

Ryker tendit la main et écarta une boucle de cheveux humides de son visage.

— C'est agréable d'avoir une amie. Ou peut-être plus qu'une amie… J'aimerais t'embrasser, Harley. Je sais qu'on a dit que ce n'était que pour une fois, mais…

— J'aimerais aussi, l'interrompit-elle.

— Tu ne bavasses plus à tort et à travers comme tu le fais d'habitude quand tu es nerveuse, dit-il en se rapprochant.

— Je ne suis pas nerveuse maintenant.

Parce que c'était ce qu'elle voulait. C'était sérieux. Elle toucha son visage, la main tremblante. Il prit sa main et y déposa un baiser chaud et brûlant qui électrisa son bras. Cela faisait si longtemps. Elle voulait se sentir vulnérable avec quelqu'un. Être prise dans les bras et avoir cette connexion intime qu'elle s'était refusée pour protéger son cœur.

Quelque chose qu'elle combattait depuis qu'elle l'avait rencontré.

Bien sûr, son cœur serait peut-être brisé à la fin, mais elle était prête à prendre ce risque. Elle prit son visage dans ses mains, l'attirant près d'elle, la couverture tombant de ses épaules pour révéler sa nudité. Harley pressa ses lèvres contre les siennes et se fondit dans son baiser.

Doux, suave. Complètement bouleversant.

Elle voulait que cela ne s'arrête jamais. Leur baiser s'intensifia, et il l'allongea sur le canapé. Elle était prête, et elle voulait ce moment volé de passion avec Ryker. Le désir qu'elle éprouvait pour lui était féroce. Jamais elle n'avait ressenti ça. Pas même pour Jason.

— Ryker, j'ai envie de toi.

— Harley, je n'ai pas protection, murmura-t-il.

— Je prends la pilule. C'est bon. Touche-moi.

Ryker gémit, prit un sein dans sa main et captura ses lèvres, scellant ainsi son destin. Il n'y avait plus de retour en arrière possible. De toute façon, elle n'en voulait pas. Il parcourut son corps de ses lèvres, laissant une traînée de feu tandis qu'elle se cambrait contre lui, refusant que le lien brûlant ne se rompe. Ils étaient peau contre peau, battements de cœur contre battements de cœur. Cédant à une passion dévorante.

— Tu me fais me sentir vivant à nouveau, murmura-t-il.

Ses yeux scintillaient dans l'ombre causée par l'orage. Seuls les éclairs lui permettaient d'apercevoir son corps dur et musclé sur le sien. Elle était vaincue.

Harley ouvrit les jambes pour qu'il s'installe entre ses cuisses. Elle était mouillée et prête, si prête à l'accueillir.

Elle voulait qu'il la prenne. Elle voulait le sentir tout entier en elle. Elle voulait qu'il la guérisse et qu'il efface les blessures du passé. Basculant les hanches vers lui, elle lui fit comprendre à quel point elle le désirait.

— J'ai tellement envie de toi, souffla-t-elle encore.

— *J'ai tellement envie de toi*, dit-il en français.

Il bloqua ses poignets au-dessus de sa tête et lécha ses mamelons.

Leurs regards se nouèrent tandis qu'il s'enfonçait lentement en elle, atrocement lentement.

Elle cria, submergée de plaisir. Se cambra pour l'inciter à pousser plus fort en elle. Plus vite. Effrayée d'un tel désir, de sa violence. Du plus profond de son corps jaillit la jouissance, dans laquelle il ne tarda pas à la rejoindre. Ils retombèrent, tremblant de la puissance de leur orgasme,

Il lui toucha le visage, lui sourit si tendrement. Elle se sentait en sécurité avec lui mais ne pouvait pas le lui dire. Alors, elle passa les mains dans ses cheveux noirs, les larmes lui piquant les yeux. Tout cela était si intense. L'afflux d'émotions qu'elle s'était efforcée d'enfermer si longtemps. C'était comme si un barrage avait éclaté en elle.

— Tu pleures, *ma chérie* ?

— Je vais bien, répondit-elle, la voix tremblante. C'est juste que ça fait si longtemps que je n'avais pas…

Il hocha la tête et embrassa le bout de son nez.

— Je comprends.

— Je ne regrette pas ce qui s'est passé, en tout cas.

— Moi non plus, dit-il, puis il l'attira vers lui, l'embrassa et la serra dans ses bras tandis qu'elle tremblait contre lui.

Elle s'était juré de ne pas avoir d'attentes, qu'elle pouvait vivre l'instant présent. Et protéger son cœur. Le problème, c'était que son cœur s'abandonnait déjà à un homme qui ne pouvait pas lui promettre l'éternité. L'idée qu'il partirait avec Justin et que la petite famille qu'elle avait gagnée disparaîtrait la ravageait. La famille qu'elle avait toujours voulue, sans le savoir.

Ryker n'arrivait pas à croire ce qui venait de se produire. Cela avait été tellement libérateur. Il n'avait jamais pensé qu'il partagerait à nouveau un jour un tel moment d'intimité avec qui que ce soit. Libérateur mais aussi effrayant.

Lorsqu'elle avait tremblé dans ses bras après, il avait commencé à ressentir cette inquiétude de ce qui adviendrait ensuite. Ils ne s'étaient rien promis, et il n'était pas sûr de ce qu'il pouvait lui offrir, car il ne savait toujours pas ce qui se passerait à la fin de l'été. Il voulait pouvoir faire fonctionner sa vie et celle de Justin ici, mais ignorait comment.

Il aimait son amitié avec Harley, il aimait travailler, passer du temps avec elle. Il se doutait qu'il tombait amoureux d'elle et, là, il se savait incapable d'arrêter. Il était en train de guérir, mais était-il prêt à prendre le risque d'un grand pas en avant ? De prendre une décision qui affecterait la vie de son fils ? Il n'en était pas sûr. Il devait encore y réfléchir.

Il y eut un bourdonnement, puis les lumières s'allumèrent.

— On a du courant ! s'exclama Harley en se levant d'un bond. Je mets nos vêtements dans le sèche-linge.

Ryker approuva et sortit son téléphone, mais il n'avait toujours pas de réseau. Il jura. Il craignait que Justin soit angoissé d'être séparé de lui pendant une violente tempête, et il se sentait un peu coupable de s'être laissé aller au plaisir avec Harley. Il se dirigea vers la fenêtre et regarda dehors. Il y avait des branches et des arbres partout sur la route, mais le pick-up de Harley semblait intact. Il fallait espérer que la tempête ne tourne pas en tornade. Ou, si c'était le cas, qu'elle ne touche pas la ferme.

— Dans une vingtaine de minutes, nos vêtements seront secs, annonça Harley en se couvrant à nouveau d'une couverture. Tu as du réseau ?

— Non. Je suis sûr qu'il va bien.

— J'en suis sûre aussi. Essaie de ne pas t'inquiéter.

Elle jeta un coup d'œil à son propre téléphone.

— Hé, j'ai du réseau. Tu veux appeler Michel avec mon téléphone et prendre des nouvelles de la ferme ?

— Oui ! fit-il en prenant le téléphone de Harley.

— Harley ! lança Michel en décrochant, une pointe de frénésie dans la voix.

— Non, c'est moi, Ryker. Mon téléphone n'a toujours pas de réseau. Est-ce que tout va bien ?

— Non, répondit Michel. Où êtes-vous ?

On aurait dit qu'il luttait contre les larmes.

— Dans le chalet des parents de Harley. Près d'Inverhuron. Qu'est-ce qui ne va pas ?

Ryker se préparait à entendre qu'il y avait eu des dégâts à la ferme ou que quelqu'un avait été blessé.

— Comme on n'arrivait pas à vous joindre, Justin s'est éclipsé de la maison. Willow l'a suivi, mais ils ont disparu.

Le cœur de Ryker s'arrêta.

— On est sortis dans la tempête, mais je ne sais pas où ils sont allés, reprit Michel. La police provinciale est là, ainsi que les équipes de secours. On a besoin de toi ici, Ryker.

— Je viens tout de suite, dit-il sans hésiter, puis il se souvint et jura. Tabernacle, la route est bloquée.

— Je vais dire aux policiers où vous êtes, et ils viendront vous chercher tous les deux. Je suis désolé, Ryker, ajouta Michel en sanglotant. Je n'aurais pas dû le lâcher des yeux. Je ne peux pas le perdre… pas comme j'ai perdu Daphné.

La poitrine de Ryker se resserra. Il craignait que Michel ne fasse une nouvelle crise cardiaque, comme lors de la mort de sa fille.

— Ce n'est pas ta faute. Je serai là dès que possible. On attend la police provinciale.

Il raccrocha le téléphone, le rendit à Harley, totalement désemparé. Il avait l'impression que ses genoux allaient lâcher. Il ne pouvait pas perdre Justin. Peut-être que ce changement pour l'été était une erreur. Peut-être que c'était trop. Il n'aurait pas dû insister pour que Justin soit indépendant de lui. Il aurait dû aller faire du karting avec lui, ou au moins rester dans la petite maison.

— Qu'est-ce qu'il y a ? demanda Harley.

— Justin a paniqué et s'est enfui… avec Willow. Ils n'arrivent pas à les retrouver. Ils se sont perdus dans la tempête.

— Oh ! mon Dieu !

— La police provinciale vient nous chercher. Je n'aurais jamais dû venir ici. Je n'aurais jamais dû lui faire quitter Montréal. C'était une erreur. Je ne peux pas rester ici.

La colère bouillonnait en lui. Il vit la douleur dans les yeux de Harley. Il ne voulait pas dire qu'elle était une erreur, mais il était incapable de le préciser, car il ne pensait qu'à retrouver son fils, qu'il n'aurait pas dû quitter.

Il se planta devant le sèche-linge, où il paniqua en silence et regarda la charge tourner jusqu'à ce qu'elle sonne et qu'il puisse prendre ses vêtements. Dès qu'ils auraient trouvé Justin, il retournerait à Montréal et à la quiétude de leur petite maison. Il s'assurerait que Justin se sente toujours en sécurité. Juste tous les deux. Il ne le quitterait pas des yeux. Il aurait dû rester chez lui. Chez eux. Imaginer qu'ils étaient de retour, à nouveau à l'abri, l'apaisa fugacement.

Mais quelque part derrière la panique dans son esprit, pour la première fois, ça ne semblait pas tellement chez eux quand il y pensait. Sachant qu'il n'y aurait que lui et Justin, seuls.

15

Le retour dans le véhicule de la police provinciale se déroula en silence. Ryker était stressé à juste titre, tout comme elle. Cet incident le ferait définitivement fuir. Elle ne pouvait pas lui en vouloir. Mais c'était douloureux car, malgré ses efforts pour le garder à distance, elle était tombée amoureuse de Ryker. De lui et de son fils.

Pourvu qu'ils retrouvent Justin et Willow. Il pleuvait toujours à verse, et la température avait chuté lorsqu'ils arrivèrent à la ferme. Kaitlyn était là, avec quelques-uns de leurs clients et d'autres volontaires de la ville. Michel attendait sous la pluie, les traits tirés et le visage hagard. Lorsque le véhicule se gara, Ryker en sortit sans dire un mot et se dirigea directement vers ses beaux-parents. Elle le suivit et remarqua que Maureen sanglotait. Son bras était bandé, et il y avait des secouristes sur les lieux.

— C'est ma faute, dit Maureen en pleurant. Il m'a vue glisser, et je suis tombée violemment sur mon bras. Puis il a crié pour que Willow revienne et… il est parti. J'ai essayé de le poursuivre, mais le vent était si violent…

— On a fouillé tous les bâtiments, aucun signe de lui, indiqua un policier.

— Et la forêt ? suggéra Harley. Elle fait sept hectares et le fascine depuis qu'il est arrivé. Il m'a dit qu'il aimerait y aller.

— Bien. On va commencer par là, mais…

— Quoi ? demanda Ryker, la voix tendue.

— Le ruisseau déborde et la passerelle qui le traverse pour rejoindre la forêt est impraticable, à cause du courant trop fort de l'eau qui passe par-dessus.

Maureen gémit, et Michel la serra contre lui. Le cœur de Harley se crispa. Ryker fulminait et jurait tandis que Harley faisait les cent pas. Elle savait ce que le policier suggérait, à savoir que Justin et Willow avaient été emportés.

— Il y a un passage plus élevé, à environ sept kilomètres, au niveau de la route secondaire, dit-elle. Ça mène directement à ma forêt, et l'eau ne devrait pas le submerger.

— On devrait y aller, déclara Ryker.

— Oui, acquiesça le policier. Tout de suite. Il sera trempé, et la température chute vite. Il risque l'hypothermie.

Harley s'équipa et donna à Ryker de quoi le faire aussi. Le tout sans un mot. Elle savait qu'il partirait, mais dans l'immédiat, tout ce qui comptait, c'était de retrouver Justin.

Les secouristes leur remirent des vêtements réfléchissants et des lampes de poche, et ils se rendirent en voiture à la route secondaire, pendant que d'autres équipes fouillaient les abords du ruisseau. Elle ne voulait pas envisager la possibilité de quelque chose de ce genre, parce qu'elle n'y croyait pas un instant. Justin et Willow s'en sortiraient.

Une fois sur place, ils se séparèrent pour chercher aux alentours. Tout le monde appelait Justin.

— Dès que je l'ai trouvé, on rentre chez nous, gronda Ryker.

— Il ira bien. Si tu lui donnes quelques jours…

— Je ne suis pas d'humeur, Harley, la coupa Ryker. Ce séjour ici était une mauvaise idée. J'ai baissé ma garde parce que Justin semblait heureux.

— Il est heureux ici, rétorqua-t-elle.

— Et qu'est-ce que tu en sais ? Tu n'es pas un parent. Opulence n'est pas un endroit sûr pour un enfant, mais tu ne le crois pas parce que tu ne vois que la perfection de cette ville. En fait, tu as juste trop peur de partir.

Elle savait que Ryker s'emportait parce qu'il était effrayé pour son fils, mais ça lui faisait mal, parce que c'était vrai. Elle n'était pas un parent. Mais elle n'avait pas peur de quitter Opulence. Sa vie était là. Son entreprise. Tout.

— Et Montréal est si parfait ? riposta-t-elle. Je crois que tu te sers de Justin comme d'une excuse pour ne pas tenter ta chance. Je ne suis pas la seule à avoir peur.

Ryker ne répondit rien. Il s'engagea dans un sentier forestier, et elle prit une autre direction, droit vers le cœur de sa forêt, furieuse et contrariée. Elle connaissait les lieux par cœur et savait que si Justin allait trop loin d'un certain côté, il y avait un ravin donnant sur les berges du petit cours d'eau qui traversaient plusieurs propriétés avant de rejoindre la rivière principale qui coulait vers le lac Huron. Elle entendait les appels résonner dans les bois et espérait que le petit garçon ne serait pas trop effrayé pour répondre à son nom lancé par une personne inconnue.

Quand Justin avait dormi chez elle, elle lui avait dit qu'au milieu de sa forêt se trouvaient un vieux camion et une cabane dans un arbre. Cela l'avait fasciné. Elle espérait juste qu'il y était allé, car c'était là que la menaient ses pas.

— Justin ! cria-t-elle. Willow ?

Elle siffla, espérant que son petit chien lui ferait savoir qu'ils n'étaient pas loin. Elle grimpa sur des branches et des arbres tombés. Il pleuvait toujours, et d'épaisses gouttelettes glissaient sur sa nuque, mais elle s'en fichait.

Elle aperçut enfin le camion et la cabane. Elle éclaira le sol boueux avec sa lampe de poche et vit des empreintes de petites chaussures, puis de pattes. Presque effacées par la pluie, mais encore un peu visibles. Son cœur s'emballa. Les traces de pas se dirigeaient vers le ravin.

— Justin ! Willow ! appela-t-elle en courant.

Puis elle l'entendit. Un faible aboiement. Elle accéléra, les branches lui griffant le visage. La nuit tombait et un autre orage allait bientôt éclater.

— Willow !

Elle s'arrêta au bord du ravin et entendit à nouveau les aboiements. En regardant vers le bas, elle vit Willow, assise sur un Justin inconscient, piégé dans les branches. Son manteau s'était accroché, et sa tête était près d'un rocher. Elle pouvait voir qu'il était blessé, mais le rocher et la branche l'avaient empêché de glisser dans l'eau vive en contrebas.

— Oh ! mon Dieu, s'exclama-t-elle.

Willow n'arrivait pas à grimper la pente raide et elle gémissait fort. Elle était couverte de boue et grelottait.

— Reste là, ma fille. Veille sur lui. Les secours arrivent.

Elle sortit le pistolet de détresse qu'un agent de la police provinciale lui avait remis et lança une fusée éclairante dans le ciel pour faire savoir aux équipes où elle se trouvait.

Ryker paniquait. Sa voix était rauque à force d'appeler Justin, et il s'en voulait à mort de l'avoir amené ici.

Puis il songea à Harley et à toutes les choses méchantes qu'il lui avait dites dans la panique. Il le regrettait car il était en train de tomber amoureux d'elle. Était-il prêt à l'admettre maintenant ? Il hésitait. Si seulement elle envisageait de quitter Opulence, ils pourraient peut-être faire en sorte que cela fonctionne. Sauf qu'elle ne serait pas heureuse en ville.

Il vit et entendit la fusée. Son cœur se serra dans sa gorge et il se dirigea vers la source. Il n'était pas loin.

S'il vous plaît, faites qu'il soit en vie. Par pitié.

Il vit Harley, debout au bord d'un ravin.

Mon Dieu. Non.

— Harley ? fit-il d'un ton frénétique.

— Je l'ai trouvé. Ils sont coincés.

Ryker courut jusqu'au bord et vit son fils, en sang, mais à l'abri de l'eau qui bouillonnait en bas. Willow, couverte de boue, était assise sur lui, le protégeant du mieux qu'elle pouvait. Il chercha désespérément autour de lui un moyen de descendre et de les récupérer, mais c'était trop raide et boueux. Il ne voulait pas risquer de faire tomber Justin et que Willow et lui soient emportés dans le ruisseau en contrebas.

Le sentiment d'impuissance le submergea à nouveau. Il ne pouvait qu'attendre les secours, et c'était insoutenable.

Secouristes et policiers arrivèrent enfin, et Ryker resta en retrait pendant que Harley leur expliquait que Justin était suspendu de façon précaire au bas d'un talus. Ils avaient le matériel pour le remonter. Une civière fut apportée et les secouristes se préparèrent à descendre en rappel afin de récupérer Justin et Willow. Sans réfléchir, Ryker prit la main de Harley, et elle la serra en réponse.

— Je suis désolé pour ce que j'ai dit tout à l'heure. J'ai été inutilement dur. Mais je ne peux pas rester ici, dit-il. On va rentrer à la maison. Je sais que j'ai mes propres problèmes à régler, mais je ne peux pas te demander de déménager pour moi alors que je suis encore en train de tout assimiler. Tu ne serais pas heureuse en ville. Je le sais. Alors tu dois rester.

— Tu ne me donnes pas le choix, de toute façon, constata-t-elle, sourcils froncés et lèvres tremblantes.

— C'est mieux ainsi, affirma-t-il d'un ton ferme.

Il la blessait, mais c'était pour la protéger à long terme.

Elle retira sa main alors que Justin était remonté et mis en sécurité sur la civière. Ryker se précipita et accompagna les secouristes à travers les broussailles jusqu'à une clairière.

Justin était vivant. Blessé mais vivant.

Harley gagna le bord du ravin tandis qu'un membre de l'équipe de secours remontait un cockapoo tout boueux et visiblement chamboulé. Des larmes coulant sur ses joues, elle prit sa petite chienne tremblante dans ses bras. Elle l'enveloppa dans une couverture tendue par un secouriste. Justin était toujours inconscient, en hypothermie et avait probablement une commotion cérébrale.

Ils le transportèrent jusqu'à une ambulance qui les attendait à la lisière de la forêt. Ryker monta à l'arrière et jeta un coup d'œil à Harley. La chienne hurlait de tristesse, et Harley embrassa sa petite tête. Elle grelottait aussi à présent, et il voulait qu'elle vienne avec lui. Elle pouvait aussi venir à Montréal, mais que lui apporterait-il là-bas ? Il avait décidé pour elle, afin qu'elle ne lui en veuille pas plus tard.

Elle avait une entreprise ici. Sa famille. Sa ferme. Ses animaux. Il n'y avait rien qu'il puisse lui offrir.

Ton cœur ? Sauf qu'il n'était pas sûr que cela suffise. Il valait mieux en finir avant que cela ne commence et ne pas lui donner un vrai choix. *Ça a déjà commencé. Tu es un imbécile.* Il chassa cette pensée.

L'ambulance démarra, lampes et sirènes allumées. Tout ce qui comptait pour l'instant, c'était son fils. Pas son cœur. Il espérait juste que quand l'agitation serait retombée Harley lui pardonnerait. Même s'il était amoureux d'elle, même s'il l'avait blessée, il espérait qu'elle voudrait toujours être son amie.

Harley serra Willow contre elle pendant le trajet qui la ramenait à la ferme. Elle était épuisée. Quand elle arriva Michel l'attendait. Son téléphone sonna, et elle vit que c'était son frère. Elle décrocha en étouffant un sanglot.

— Ça va aller, lui assura David tandis que Michel venait derrière elle et passait ses bras autour de ses épaules.

— Comment tu as su qu'il fallait appeler ?

— L'orage. J'étais inquiet. Je t'ai téléphoné, et Michel m'a dit ce qui s'était passé. Et que tu les avais trouvés.

— Oui. Je suis contente que tu aies appelé, sanglota Harley. Je dois y aller. Rappelle-moi plus tard.

— Je t'aime, P'tite Tronche, dit gentiment David.

Elle raccrocha et vit Christine s'approcher avec une couverture. Elle était si reconnaissante à ses amis.

— Dieu merci, s'écria Michel. Tu l'as retrouvé et, Willow était avec lui. Quelle bonne fille ! Laisse-moi jeter un coup d'œil à notre petite héroïne. Elle tremble comme une feuille.

— Je vais t'aider, proposa Kaitlyn. Donne-la-moi.

— Tu as froid et tu es trempée, dit Christine. Il faut qu'on te réchauffe aussi. Maureen se repose à l'intérieur, et Michel prend Willow en charge. Laisse-moi m'occuper de toi, comme tu t'occupes de nos animaux.

Harley s'effondra en pleurs. Elle ne pouvait plus retenir ses émotions. Elle aimait Ryker. C'était peut-être une bonne chose que lui non plus il ne lui ait pas laissé le choix, mais elle avait quand même le cœur brisé. Et elle était en colère.

Christine la fit entrer dans la maison et lui fit couler un bain. Elle la traita comme une enfant. Cela faisait si longtemps que personne ne s'était occupé d'elle ainsi. Harley s'installa dans l'eau chaude, encore tremblante et engourdie.

Puis Christine ferma la porte de la salle de bains. Harley rappela son frère, les larmes coulant sur ses joues.

— P'tite Tronche ? fit doucement David.

— J'ai recommencé.

— Quoi donc ?

— Je suis tombée amoureuse du mauvais homme. Je suis tombée amoureuse de son fils et...

— Ce n'est pas le mauvais homme, Harley. C'est Jason qui l'était. Ne laisse pas Ryker partir. Tu as besoin de ces deux-là autant qu'ils ont besoin de toi.

— Mais il s'en va. Il retourne à Montréal.

— Tout ne doit pas être décidé aujourd'hui.

— D'accord, murmura-t-elle.

— Tout va bien. Dès que la route sera ouverte, je serai là.

— Merci, dit-elle en reniflant.

— Repose-toi et rappelle-moi si tu as besoin de moi, sœurette.

Elle resta dans le bain fumant jusqu'à ce qu'elle cesse de trembler. Puis elle enfila des vêtements chauds sortis du sèche-linge et se dirigea vers la cuisine. Maureen était assise à la table, et Harley s'approcha pour lui embrasser la joue.

— Tu les as sauvés, dit Maureen.

— Je ne les ai pas sauvés, je les ai juste trouvés.

— Crois-moi quand je dis que tu les as sauvés.

La gorge de Harley se serra.

— Ryker a dit qu'il rentrait à Montréal.

— Parce qu'il est en colère contre lui-même, déclara Michel en revenant avec Willow, fraîchement nettoyée et séchée par Kaitlyn, mais qui boitait en gémissant.

— Elle va bien ? s'enquit Harley en la prenant contre elle.

— Elle s'est foulé un tendon. Je lui ai donné des calmants. Elle va s'en sortir. C'est une héroïne.

Harley enfouit son visage dans la fourrure de Willow. Christine posa une tasse de thé devant elle, et la chienne se pelotonna sur ses genoux. Michel s'assit et soupira.

— C'était comme si on avait perdu Daphné à nouveau, Daphné te serait si reconnaissante d'avoir retrouvé Justin. Nous le sommes tous. Et je pense que Daphné voudrait que tu continues à t'occuper de Justin. On t'aime tous, et Justin t'adore. Il nous l'a dit. Tu es exactement ce dont son père et lui ont besoin. Ryker est en colère et effrayé, et je ne peux pas le lui reprocher, mais la pire chose pour eux serait de retourner à Montréal. Il n'a pas de famille là-bas, et Justin adore être ici. Tu peux être sa famille, Harley.

— Fais partie de notre famille, dit tendrement Maureen.

— Je ne suis pas sûre d'être assez courageuse pour cela, Ou que Ryker veut de ma vie ici.

— Si. Ne laisse pas partir mon gendre têtu. Justin et lui ont besoin de toi, et c'est ce que Daphné voudrait.

— Tu te sens si seule depuis que Jason t'a quittée. Il n'était pas fait pour toi, renchérit Christine. Tu n'es pas seule, Harley, et tu n'as pas à mener cette vie seule. L'amour fait parfois mal, mais c'est aussi de la joie et du bonheur. Quand tu seras prête, va chercher ta famille.

Harley acquiesça. Elle avait peur d'aller à l'hôpital pédiatrique et de dire à Ryker ce qu'elle ressentait pour lui et Justin, mais si elle ne prenait pas ce risque, elle le regretterait toute sa vie. Ryker et Justin avaient leur place ici, mais le plus important, c'était qu'elle avait sa place auprès d'eux. Même si elle devait aller à Montréal pour le leur prouver.

Elle ne reculerait pas devant son rêve de toujours, son rêve secret d'une famille. De bonheur. D'amour.

Ryker avait passé la nuit sur une chaise inconfortable dans la chambre de Justin. Son fils s'était réveillé, mais soufrait toujours des effets de l'hypothermie et d'une commotion cérébrale. Les médecins comptaient le garder quelques jours. Aussi Ryker avait-il envoyé un message à Michel pour lui demander de lui apporter des vêtements de rechange et la couverture de Justin que Harley lui avait confectionnée.

Son cœur se serra quand il pensa à Harley. Il était amoureux d'elle et l'avait repoussée par peur.

Lorsque l'ambulance s'était éloignée et qu'il l'avait vue pour la dernière fois debout, Willow dans les bras, il avait su que son cœur était aussi brisé que le sien.

Il n'avait jamais cru qu'il retrouverait l'amour, mais si.

Et il l'avait rejetée de la même manière abjecte que son ex. Sans lui laisser le choix. Il avait tout fichu en l'air.

— Papa ? gémit Justin.

— Je suis là, mon grand. Comment tu te sens ?

— J'ai mal à la tête.

— Tu as fait une chute. Tu te souviens ?

— Et Willow ? demanda Justin, les yeux pleins de larmes.

— Elle va bien.

— Elle est tombée dans ce fossé. J'essayais juste de rentrer à la maison, expliqua Justin en sanglotant.

— À Montréal ?

— Non ! À la ferme. Chez nous.

— Mais ce n'est pas chez nous, objecta doucement Ryker. On va rentrer à la maison, à Montréal.

— Je ne veux pas y retourner ! s'exclama Justin.

— Justin, tu t'es enfui quand je n'étais pas là.

— Mais non ! J'ai vu mamie se faire mal, et après Willow a déguerpi super vite, alors je l'ai rattrapée mais l'orage était trop fort. J'avais peur mais Harley m'a dit qu'il y avait une cabane dans un arbre. Comme je ne savais pas comment rentrer à la ferme, j'ai pris Willow pour trouver la cabane.

— Tu ne t'enfuyais pas parce que j'étais parti ?

— Au début, avoua Justin d'un air penaud, mais après... avec le tonnerre et les éclairs, Willow et moi on a eu peur.

— Tout va bien, assura Ryker. Tout ce qui compte, c'est que tu ailles bien. Je n'aurais jamais dû me séparer de toi.

— Papa, je suis bien ici, plaida Justin avec véhémence. Je veux rester à Opulence. Maman est là.

— Justin...

— Je sais que maman est partie, mais je la sens, ici. Papi et mamie adorent Harley et moi aussi. Je veux une nouvelle famille, papa, et je veux que... tu redeviennes comme avant. Comme on était avant, ajouta-t-il, des larmes coulant sur son visage. Je veux être près de papi et mamie. Je suis heureux ici. On peut rester ? Tu peux reprendre la clinique de papi, et je peux aller à l'école à Londesborough. Papi m'a montré l'école. Elle a l'air chouette.

Ryker se mit à pleurer. Il demanda, essuyant ses larmes :

— Tu es sûr que c'est ce que tu veux ?

— Je ne veux pas oublier maman et, ici, ça n'arrivera pas. S'il te plaît, on peut rester ? Peut-être que Harley nous laissera habiter dans sa petite maison.

— Coucou, lança une petite voix depuis la porte ouverte.

Ryker fit volte-face. Harley était là, avec un petit sac en toile et une courtepointe très usée dans les mains. Son cœur se gonfla, et il dut refouler de nouvelles larmes, juste de la voir là. Saine et sauve. Elle était venue jusqu'ici pour eux.

Peut-être qu'il n'avait pas tout gâché en la repoussant.

— Harley ! s'écria Justin.

— J'ai pensé que tu voudrais ça, dit-elle en brandissant la courtepointe.

— Ma couverture ! s'exclama Justin en fondant en larmes. Harley, je suis désolé. Pardon.

— Tu n'as pas à t'excuser, affirma-t-elle en lui caressant les cheveux. Je suis heureuse que tu ailles bien.

— Et Willow ?

— Elle était pleine de boue mais ton papi s'en est occupé. Tu l'as sauvée, et elle t'a sauvé. Vous êtes les meilleurs amis du monde pour toujours. J'en suis certaine.

Justin sourit et enfouit son visage dans sa couverture.

— Je suis vraiment fatigué.

— Alors repose-toi, mon petit pote, dit doucement Ryker. Je serai juste derrière la porte.

Il indiqua à Harley de la suivre. Ce qu'elle fit, avec un dernier regard à l'enfant.

— Tu lui as apporté sa couverture, murmura-t-il.

— Il en a besoin. En plus, c'est la meilleure de toutes, dit-elle en souriant. J'étais inquiète. Je tiens beaucoup à lui.

— Je sais.

Les yeux de Harley s'emplirent de larmes.

— Écoute, Ryker. Je sais que tu as dit que vous devez rentrer à Montréal mais… ne le fais pas. Votre place à tous les deux est ici. J'ignore comment les choses évolueront, mais on trouvera. Parce que je ne peux pas vous perdre. Je t'aime. J'aime Justin.

— Moi aussi je t'aime. Et Justin t'aime.

— Si je dois m'investir dans la clinique de Michel pour que tu restes, ou même déménager à Montréal…

— Ce ne sera pas nécessaire. J'avais peur. Mais, ici, on a une famille. Pardonne-moi de t'avoir privée de ton choix.

— Alors… vous restez ?

— Oui. Je t'aime, Harley. Et tu avais raison. Opulence est parfaite parce que tu y es, parce que c'est chez nous.

Il la prit dans ses bras et l'embrassa, tendrement.

— Mais j'ai un souci, dit-il ensuite. Je dois prolonger ma location jusqu'à ce que je trouve un logement.

— Ça devrait pouvoir se faire. Mais pas d'urgence. C'est chez vous maintenant.

— Non. C'est toi, mon chez-moi.

Et il l'embrassa encore. Puis Harley dit :

— J'ai d'autres bonnes nouvelles. Sharp Line Farms a fermé. Et je vais adopter un chien. Et un chat.

— Nia ? suggéra-t-il en riant. Justin va être fou de joie.

— Eh bien, c'est la beauté de la vie à la campagne.

— Je ne voudrais pas qu'il en soit autrement.

— Papa ? appela Justin.

— On va lui annoncer ? suggéra Harley.

— Oui. Il faudra sans doute le lui répéter plus tard, parce que sa tête est encore un peu confuse. Mais il sera aux anges.

— On est une famille, déclara Harley.

— Oui. Une famille. Pour toujours.

Épilogue

Un an plus tard.

— Cluck Norris s'est échappé, annonça Kaitlyn sur le seuil du salon de toilettage, d'une voix très insistante.

— Quoi ? fit Harley, lâchant son balai.

Willow et sa nouvelle maman, Birch, levèrent la tête. Harley se rua dehors. Pourvu qu'elle rattrape ce maudit coq avant qu'il finisse écrasé sur la route. Elle se figea sur place.

Tout un groupe de personnes se tenait dans l'allée, et une arche étrange était dressée, ornée de lampes. Justin était devant elle, vêtu d'un costume et d'une cravate.

— Pourquoi tu portes un costume ? dit-elle nerveusement.

— C'est une surprise. Tout le monde est dans le coup.

Derrière, Harley vit ses parents, Michel, Maureen, Sarah, Armand et David. Son cœur battit la chamade, et elle se retourna. Kaitlyn se tenait devant la porte avec les chiennes. Lesquelles arboraient des petits nœuds chics sur la tête.

Nia passa, suivie d'une partie des chats sauvages que Harley a également adoptés.

Justin lui prit la main et l'entraîna dans le jardin. Tout le monde était sur son trente et un, et elle ne comprenait pas ce qui se passait. Elle n'aimait pas trop les surprises. Ryker aurait dû le savoir après l'épisode caca-alpagas de l'an dernier. Elle jeta un coup d'œil à leur enclos. Leurs trois têtes dépassaient de la clôture. Ils portaient des nœuds papillon.

— Qu'est-ce qui se passe ? bredouilla-t-elle,

Ryker sortit de l'assemblée, lui aussi en costume, et son cœur s'emballa quand il lui tendit la main. Derrière lui se trouvaient Cluck Norris et toute la clique de volailles. Les trois coqs portaient des petites vestes de smoking. L'entreprise avait dû demander beaucoup de courage.

— Je n'aime pas les surprises, protesta-t-elle, crispée.

— Profites-en, P'tite Tronche ! lança son frère.

Elle se retourna. Il y avait derrière lui une calèche et Adele, la petite pouliche, flanquait sa mère qui y était attelée. Elle ravala la boule dans sa gorge et revint à Ryker. Il s'agenouilla et sortit une bague.

— Harley, épouse-moi.

— Tout ça pour une demande en mariage ? dit-elle, ébahie.

— Eh bien, pas seulement une demande. Un mariage.

Totalement confuse, Harley regarda autour d'elle et baissa les yeux sur sa blouse de travail.

— Quoi ? C'est...

— Mon idée, déclara Justin avec assurance. Épouse papa, Harley. On t'aime.

Les larmes roulèrent sur son visage.

— Oui. Je vais t'épouser, Ryker.

— À la bonne heure.

Ryker prit son visage en coupe dans ses mains et l'embrassa sous les vivats. Justin les entoura de ses bras.

— Mais ce n'est pas juste que vous soyez tous habillés et moi en blouse médicale, plaida-t-elle, mal à l'aise.

— Ta mère a une robe pour toi, dit Ryker. Va te changer. L'officiant sera bientôt là.

— Et si j'avais dit non ? demanda-t-elle pour rire.

— J'ai parié vingt dollars que tu ne le ferais pas, s'exclama Justin. Et j'avais raison !

Harley s'esclaffa et serra Justin dans ses bras. Puis sa mère l'emmena, l'habilla rapidement d'une simple robe blanche en dentelle et la coiffa. Pour finir, elle épingla une pivoine rose, sa fleur préférée, dans ses cheveux.

Ryker et Justin avaient emménagé dans la grande ferme quelques mois après avoir officiellement commencé leur histoire. Cela avait été l'année la plus heureuse de sa vie.

À présent, Ryker l'attendait sous une arche illuminée. Le soleil se couchait derrière les épicéas. Son père la mena le long de la petite allée improvisée jusqu'à Ryker et Justin.

Ses garçons.

Sa famille.

Ils ne la quitteraient pas. L'année écoulée l'avait prouvé. Justin s'épanouissait dans sa nouvelle école. Il s'était fait beaucoup de nouveaux amis et adorait sa vie ici.

Ryker avait redynamisé la clinique de Michel, permettant à ce dernier de prendre enfin sa retraite, et les affaires de Harley étaient également en plein essor.

Ryker lui prit les mains et lui sourit.

— Je t'aime, Harley.

— Je t'aime aussi.

Justin se tint entre eux pendant que l'officiant célébrait un mariage rapide. Il remit la bague à son père, et Ryker la passa à son doigt. Justin, interrompant l'officiant, lança :

— Maintenant tu peux l'embrasser, papa !

Ryker fit un clin d'œil à son fils et la prit dans ses bras, l'embrassant avec amour. Elle fondit une fois de plus. Elle était enfin guérie, elle avait sa famille. Ses rêves s'étaient tous réalisés, et un avenir tout entier s'étalait devant eux.

Pour la première fois, depuis que Ryker et Justin étaient entrés dans sa vie, elle était enthousiaste à l'idée de ce qui l'attendait.

Tout excitée de l'avenir avec son mari, son fils et une ferme pleine d'animaux.

ANNIE CLAYDON

Ambitieuse et amoureuse

BLANCHE

HARLEQUIN

Titre original :
COUNTRY FLING WITH THE CITY SURGEON

1

— C'est vraiment... ravissant, murmura Stella Parry-Jones en ralentissant avant de tourner pour s'engager sur le chemin de terre qui s'ouvrait devant elle.

Il n'y avait aucun endroit où se garer sur l'étroite route de campagne qui l'avait menée jusqu'ici, et elle allait devoir conduire en essayant d'éviter les épines des buissons qui bordaient le chemin.

Quand elle s'était arrêtée au bureau de poste du village, elle avait vérifié qu'elle était proche de sa destination. Et, en effet, juste devant elle, elle pouvait voir une maison peinte en blanc nichée au cœur d'un bouquet d'arbres plantés au milieu des champs. L'adresse qu'on lui avait donnée commençant par *La Maison Blanche*, elle en conclut qu'elle se trouvait bien dans la bonne direction.

Du moins physiquement... car personne n'aurait pu dire si venir ici un samedi matin, par un temps radieux, était un choix judicieux.

Se rendre chez l'homme qui avait occupé son poste avant elle pouvait s'avérer bénéfique ou, au contraire, être une grosse erreur. Lui demander son aide... Stella se dit qu'elle n'avait rien à perdre si Rob Franklin lui disait non. Elle retournerait à Londres, rayerait cette possibilité de sa liste et elle n'y penserait plus. Mais s'il disait oui, alors sa patiente y aurait potentiellement beaucoup à gagner.

Elle descendit la colline, se dirigeant vers la maison. Le grand portail qui donnait sur l'allée était ouvert. Elle le franchit et alla se garer à côté d'un SUV passablement fatigué qui n'avait visiblement pas su éviter les épines du chemin à aucun de ses passages.

La porte d'entrée, fraîchement repeinte, n'avait pas de sonnette mais un lourd heurtoir en cuivre ayant la forme d'un dragon. Espérant qu'il ne fallait pas voir là une sorte d'avertissement, elle le saisit d'une main ferme et frappa. Pas de réponse.

On lui avait dit qu'il serait là. Peut-être que l'expression « toute la journée » n'avait pas le même sens pour Rob que pour elle. Il s'attendait sans doute à ce qu'elle patiente jusqu'à son retour si jamais il était sorti. Elle n'avait rencontré qu'une seule fois l'ancien chef adjoint du département de chirurgie reconstructive du Thames Hospital à Londres. Venu chercher des documents au département des ressources humaines, il avait assisté à une réunion de passation de pouvoirs avec Stella.

Cette réunion s'était déroulée de façon très gênante. Phil Chamberlain, le chef du département de chirurgie reconstructive, s'était trouvé contraint de faire le plus gros de la conversation pendant que Rob Franklin hochait la tête, buvait du thé et tapait nerveusement du pied.

Phil avait rapidement mis fin à cette rencontre, et le seul conseil que Stella avait alors reçu de son prédécesseur s'était résumé à un laconique : « Bonne chance ! »

Elle savait que Rob Franklin avait traversé beaucoup d'épreuves. Phil lui avait présenté ses excuses, disant qu'il n'aurait jamais dû laisser cette réunion avoir lieu car, manifestement, Rob était dans l'un de ses mauvais jours. Il avait été l'un des plus brillants chirurgiens de sa génération, un innovateur et un homme exceptionnel, l'un de meilleurs que Phil ait connus. Le visage inquiet qu'il arborait alors qu'il courait vers l'ascenseur pour rattraper Rob et le raccompagner en disait davantage que toutes les rumeurs qui avaient circulé dans le département.

Mais trois ans s'étaient écoulés depuis cette rencontre mémorable. L'année passée, elle avait lu plusieurs articles signés de

Rob et elle avait été impressionnée par la clarté de sa pensée et la simplicité audacieuse des solutions qu'il proposait. Lorsqu'elle avait évoqué devant Phil l'idée de prendre contact avec lui, il avait été aussitôt d'accord et promis d'appeler Rob pour voir s'ils pouvaient organiser quelque chose.

Stella frappa une nouvelle fois. Pas de réponse. Phil ne l'aurait certainement pas laissée faire tout ce chemin s'il avait pensé que Rob se déroberait à ce rendez-vous. Sans doute y avait-il une porte à l'arrière, se dit-elle. Elle suivit le chemin pavé qui faisait le tour de la maison et passa devant un jardin potager soigneusement entretenu. Au-delà, elle aperçut un homme qui travaillait en plein soleil, au milieu d'un verger. Probablement était-ce un jardinier, ses bras bronzés montrant qu'il passait beaucoup de temps dehors. Stella ouvrit la bouche pour l'appeler, mais elle y renonça.

Rob Franklin. Il était là, devant elle, bien différent de l'homme qu'elle avait vu à Londres. Même la façon dont il se déplaçait pour inspecter les branches des arbres fruitiers n'avait rien à voir avec l'attitude qu'il avait eue lors de leur première rencontre.

Comme il ne regardait pas de son côté, elle pouvait l'observer tout à son aise. À Londres, il portait un costume qui n'avait pas réussi à masquer ses larges épaules. Et elle ne put s'empêcher d'admirer la grâce de ses mouvements tandis qu'il taillait ses arbres pour en favoriser la fructification.

Soudain, il se retourna et lui sourit. Respirant un grand coup, elle se dirigea vers lui.

— Stella ?

— Oui. Monsieur Franklin ?

— Plus personne ne m'appelle comme ça. Dites Rob, s'il vous plaît. J'espère que votre visite signifie que vous avez oublié le comportement que j'ai eu lors de notre première rencontre.

Il s'en souvenait donc.

— Bien sûr, Rob.

Il hocha la tête et se pencha pour prendre le sac contenant tout ce qu'il venait de tailler.

— Vous avez trouvé facilement votre chemin ?

— Oui, j'ai suivi les indications que m'avait données Phil.

Elles étaient parfaitement exactes, mais comme elles ne comportaient pas d'adresse postale, son GPS avait affirmé que l'endroit n'existait pas. L'employée de la poste savait où se trouvait la Maison Blanche, à environ un kilomètre de Snakes Lane. Et c'était en fait sur l'unique route qui partait à l'ouest du village de Little Beddingford.

Il hocha la tête et marcha vers un grand bac à compost dans lequel il vida son sac. Comme il revenait vers elle en ôtant ses gants de jardin, elle vit que ses mains étaient encore celles d'un chirurgien. Elles étaient soignées et, visiblement, bien protégées.

Il avait des yeux gris-bleu qui évoquaient à présent un ciel accueillant et non des eaux glacées, comme cela avait été le cas à Londres. Son visage n'avait plus ces traits creusés qu'elle avait gardés en mémoire. Quant à son sourire... elle ne pouvait dire s'il était resté le même, car il n'avait pas souri une seule fois lors de leur première rencontre à l'hôpital.

— Entrez. J'imagine que vous aimeriez boire un thé.

Elle avait en effet bien besoin de boire quelque chose, et la version n°2 de Rob Franklin semblait avoir le sens de l'hospitalité. Mais peut-être était-ce l'homme qu'elle avait vu à Londres qui était la version n°2 – tout le monde au travail disait qu'il avait beaucoup changé au cours des six mois qui avaient précédé son départ. Celui qu'elle avait devant elle aujourd'hui devait être le vrai Rob Franklin. Celui qu'il avait été avant que le stress ne prenne le dessus et ne l'épuise.

Stella avait délibérément renoncé à savoir exactement ce qui s'était passé. Elle visait le succès, mais quels que soient les pressions et tout ce à quoi elle devrait renoncer pour faire en sorte que ce job soit une réussite, elle ne suivrait pas le même chemin que Rob Franklin. Même si, pour l'instant, la trajectoire compliquée qu'il avait choisi de suivre semblait plutôt lui réussir. Il donnait une vague mais indéniable impression d'être heureux et détendu.

— Comment ça va ? demanda-t-il tandis qu'il préparait le thé.

— Bien. Nous avons renforcé nos liens avec plusieurs autres unités de chirurgie reconstructrice, et cet échange accru d'informations s'avère bénéfique. Nous avons aussi attiré quelques chirurgiens nouvellement qualifiés qui font preuve d'un grand potentiel...

Il se retourna soudain et lui sourit encore. Cela semblait être chez lui une habitude.

— Je parlais de vous, et non du département.

— Pour moi, c'est la même chose. En ce moment, le département est ce qui compte le plus à mes yeux, et je n'ai guère de temps pour quoi que ce soit d'autre.

Peut-être devait-elle préciser ce point, parce qu'elle s'était déjà dit que partager un dîner avec ce Rob Franklin n°2 pourrait lui offrir l'occasion de passer une soirée fascinante. Et si par hasard il pensait la même chose qu'elle, elle n'était pas certaine d'être capable de refuser son invitation.

— Bon, dit-il en posant sur la table deux tasses de thé, peut-être ferions-nous mieux d'entrer dans le vif du sujet. Pourquoi êtes-vous ici ?

— Vous êtes le meilleur dans votre domaine, Rob.

Il secoua lentement la tête.

— J'étais le meilleur. Peut-être.

— J'ai lu vos articles.

Quoi qu'il en dise, ses travaux sur le développement des techniques de suture étaient toujours à la pointe du progrès. Il en était sûrement conscient.

— Cela reste de la théorie. Vous devez savoir que je ne pratique plus. Pas la chirurgie, en tout cas.

Stella ne lui demanda pas ce qu'il pratiquait d'autre, car seule la chirurgie l'intéressait.

— Nous avons utilisé vos travaux comme référence pour nos propres techniques chirurgicales et dans l'un de nos programmes de formation. Je crois que vous avez collaboré avec des fabricants d'équipement...

Elle marqua une pause, guettant sa réaction.

Il sourit de nouveau. Elle commençait à souhaiter qu'il ne le fasse plus.

— Oui, c'est vrai, dit-il.

— Alors, j'en viens à ce que j'attends de vous, si vous le permettez.

— Je vous en prie.

Adossé à son siège, une cheville posée sur l'autre genou, il avait l'attitude décontractée de quelqu'un prêt à écouter et parfaitement capable de dire non.

Stella se pencha et sortit de son sac une épaisse chemise.

— Il s'agit du dossier d'une patiente, aussi...

— C'est confidentiel. Je comprends.

Il prit le dossier et l'ouvrit. Stella avait mis en première page les deux photos sur lesquelles elle voulait vraiment attirer son attention. Le premier cliché montrait le profil droit d'une femme dotée d'une bonne structure osseuse et d'une peau sans défaut. Son profil gauche...

— Il s'agit d'un accident de la circulation ? demanda Rob dont le visage s'était soudain assombri.

— Oui. Cette jeune femme souffrait de nombreuses fractures, et nous travaillons sur des prothèses pour réaligner la forme de son visage. Son œil gauche a été sauvé, mais comme vous le voyez, il y a une cicatrice sur son front qui s'est contractée et qui tire sur la paupière. La cicatrisation de sa mâchoire pose des problèmes quant à sa capacité de mastication et la forme générale de son visage. Il y a aussi d'importantes cicatrices sur sa joue et autour de sa mâchoire.

— D'autres blessures ?

— Oui, des blessures internes qui ont été opérées immédiatement. Elle a très bien récupéré, et nous pouvons maintenant envisager d'autres opérations. Comme vous le savez, nous pouvons beaucoup pour elle, mais cela exige une excellente organisation et de grandes compétences. Anna a vingt-quatre ans et elle possède un diplôme de droit.

Rob leva la main.

— Inutile de me faire un dessin. Il y a beaucoup de choses que nous pouvons réparer...

Il n'avait donc pas tourné le dos à la chirurgie autant qu'il le proclamait.

Rob avait dû la voir plisser involontairement les lèvres, car il lui jeta un regard de reproche.

— Il y a beaucoup de choses que vous pouvez réparer, mais pas la vie de gens.

— J'ai lu votre manuel sur ce que la chirurgie reconstructrice peut faire et ce qu'elle ne peut pas faire.

Le livre qu'il avait écrit pour le département était un excellent rappel de la façon de gérer les attentes des patients.

— Mais l'âge d'Anna est un facteur à prendre en compte, ainsi que ses projets de carrière, car ses blessures ont entamé sa confiance en elle. Elle doute maintenant de sa capacité à défendre la cause de quelqu'un devant un tribunal. J'ajouterai que j'ai rencontré sa compagne. Elle soutient à fond Anna et vous savez à quel point le soutien de l'entourage est important.

— Et vous l'appelez Anna.

Rob n'avait pas quitté des yeux les deux photographies. Visiblement, il tentait de prendre un certain recul.

— Comment voulez-vous que je l'appelle autrement ? Voyez si vous êtes touché en regardant ces photos et si vous voulez lui venir en aide, c'est à vous de décider.

Sans doute sa réponse était-elle un peu brutale. Et alors ? C'était Rob qui avait entamé cette discussion.

— J'aimerais savoir exactement ce que vous entendez par le mot « aide ».

C'était une question directe qui méritait une réponse directe. Et Rob devait savoir qu'elle était venue le voir avec une liste de demandes en poche.

Elle commença à compter sur ses doigts.

— Je veux m'informer auprès de quelqu'un qui a une connaissance approfondie des techniques de greffe de peau, qui ne craint pas de mélanger les nouvelles techniques avec celles qui ont déjà fait leurs preuves. Quelqu'un qui peut m'aider à planifier et à hiérarchiser un ensemble complexe de procédures. Quelqu'un qui possède une grande expérience de la pratique chirurgicale.

— Ne possédez-vous pas vous-même toutes ces compétences ? dit Rob en lui lançant un regard innocent.

— Je cherche quelqu'un qui soit aussi bon que moi dans tous ces domaines. Vous savez parfaitement que discuter et collaborer améliorent les performances de chacun et, comme il s'agit là d'un cas compliqué, j'ai le sentiment que ce sera un élément essentiel du processus de guérison.

— Le type qui travaille dans le bureau à côté du vôtre ne fait donc pas l'affaire ? Ou bien aviez-vous simplement envie de prendre l'air et de faire un long trajet en voiture ? dit Rob en esquissant un demi-sourire qui eut pour effet d'affoler le pouls de Stella.

Il connaissait déjà la réponse à cette question, mais il voulait l'entendre de sa bouche.

— Le travail de Phil consiste à diriger le département. Il conseille, il réunit les gens dont il pense qu'ils peuvent avancer ensemble et il encourage la collaboration. Mon travail à moi consiste à pousser les choses plus loin, sachant qu'il est derrière moi.

— Et vous pensez que je peux vous aider à aller plus loin ?

Stella sentit l'impatience la gagner.

— C'est à vous de décider. J'accepterai toute l'aide que vous pourrez m'apporter dans les domaines dont je vous ai parlé.

Rob hocha la tête, l'air pensif. La franchise avec laquelle il s'exprimait avait provoqué des réponses franches, alors qu'ils se connaissaient à peine. Mais c'était une bonne chose. Productive.

Et... il s'y ajoutait un élément plus intime.

La façon dont il la regardait avec ses yeux gris-bleu déclenchait chez elle des frissons. Elle devait écarter l'idée qu'elle commençait à souhaiter personnellement que Rob accepte de l'aider. Il n'y avait dans cette affaire rien de personnel. C'était purement professionnel.

— Peut-être ai-je envie de vous apporter mon aide, tout en hésitant à le faire.

Il referma le dossier et le posa sur la table de la cuisine. L'honnêteté qu'elle lisait dans ses yeux avait quelque chose de corrosif. Du regret ? À quel sujet ? Elle l'ignorait.

— Nous pouvons peut-être en parler ?

Il parut sur le point de dire oui, mais son téléphone sonna. Rob s'excusa et prit l'appel. Il écouta un moment avant de dire brièvement à son interlocuteur qu'il allait « s'en occuper ». Après quoi, il remit le téléphone dans sa poche.

— Je suis de garde, et je dois aller faire une visite, dit-il en se levant. Cependant, j'aimerais répondre à vos questions. Je n'en aurai pas pour plus d'une demi-heure. N'hésitez pas à vider le frigo si vous avez faim.

— Vous êtes de garde ?

Elle était curieuse de savoir en quoi consistait cette mission soudaine que Rob devait remplir.

— Oui, j'ai demandé à me recycler et je suis en formation avec le médecin généraliste local. Le week-end, c'est moi qui suis de garde. Le village n'est pas très grand, comme vous avez pu le voir, et on ne fait pas souvent appel à moi. C'est juste que, là, ça tombe mal.

— Vous êtes un médecin en formation ?

Décidément, cette journée était pleine de surprises.

Il se mit à rire.

— Eh oui. Cela me convient parfaitement en ce moment, à bien des points de vue. Vous voulez m'accompagner et voir ce qu'il en est ?

C'était là une proposition qu'elle ne pouvait pas refuser.

— Oui, d'accord, ça m'intéresse. Qui allons-nous voir ?

— Emma Bradburry. Elle a quatre-vingts ans et vit seule. On vient de lui découvrir un problème cardiaque, et elle se fait du souci quant à son traitement.

Quand Phil avait pris contact avec lui pour lui demander de recevoir Stella, il avait ajouté : « Tu te souviens d'elle, tu l'avais vue lors de la réunion de passation. » Rob ne gardait aucun souvenir de la jeune femme qu'il était censé avoir rencontrée trois ans auparavant.

Pour préparer la visite de Stella, il était allé voir sa photo sur le site Internet de l'hôpital. Sur le cliché en noir et blanc, elle avait l'air d'être sympathique et professionnelle, ce qui était certainement le but recherché. Ce que la photo ne montrait pas, c'était qu'elle avait des cheveux roux et des yeux verts magnifiques, et la loyauté qu'on lisait dans son regard avait quelque chose de troublant. Le fait qu'il ait oublié sa rencontre avec cette femme fascinante et provocante prouvait à quel point il était perturbé lorsqu'il avait quitté le Thames Hospital.

Mais songer au passé ne servait à rien. Il avait lutté pour se réconcilier avec lui-même et il était venu s'installer dans un endroit où il pouvait au moins dormir la nuit et fonctionner le jour. D'une certaine manière, et sans que cela ait été vraiment l'un de ses objectifs, il avait appris à être heureux.

Il avait commis beaucoup d'erreurs et déçu beaucoup de gens. Le pire de tout, c'était qu'il avait perdu la femme qu'il avait promis d'aimer de tout son cœur. Il ne pouvait rien y changer. En revanche, il pouvait modifier ce qu'il faisait aujourd'hui. Il avait jeté un coup d'œil aux photos figurant dans le dossier que Stella avait apporté et il avait retrouvé la même excitation que celle qu'il avait connue autrefois. Il pouvait faire quelque chose pour aider à améliorer la vie d'Anna...

Voilà qu'il était tombé dans le piège consistant à appeler par son prénom un patient jusque-là resté anonyme. Il allait devoir y renoncer, car s'impliquer exposait au risque de commettre d'autres erreurs et de décevoir encore d'autres personnes. Il pouvait discuter avec Stella, il était sûr qu'elle avait des idées concernant la meilleure façon de traiter sa patiente, et peut-être pourrait-il lui faire quelques suggestions. Mais il n'y avait pas de retour en arrière possible, et il devait garder ses distances.

Il monta à l'étage et troqua son jean de jardinier contre un pantalon chino. Cette tenue convenait parfaitement pour se rendre chez sa patiente, même si elle n'était pas aussi élégante que la robe d'été bleu foncé de Stella. Il attrapa sa trousse médicale rangée dans le placard sous l'escalier et invita la jeune femme à quitter la maison avec lui. Il nota l'expression de son regard quand elle passa devant lui.

— Si je mets un costume, Emma va s'imaginer qu'il lui arrive quelque chose de vraiment grave. Je ne veux pas qu'elle se fasse de fausses idées.

— Et que pensera-t-elle en vous voyant arriver avec du renfort ?

— Je vais lui dire que nous sommes amis. Des amis et des collègues.

Il ouvrit la portière du côté du passager, et Stella grimpa dans la voiture. Rob sentit tous ses sens en alerte lorsqu'il respira la fragrance subtile de son parfum tandis qu'elle s'installait sur le siège.

— Y a-t-il quelque chose que je devrais savoir ? demanda Stella en attachant sa ceinture de sécurité.

— Si elle vous propose un gâteau, sachez qu'Emma fait le meilleur cake au café et aux noix que j'ai jamais goûté.

— C'est rassurant de savoir qu'il ne s'agit pas d'une urgence médicale grave.

— C'est grave, mais ce n'est pas encore une urgence.

Il leur fallut sept minutes pour se rendre en voiture chez Emma et, à en juger par le mouvement des rideaux, de toute évidence elle guettait leur arrivée. À peine Rob avait-il appuyé sur la sonnette que la porte s'ouvrit.

— Merci d'être venu, Rob. J'espère ne pas vous avoir trop dérangé, ajouta-t-elle en dévisageant Stella avec curiosité.

— Rob et moi, nous étions collègues lorsqu'il travaillait à Londres, s'empressa d'expliquer Stella avant qu'il ne prenne la parole. Moi aussi, je suis médecin, et j'aimerais voir comment il pratique ici, en comparaison avec mon propre job. Si cela ne vous ennuie pas, bien sûr.

— Mais non, ma chère. Entrez, je vous en prie. Avez-vous le temps de prendre une tasse de thé ?

— Volontiers, répondit Stella en souriant. À condition que cela ne vous dérange pas trop.

Elle lui offrit son aide, et Emma l'accepta. Elles se rendirent toutes les deux dans la cuisine, laissant Rob les attendre dans le salon.

Il les entendait bavarder et, soudain, Emma éclata de rire. Elle avait encore le sourire quand elle revint au salon avec Stella, chargée d'un plateau. La vieille dame lui fit signe de le poser sur la table basse placée devant le canapé, et ce fut Stella qui versa le thé tandis qu'Emma insistait pour que Rob goûte un *cupcake* au citron.

— Ils sont vraiment délicieux, dit Stella. J'en ai mangé un dans la cuisine...

Emma lui proposa aussitôt d'en prendre un autre, et Rob jugea qu'il était temps d'en venir à l'objet de sa visite.

— Que puis-je faire pour vous, Emma ?

— C'est mon traitement. Le pharmacien m'a livré mes médicaments ce matin et je ne sais pas si ce sont les bons ou non. Je lui ai téléphoné, et il m'a assuré qu'il n'y avait pas d'erreur.

Elle fronça les sourcils, l'air soucieux.

— Je suis désolée de vous ennuyer un samedi, mais vous m'avez dit que je devais prendre sans faute ces cachets, et je ne suis pas vraiment certaine qu'il ne se soit pas trompé.

— Tout va bien. J'aimerais mieux que vous m'appeliez, moi, quand vous vous posez des questions. Voyons ce qu'il en est.

Rob prit le sac posé à côté du plateau de thé, l'ouvrit et en examina le contenu.

— Qu'a dit le pharmacien quand vous lui avez téléphoné ?

— Simplement qu'ils m'avaient envoyé le bon médicament et que je n'avais pas à m'inquiéter. Mais il ne ressemble pas à celui que j'avais la dernière fois et il ne porte pas le même nom. Regardez.

Emma se leva, ouvrit un tiroir dans le buffet et sortit une boîte vide.

— Oui, vous avez raison. Beaucoup de médicaments ont deux noms, un nom générique et celui d'une marque commerciale.

Le visage d'Emma se décomposa.

— Ah, je ne savais pas. Je suis désolée...

— Ce n'est pas votre faute, Emma. Ils auraient dû vous l'expliquer, et ils auraient dû aussi vous envoyer votre médicament un peu plus tôt, comme ça, vous en auriez eu en réserve pendant encore quelques jours, au cas où il y aurait eu une erreur, ou bien que vous vous posiez des questions. Comme ils n'ont rien fait de tout cela, vous avez eu parfaitement raison de me demander de venir vérifier.

— C'est gentil à vous, Rob.

Emma avait encore un air un peu penaud.

— J'aimerais que tous mes patients soient aussi attentifs que vous, Emma.

Il jeta un coup d'œil à Stella qui acquiesça.

— Oui, j'aimerais que beaucoup des miens prennent exemple sur vous, dit-elle. Il est normal de s'inquiéter quand on nous donne un médicament qui ne ressemble pas à celui qu'on connaît.

Emma haussa les épaules.

— Ils savent quel est mon âge, c'est enregistré quelque part. Ils ne m'expliquent rien parce qu'ils pensent que je ne suis pas en mesure de comprendre.

— Ce n'est pas une excuse !

L'indignation de Stella fit sourire Emma, et Rob ne put s'empêcher de l'imiter.

— Pendant que je suis là, je vais vérifier votre tension artérielle et votre cœur, dit-il.

La vieille dame lui jeta un regard interrogateur.

— Vous faites cela parce qu'il le faut, ou bien est-ce pour me rassurer ?

Il s'attendait à quelque chose de ce genre.

— Vous ne me connaissez donc pas ?

— Oh ! mais si ! Si vous aviez eu besoin de vérifier ma tension, vous m'auriez déjà fixé un rendez-vous. Mais je veux bien être rassurée, ajouta-t-elle avec un sourire malicieux tandis qu'elle relevait sa manche pour que Rob lui fixe le brassard autour du bras.

— Bon, dit-il en regardant l'écran du tensiomètre. Comme prévu, votre tension est excellente, c'est la même que la dernière fois. Vous avez fait quelques exercices et suivi les recommandations que je vous ai faites quant à votre régime alimentaire ?

— Oui. Voulez-vous voir mon carnet ? J'ai tout noté.

— Je vous fais confiance.

Rob prit le moniteur cardiaque portable, et Emma leva la main pour qu'il fixe le capteur sur son doigt.

— C'est très bien, annonça-t-il après avoir lu le résultat. Solide comme un roc. Vous voilà rassurée ?

— Complètement. Merci infiniment d'être venu, Rob.

— Avec plaisir.

Il rangea les appareils dans son sac et sortit deux livres qu'il avait apportés.

— J'ai fini celui que vous m'aviez prêté et je vous en apporte un autre.

— Oh ! génial.

Emma prit le livre et regarda la couverture.

— Je commence vraiment à aimer ces romans policiers scandinaves. Ils sont tout à fait originaux, n'est-ce pas ?

Elle se tourna vers Stella qui hocha la tête. À en juger par l'expression de son regard, se dit Rob, elle ne devait pas être très friande des histoires de crimes, ni d'aucune littérature de fiction, probablement. Quand lui-même occupait le poste qu'elle avait maintenant, il n'avait pas le temps de lire des romans. Ce n'était que tout récemment qu'il avait redécouvert le plaisir de lire pour se distraire.

— J'ai beaucoup aimé celui que vous m'avez passé l'autre jour, dit-il. La fin était vraiment inattendue.

— On ne s'attend pas à cela, n'est-ce pas ?

Emma se leva, examina les dos des livres rangés dans la grande bibliothèque qui se trouvait dans un coin de la pièce.

— Essayez donc celui-là, dit-elle.

Il prit le livre qu'elle lui tendait et le mit dans son sac. Stella accepta quelques *cupcakes* au citron pour les manger plus tard, et ils sortirent sous le soleil, laissant Emma, toute souriante, sur le pas de sa porte.

— C'est un endroit magnifique, murmura Stella tandis qu'ils roulaient à travers la campagne pour retourner chez lui.

— Oui. J'aime vivre ici.

Il tourna sur le chemin de terre, évitant de peu les buissons épineux qui le bordaient. Sans doute aurait-il dû se concentrer davantage sur sa conduite, mais la présence de Stella rendait la chose difficile.

Lorsqu'elle sortit de la voiture, elle hésita, puis se jeta à l'eau pour lui poser la question qui semblait lui brûler les lèvres.

— Vous en avez fini avec Londres, n'est-ce pas ?

Il fut surpris mais, en y réfléchissant, la réponse lui parut évidente.

— Oui, en effet.

— Nous n'avons donc plus rien à nous dire ?

Cet endroit l'avait accueilli et guéri. Plus encore, il s'y sentait chez lui. Il lui était facile de dire à Stella qu'il ne retournerait jamais à Londres. Il pouvait lui laisser croire qu'elle avait fait de son mieux, mais que jamais il ne reviendrait sur sa décision.

Ou bien il pouvait suivre son instinct. Croire au climat de confiance qui s'était instauré entre eux, sans que Rob n'ait eu à faire le moindre effort. Le fait d'avoir une maison, une base solide, lui permettait de s'interroger si ce qui lui semblait impossible était vraiment hors de question.

— Vais-je devoir déménager pour pouvoir collaborer avec vous ?

Soudain, Stella lui sourit et il sut qu'il avait dit ce qu'elle avait envie d'entendre.

— Absolument pas.

— Alors, nous avons encore des choses à nous dire.

2

Peut-être devait-elle se rappeler ce que Phil lui avait dit la veille à l'hôpital en l'accompagnant jusqu'à l'ascenseur, songea Stella.

— Ne renoncez pas trop vite, Stella. Rob sait résoudre les problèmes et s'il pense ne pas pouvoir vous aider comme vous le souhaiteriez, il essaiera de trouver une solution. Peut-être en trouvera-t-il une meilleure…

Elle n'avait jamais eu l'idée de poser un ultimatum à Rob. Et elle comprenait maintenant que la décision qu'il prendrait s'avérait plus compliquée qu'elle ne l'avait imaginée. Il ne s'agissait pas simplement de voir s'il y avait de la place dans son agenda. Il ne se contentait pas de vivre ici, il s'y était créé une vie radicalement différente de celle qu'elle-même menait aujourd'hui.

Le soleil s'était déplacé dans le ciel et, lorsqu'ils retournèrent dans la cuisine de Rob, la pièce était inondée de lumière. Il rangea sa trousse médicale sous l'escalier et commença à préparer du thé, sans doute pour se donner le temps de réfléchir. Il tendit une tasse pleine à Stella et, ignorant le dossier resté sur la table, il l'invita à le suivre au jardin.

Ils passèrent devant les mûriers qui se trouvaient au bout du jardin, et Rob s'arrêta pour arracher une pousse flétrie qu'il alla jeter dans le composteur.

— Si nous allions voir comment se portent vos tomates ?

dit-elle en montrant la serre. Ou bien vous pourriez m'expliquer ce que je fais encore ici.

— Vous êtes très directe, dit Rob en souriant.

— Ce doit être l'air de la campagne. Quelle excuse allez-vous invoquer ?

— Il n'est pas certain que j'en ai une à vous donner, répondit-il en marchant vers les arbres fruitiers. Savez-vous pourquoi j'ai quitté le Thames Hospital ?

— Je ne connais pas les détails. Mais je sais que c'était du gâchis que de perdre un aussi bon chirurgien.

Il se tourna vers elle, la foudroyant de son regard bleu acier.

— Un gâchis ? C'est ce que vous pensez de ma vie actuelle ?

— Désolée. Je n'aurais pas dû dire cela. Je ne connais pas le fond de l'histoire et, de toute façon, je n'ai pas à vous juger.

Rob pinça les lèvres, et Stella se dit qu'elle avait peut-être touché chez lui un point sensible. Mais il parut accepter ses excuses et, lorsqu'il reprit la parole, son ton était neutre, comme s'il essayait d'oublier ce qu'elle lui avait dit.

— Je pensais pouvoir tout avoir. Une grande carrière, peut-être quelques voyages, une belle maison et une famille. Pendant un temps, cela n'a pas paru si difficile. Ma femme et moi, nous avions un charmant appartement à Londres et nous avions acheté cette maison, comptant l'aménager pour y passer les week-ends et les vacances. À trente-quatre ans, je suis devenu chef adjoint du département...

Il se tourna vers elle, le regard interrogateur.

— J'en ai trente-trois, dit-elle.

Il éclata de rire.

— Je ne vous en tiendrai pas rigueur. Comment ça se passe ?

— Bien. Je sais que je ne peux pas tout avoir. Je n'ai ni mari ni enfant et je n'ai pas de grands projets immobiliers. En revanche, j'ai la seule chose à laquelle je tiens vraiment.

Il hocha la tête.

— Peut-être est-ce la bonne attitude, alors. Je ne voyais pas les choses comme cela à l'époque, et je fonçais toujours tête baissée, essayant de mener à bien trop de choses à la fois. Je donnais des conférences, il a même été question d'un contrat d'édition. Kate et moi, nous aimions tous les deux voyager et nous nous sommes parfois offert des vacances géniales, mais, même là, nous avions beaucoup trop d'activités. Nous ne prenions même pas le temps de nous asseoir au soleil et de ne rien faire d'autre que de profiter du moment présent.

— Personne ne peut soutenir bien longtemps un tel rythme, dit Stella.

— Je ne suis pas exactement oisif maintenant, observa-t-il en s'asseyant sur un banc à l'ombre d'un vieux chêne qui se dressait en bordure du verger.

Le parfum des fleurs et de la végétation de ce début d'été emplissait l'air. Stella s'assit à côté de lui, étendant ses jambes devant elle.

Elle comprenait à présent ce qu'il n'avait pas dit. N'importe qui à sa place pourrait avoir un sentiment d'échec en songeant à tout ce qu'il avait laissé derrière lui, et peut-être essayait-il simplement de la convaincre, et de se convaincre aussi, que la vie qui était la sienne maintenant était tout aussi gratifiante, mais d'une manière différente.

— Vous voulez parler de votre activité de généraliste et de la publication de vos recherches ? Et il est évident aussi que vous avez fait beaucoup de travaux ici.

La maison semblait avoir été fraîchement repeinte et la cuisine, visiblement, était neuve.

Il rit.

— Oui. Parfois, je ne le remarque même plus.

Stella accordait peu d'importance à son environnement. Tout ce qui comptait pour elle, c'était de savoir s'il était pratique ou non. Mais cette maison était construite avec soin. Peut-être Rob s'était-il cru obligé d'y consacrer toute son énergie parce qu'en fait il avait perdu ce à quoi il tenait le plus et il s'attendait à ce qu'elle le juge de la même façon. Ce n'était pas ce qu'elle était venue faire ici.

— On dirait que vous allez avoir beaucoup de pommes sur ces arbres-là, dit-elle en désignant le groupe d'arbres fruitiers qu'il était en train de tailler lorsqu'elle était arrivée.

Rob s'esclaffa.

— Bon, pas la peine d'essayer de faire croire que vous vous y connaissez. J'aurai bien quelques fruits… mais ce sont des poiriers, et non des pommiers.

— Des poiriers très bien taillés. Je suis chirurgienne et je remarque au moins ces choses-là ! observa-t-elle en souriant.

Leur échange adoptait soudain un ton plus personnel et, curieusement, elle trouvait cela délicieux.

— Merci. Je prends cela pour un compliment.

Il vida sa tasse et la posa sur le banc à côté de lui.

— Le problème, quand on construit un château de cartes, c'est que si l'on en retire une, tout s'écroule. Ma femme, Kate, m'a quitté, ce qui était l'une des meilleures décisions qu'elle pouvait prendre. J'en faisais trop et, en essayant de tout mener de front, j'ai oublié que le mariage réclamait lui aussi du temps et de l'attention. Je savais que j'avais déçu Kate et j'ai quitté l'appartement pour m'installer dans un studio proche de l'hôpital où je passais tout mon temps. Et puis j'ai commencé à ne plus assurer dans mon travail.

Stella le regarda fixement, se posant mille questions. Rob comprit son malaise.

— Cela aurait pu être très grave si les patients avaient risqué d'en pâtir. Je n'arrivais plus à dormir et j'avais des maux de tête provoqués par le stress. J'en ai parlé à Phil et nous sommes tombés d'accord pour que je me retire de la pratique chirurgicale pendant un moment et que je me consacre à la recherche et à la formation des personnels. Mais un chirurgien qui ne se fait plus confiance pour opérer…

… Vivait cela comme un échec. Stella devinait ce que Rob pensait, même s'il n'avait pas la force de le formuler lui-même.

— … A besoin de se faire aider quand il traverse une période vraiment difficile de sa vie ? suggéra-t-elle.

Il haussa les épaules.

— Peu importe. Ma première réaction fut de me dire que si je ne prêtais pas attention à ces malaises, ils finiraient par disparaître. Visiblement, ce n'était pas la bonne solution. J'ai travaillé de plus en plus, et mon stress a augmenté. C'est alors que j'ai eu une crise psychogène.

— Je suis désolée pour vous.

Elle tenta de cacher qu'elle était sous le choc. Au début, les crises psychogènes étaient souvent confondues avec des crises d'épilepsie, présentant les mêmes tremblements, les mêmes secousses et une perte de conscience. Mais, en réalité, elles étaient souvent provoquées par un stress psychologique sérieux.

Il hocha la tête.

— Cela a duré un quart d'heure. Je suis tombé par terre dans mon bureau, conscient mais incapable de bouger ou d'empêcher mes membres de trembler. Quand j'ai pu me relever, j'avais déjà envisagé toutes les options médicales, mais aucune ne semblait être la bonne.

Rob s'en tenait aux faits, mais cela avait dû être terrifiant.

— Vous étiez au travail ?

— Oui. Au cas où vous me demanderiez comment j'ai pu rester quinze longues minutes tout seul en pleine journée, je dois préciser que je travaillais tard.

Stella se força à sourire.

— Ceci explique cela. Bien sûr, ce genre de crise peut être dû au stress…

Rob lui lança un regard lourd de reproche.

— Est-ce que vous dormiez quand ils ont traité ce sujet dans vos cours de médecine ? Il ne faut jamais attribuer ce genre de crise au stress si l'on n'a pas d'abord vérifié toutes les autres causes possibles.

— Mais vous avez dit que c'était psychogène. C'est donc que vous êtes allé le vérifier vous-même.

— Oui. Je suis allé chez l'un de mes amis qui dirige une clinique privée. Ils ont écarté toutes les hypothèses habituelles, problèmes cardiaques, épilepsie, toxicomanie... Alors que les résultats de tous les tests revenaient, cela s'est produit une nouvelle fois. Le lendemain du jour où l'on m'a diagnostiqué un stress et une dépression, j'ai donné ma démission à l'hôpital.

— Mais... il s'agit de pathologies bien connues, avec des traitements éprouvés. Avez-vous pensé à prendre un congé maladie ?

Il secoua la tête.

— Non, à l'époque, j'aurais vu cela comme un aveu d'échec. J'avais l'impression d'avoir tout perdu. J'ai ressenti le besoin de partir et de tout recommencer ailleurs. J'ai insisté pour que Kate garde l'appartement de Londres, jugeant que c'était le moins que je puisse faire, et nous avons gardé la maison car aucun de nous deux ne savait vraiment quoi en faire. J'ai racheté sa part et je suis venu vivre ici, plus pour m'éloigner de la scène de crime qu'autre chose.

Stella fit la grimace. Un échec n'était pas un crime. Son père lui avait souvent dit que repousser les limites permettait de découvrir ce qui était possible et ce qui ne l'était pas. Sinon, pourquoi serait-elle venue ici ce matin pour tenter une mission qui aurait très bien pu échouer ?

— Serait-ce trop demander que d'attendre de votre part que vous ayez recours à la voie habituelle, c'est-à-dire au conseil psychologique aux traitements médicamenteux ?

— Oui, je le crains. J'ai refusé le soutien psychologique que l'on me proposait, ainsi que les médicaments. En tant que médecin, jamais je ne conseillerais à un patient de suivre mon exemple, mais changer de cadre de vie, aller quelque part où je pourrais tout recommencer à zéro et me reconstruire, c'est ce qui a fonctionné pour moi. J'ai trouvé un endroit où je suis en paix avec moi-même et, depuis que j'ai quitté Londres, je n'ai plus jamais eu de crise psychogène.

— Je ne me suis pas rendu compte de ce que je vous demandais, en venant ici. Ce n'est pas que vous ne voulez pas m'aider, n'est-ce pas ?

Rob haussa les épaules.

— Vous n'aviez pas besoin de me montrer les photos de votre patiente ni de me dire son nom. Je sais très bien ce qui lui est arrivé et ce que cela signifie pour elle. Je n'hésiterais pas une seconde si je sentais que je pouvais faire quelque chose. Si j'hésite, c'est parce que je ne suis pas sûr d'être celui qui peut aider Anna.

Devait-elle le prendre au mot ? Se résigner et accepter le fait qu'elle avait échoué dans sa mission ?

— Phil n'a pas l'air d'être de cet avis, dit-elle.

Rob laissa échapper un brusque éclat de rire.

— Je me demandais quand vous alliez jouer cette carte.

— Il ne s'agit pas d'un jeu, Rob. Si vous étiez convaincu de ne rien pouvoir faire pour Anna, nous n'aurions pas cette conversation, j'aurais déjà repris la route pour Londres.

Elle crut le voir esquisser un sourire, mais elle l'ignora.

— Je comprends que revenir travailler à l'hôpital constitue un grand pas pour vous, mais nous pouvons envisager les choses avec une certaine flexibilité. Vous restez libre de fixer le niveau de votre implication. Cela peut aller d'une consultation informelle à une possible participation à l'opération chirurgicale d'Anna. Si vous ne pouvez rien faire de tout cela, je le comprendrais parfaitement, et tout sera dit. Mais j'espère vraiment que vous voudrez poursuivre cette discussion et continuer d'explorer toutes les possibilités.

Voilà. Sa position était claire et laissait à Rob le choix de lui donner une réponse directe, afin qu'ils sachent tous les deux à quoi s'en tenir. Mais pourquoi éprouvait-il soudain une difficulté à respirer ?

— D'accord, patron. Que diriez-vous si l'on faisait cela tout de suite ? Je veux dire... explorer les possibilités.

La façon dont il lui souriait et dont il la regardait n'aidait pas vraiment à garder une tournure purement professionnelle à cet échange. Cela ressemblait plus à un délicieux moment de complicité entre un homme et une femme qu'à un accord passé entre deux chirurgiens.

Peut-être Rob le sentait-il, lui aussi, car il prit soudain un air songeur, ce que Stella trouva à peine moins troublant que son sourire. Mais elle pouvait s'en accommoder s'ils savaient tous les deux exactement en quoi consistait leur relation.

— En discuter ici et maintenant me convient parfaitement, dit-elle. Je n'ai pas d'heure précise pour rentrer à Londres. Ma seule condition est que vous ne m'appeliez pas patron.

Il éclata de rire.

— Comme vous voudrez. Et si nous déjeunions ?

Rob se dit qu'un déjeuner de travail serait une bonne chose. Le manque de temps ne laisserait pas la place pour échanger des plaisanteries ou mieux se connaître. Même s'il éprouvait soudain l'envie d'apprendre à bien connaître Stella, il savait aussi que ce n'était pas ce dont il avait besoin pour l'instant.

Il ne lui fallut que dix minutes pour préparer un repas rustique avec de la salade et de la bière au gingembre qui s'avoua savoureux, car fait de produits locaux.

Stella le suivit jusqu'à son bureau et ne put alors cacher sa surprise et son émerveillement.

— Rob ! C'est ici que vous travaillez ?

Elle regardait tout autour d'elle avec la même expression ravie que celle qu'il avait eue lorsqu'il avait pu, bénéficiant de la chaleur du printemps, s'asseoir dans cette vieille serre construite contre la maison et qu'il avait alors imaginé comment il pourrait la transformer.

— Oui. J'y ai installé mon bureau.

Stella contemplait les papillons qu'ils avaient dérangés en

pénétrant dans la pièce, et il retrouvait dans son regard l'émerveillement qui avait été le sien en s'emparant de ce lieu magique. La cloison vitrée qui séparait le jardin d'hiver de son lieu de travail était repliée. Stella poussa la porte qui donnait sur le jardin.

— Comme ça, ils pourront tous s'échapper…, dit-elle en lui souriant.

— Ils ne sont pas prisonniers et ils s'échappent tout le temps, expliqua-t-il en montrant les bouches d'aération ouvertes dans le plafond de verre. Et ils reviennent, car les plantes les attirent. En été, je garde la porte de la maison fermée, afin qu'ils ne passent pas par là.

— C'est vous qui avez construit cette serre ?

— Je l'ai restaurée. L'ancien propriétaire cultivait des orchidées, mais, faute d'entretien, l'endroit s'est délabré. Je l'ai rénové.

Il se débarrassa du plateau où il avait mis les assiettes et les verres en le posant sur le bureau, un long plan de travail qui occupait une zone ombragée de la pièce.

— Les travaux m'ont pris beaucoup de temps, ajouta-t-il. Je n'en ai vu la fin que l'année dernière.

— Ne fait-il pas trop froid ici, l'hiver ?

— Non. Les orchidées exigent de bénéficier d'une température élevée durant toute l'année, et le bâtiment est conçu pour conserver la chaleur. Le mur du fond s'appuie contre la maison et les murs latéraux sont faits d'une double épaisseur de briques.

Il désigna d'un geste le toit et le mur de devant, entièrement vitrés.

— Tout cela est moderne et parfaitement isolé. En réalité, le plus difficile est de garder l'endroit frais en été.

Stella hocha la tête et regarda les deux gros ventilateurs qui tournaient lentement au-dessus de leurs têtes. Ils procuraient une agréable brise qui rafraîchissait les plantes et les bancs placés à l'ombre.

Une autre chose attira soudain son attention. Un animal. Sophie, une vieille chienne labrador, avait l'habitude de passer le début de ses matinées avec Rob, puis de retrouver la paix et le calme de la serre pour y dormir, ignorant les allées et venues dans la maison. Mais, maintenant, elle était réveillée et, quittant son panier, elle venait vers eux.

— Oh ! vous avez un chien ? dit Stella en se penchant vers l'animal, la main tendue.

Sophie vint se nicher contre elle.

— Sophie appartenait à un vieil homme de quatre-vingt-deux ans, en mauvaise santé. Elle lui servait de chien de garde. Quand il est mort, personne dans sa famille ne pouvait se charger de la chienne qui semblait condamnée à être euthanasiée.

— Alors, vous lui avez donné un foyer, conclut Stella en lui souriant.

Visiblement, elle s'entendait bien avec la chienne qui s'appuyait contre elle, menaçant presque de lui faire perdre l'équilibre.

— Allez, ça suffit, dit Rob en essayant de l'éloigner de Stella.

Mais celle-ci lui jeta un regard noir et, s'accroupissant près de la chienne, elle lui passa les bras autour du cou.

— Ce n'était pas vraiment une décision de ma part, dit-il. Elle n'avait nulle part où aller, alors elle est venue chez moi.

— Et elle se la coule douce, maintenant qu'elle est à la retraite ?

— Oui, elle a presque quatorze ans. Elle se réveille de bonne heure, mange un peu, puis elle m'accompagne dans ma promenade jusqu'au verger, et nous revenons ensuite à la maison. C'est tout ce qu'elle fait le matin, et elle vient s'installer ici pour y chercher le calme et la tranquillité. Mais parfois il lui arrive encore de m'avertir lorsque le facteur passe déposer du courrier dans la boîte, en souvenir du bon vieux temps.

— Y a-t-il ici d'autres créatures dont je pourrais faire la connaissance ? demanda Stella.

— Pas que je sache. Au printemps, il y avait un couple de rouges-gorges qui nichait dans les chevrons, mais ils sont partis maintenant.

— Ah ! dit Stella en se levant. Les oisillons devaient faire un raffut terrible quand vous essayiez de travailler, ajouta-t-elle en lui lançant un regard amusé.

— Horrible, en effet. Nous étions ravis tous les deux de les voir s'en aller, n'est-ce pas, Sophie ?

Il ouvrit le tiroir de son bureau et en sortit un paquet de friandises pour chiens. Voyant le regard de Stella, il lui tendit le paquet afin qu'elle puisse elle-même faire plaisir à Sophie. Cela semblait légèrement en contradiction avec l'efficacité professionnelle dont elle avait fait preuve auparavant.

— Je comprends pourquoi un endroit pareil peut aider à retrouver son équilibre.

— Pas comme vous pourriez le penser. Lorsque je suis venu m'installer ici, je cherchais simplement à m'évader, sans trop penser aux problèmes de confort. C'était juste avant Noël, et l'hiver était très froid.

Stella leva soudain les yeux vers lui. Elle avait le don de faire parler les gens, sans même avoir besoin de leur poser de questions. Il était en train de tomber dans le piège et il n'avait même pas envie d'opposer la moindre résistance.

— Je m'en souviens, dit-elle.

— Il gelait, pas une porte ne fermait, et les fenêtres laissaient passer un vent glacial. Alors, j'ai commencé les travaux afin de me réchauffer. À la fin de janvier, il y a eu de grosses chutes de neige, et je suis allé donner un coup de main pour aider à déblayer les rues du village. C'est à cette occasion que j'ai fait la connaissance d'Emma. Elle avait mis en place un réseau d'aide pour faire les courses en cas de mauvais temps. Elle m'a tapé sur l'épaule, me disant qu'elle avait besoin d'un bénévole supplémentaire. Elle ne m'a pas vraiment laissé le choix.

— C'est une femme pleine de ressources, semble-t-il.

— En effet. Vous savez, ce n'est pas seulement le calme et le silence de la campagne qui m'ont sorti du cercle infernal dans lequel je m'étais moi-même enfermé. C'est tout un ensemble de défis très simples qui exigeaient des réponses simples et rapides.

— Vous n'aviez jamais parlé de tout cela auparavant, n'est-ce pas ?

Parmi ses nombreux talents, Stella possédait une grande intuition. Elle était capable de lire entre les lignes. Soudain, Rob se rendit compte qu'il était grand temps de faire marche arrière et de revenir à une conversation plus professionnelle, avant que Stella ne lui demande pourquoi il évoquait le sujet maintenant.

— Et si nous reprenions le dossier d'Anna ? suggéra-t-il.

Stella marqua une pause, indiquant qu'elle avait remarqué sa volonté de changer de conversation. Puis elle sourit et secoua la tête, comme pour dire que c'était sans importance.

— Merci. J'apprécie vraiment.

Rob commençait à se sentir un peu moins déstabilisé. Un peu moins coincé entre l'envie de replonger dans un domaine où il se savait réellement très compétent, et ses craintes concernant tout retour en arrière. À mesure que Stella et lui travaillaient sur le dossier, il avait l'impression que ce qui se jouait là était vraiment important.

— Vous êtes très à la pointe, murmura-t-elle en regardant le matériel de suture qu'il avait sorti d'un placard pour évaluer les avantages d'une des techniques dont ils étaient en train de parler.

— Et... ?

— Vous vous maintenez au courant des dernières techniques. Vous écrivez des articles. Garderiez-vous encore d'autres choses dans votre manche, par hasard ?

— Comme quoi ?

— L'enseignement, par exemple ?

— J'y ai songé. J'ai songé à tout un tas de choses...

Il s'appuya contre le dossier de sa chaise, conscient que Stella l'observait.

— Je suis allé trop loin pour revenir en arrière, Stella. Je pense seulement à aller de l'avant. Mais peut-être que cela veut dire aussi travailler avec vous et me servir de mes compétences pour aider Anna.

Il vit qu'elle essayait de cacher un air triomphant

— Vous êtes sûr que c'est ce que vous devez faire ? demanda-t-elle.

— Non, mais si c'est une erreur, cela me servira de leçon. Et je veux qu'il soit bien clair que je vais de l'avant, et que ce sera selon mes propres conditions.

Elle se permit de sourire.

— Et selon les miennes aussi ?

Rob prit soudain conscience de leur proximité physique, assis au même bureau, discutant des mêmes choses. C'était comme s'il avait besoin de respirer le même air que Stella pour que ses propres poumons fonctionnent normalement.

— Cela va sans dire, non ?

— Mais je préfère que vous le disiez, insista-t-elle en se penchant légèrement en avant.

Ils étaient si près l'un de l'autre. Deux cerveaux travaillant ensemble avec une parfaite synchronicité, leurs corps pouvaient-ils... ?

Il se hâta de chasser cette pensée de son esprit.

— Selon vos conditions à vous aussi.

Pourquoi avait-il le sentiment de s'être livré à elle ? L'accord qu'il venait de lui donner était une base évidente et nécessaire pour établir une relation de travail efficace.

— Marché conclu, alors ? dit Stella en lui tendant la main.

Elle le regardait droit dans les yeux. Il lui prit la main Il s'attendait à une certaine fermeté, mais pas à tant de douceur, et la combinaison de deux déclencha chez lui une vague de chaleur.

— Oui, marché conclu.

Il lâcha sa main avant que cette chaleur ne devienne insupportable.

— Maintenant que vous avez obtenu ce que vous étiez venue chercher, êtes-vous obligée de reprendre la route tout de suite ? Ou pouvez-vous rester dîner ?

Il vit que l'offre la tentait, ce qu'il considéra comme un vrai petit miracle, très satisfaisant, chez quelqu'un d'aussi centré sur le travail que l'était Stella.

— Cela ne serait pas très raisonnable, dit-elle. On dirait que la pluie menace, et il va bientôt faire nuit. Je n'ai pas très envie de me retrouver à rouler dans ces conditions sur le sentier qui mène à la route.

— Vous pourriez toujours rester ici.

Il se mordit la langue. Il y avait sûrement une façon de corriger sa maladresse et de préciser qu'il s'agissait là d'une simple question pratique et non d'une invitation ambiguë...

— La chambre d'amis est équipée de tout ce dont vous pourriez avoir besoin, s'empressa-t-il d'ajouter. Ma sœur y veille, car elle y dort souvent quand elle vient me voir.

Cela devrait faire l'affaire, pensa-t-il. Au moins s'était-il débrouillé pour citer les mots-clés *chambre d'amis* et *sœur*.

Apparemment, Stella avait compris le message. Elle hocha la tête en souriant.

— Merci pour la proposition. Peut-être pourrions-nous remettre cela à plus tard et dîner ensemble lorsque vous viendrez à Londres ?

Ainsi, elle était d'accord pour le dîner tout en évitant de prolonger son séjour chez lui. Maintenant qu'il y réfléchissait, cela lui parut être une bonne décision. Ils pouvaient être amis, mais pas trop proches.

— Avec grand plaisir. J'appellerai Phil pour convenir d'une date prochaine pour nous rencontrer à Londres, d'accord ?

— Oui, ce serait génial.

Stella marquait une certaine hésitation avant de se lever. Elle semblait avoir du mal à s'en aller. Tout indiquait qu'elle avait elle aussi conscience de ce qui s'était passé entre eux et qu'il ne s'agissait pas simplement d'une relation professionnelle.

Et, comme Rob, elle luttait contre cela. Ce dernier connaissait parfaitement les raisons qui le poussaient à ne pas vouloir aller plus loin avec elle. La culpabilité qu'il éprouvait à avoir tout détruit une fois était déjà assez pénible. Il ne pourrait pas supporter que cela se reproduise une seconde fois. Mais Stella ? Pourquoi se sentait-elle obligée d'exclure de sa vie tout ce qui ne concernait pas son travail ?

Il était trop tard pour réfléchir à cela maintenant. Rob la regarda rassembler ses affaires et remettre le dossier d'Anna dans son sac. Il venait de choisir de suivre une route dont il ignorait aujourd'hui où elle le mènerait, mais il était conscient d'avoir pris un engagement et de ne plus pouvoir faire marche arrière.

3

Lorsque Stella arriva au travail le lundi matin, elle était encore un peu troublée par le fait qu'une innocente invitation à dîner et à utiliser la chambre d'amis de Rob l'ait amenée à en faire une interprétation équivoque. Elle devait absolument donner à cette relation un caractère exclusivement professionnel et à s'en tenir à cela. Cependant, elle éprouvait encore une certaine excitation quand Phil l'appela dans son bureau pour l'informer qu'il venait d'avoir Rob au téléphone et qu'ils avaient prévu de se voir le vendredi suivant à 14 heures.

— Il faut qu'une chose soit bien claire pour vous, Stella. Dans cette collaboration, c'est vous la patronne.

— Mais j'ai dit à Rob que je ne voulais pas qu'il m'appelle *boss*.

Phil se mit à rire.

— Je suis ravi qu'il comprenne qui est le *boss*, même si vous, vous ne le voyez pas. Et puisque nous envisageons le retour de Rob à l'hôpital… Ne vous méprenez pas, je trouve que vous avez eu raison de suggérer que nous lui demandions son aide et je suis personnellement enchanté qu'il soit prêt à retravailler avec nous. Mais vous ne devrez pas le laisser n'en faire qu'à sa tête.

— Je lui ai cependant promis d'être souple. Je pense que c'est la meilleure chose à faire, compte tenu des circonstances, non ?

— Je n'ai rien contre la souplesse et je suis complètement d'accord avec la façon dont vous voyez les choses. Rob est brillant, l'un des meilleurs chirurgiens que j'ai connus, et il sort des sentiers battus. Mais il lui arrive parfois de se montrer intransigeant…

Il marqua une pause, visiblement soucieux de bien choisir ses mots. Cette conversation serait sans doute plus facile si Stella parlait franchement.

— Quand nous avons discuté samedi dernier, Rob et moi, il m'a confié qu'il avait souffert de dépression et subi de graves troubles physiques dus au stress qui l'ont poussé à quitter son poste ici.

Phil hocha la tête.

— Je suis content qu'il vous en ait parlé. Vous comprenez que ce n'était pas à moi de le faire.

Phil veillait toujours à protéger la confidentialité au sein de son équipe, ce que tout le monde appréciait.

— Bien sûr, dit-elle.

— Mais maintenant que vous êtes au courant… Il vous a peut-être dit que je suis resté en contact avec lui et je suis sûr que, maintenant, il a complètement récupéré. Mais il a traversé bien des épreuves et je pense qu'il a besoin d'être solidement encadré le temps qu'il retrouve ses marques.

Stella hocha la tête. Phil semblait surestimer l'aide dont Rob pouvait avoir besoin, mais il le connaissait beaucoup mieux qu'elle.

— Je peux lui fournir ce cadre à un certain niveau, Stella, mais je compte sur vous pour le lui donner au quotidien.

— Je le ferai, Phil. Je m'engage à ce que tout se passe bien.

Pas seulement dans l'intérêt d'Anna, même si c'était elle qui comptait le plus, mais aussi dans l'intérêt de Rob, et peut-être même dans le sien.

Phil lui sourit.

— Je ne vous aurais pas donné mon feu vert pour vous lancer dans cette collaboration si je n'avais pas eu la certitude que vous formeriez tous les deux une excellente équipe…

Stella avait hâte de revoir Rob ce vendredi après-midi. Elle était inquiète à l'idée qu'il puisse faire marche arrière au dernier moment. Mais la réception appela, annonçant son arrivée. Stella rejoignit Phil dans son bureau et, assis autour d'une table basse qui servait pour les réunions informelles, ils attendirent en silence jusqu'au moment où quelqu'un frappa à la porte.

Rob avait opté pour une tenue décontractée. Des lunettes de soleil perchées sur la tête, il portait des chaussures légères et avait enfilé un pantalon et une chemise plus confortables qu'élégantes, comme ceux qu'on choisit pour passer une soirée d'été entre amis. Et il avait une barbe de six jours, pas très fournie, certes, mais bien taillée et soignée, qui lui allait très bien. Tout chez lui disait clairement qu'il n'était pas là de façon permanente.

— Rob ! dit Phil en se levant pour l'accueillir, la main tendue. Cela fait vraiment plaisir de te voir. Tu as l'air en forme.

— Merci. C'est bon d'être de retour.

Mais il ne semblait pas aussi enthousiaste que Phil.

Celui-ci lui fit signe de s'asseoir. Stella se demanda si elle devait, elle aussi, serrer la main de Rob, lorsqu'il lui adressa un sourire qui la figea sur sa chaise. Il y avait dans ce sourire cette note d'intimité qu'on peut avoir avec un vieil ami.

— Re-bonjour, dit-il en s'asseyant en face d'elle.

— Bonjour. Vous avez fait bon voyage ?

— Oui. J'ai confié Sophie à Emma, elles passeront l'après-midi ensemble. Les trains rapides entre Hastings et Londres sont très pratiques.

— Cela doit vous faire bizarre de revenir ici.

— C'est dur, vous voulez dire. Oui, en effet.

— Bon, alors…, intervint Phil avant que Stella n'ait le temps de répondre.

Il se laissa tomber sur une chaise placée à équidistance de Rob et de Stella et défit son nœud de cravate. Il avait l'art de mettre les gens à l'aise, et Stella savait qu'il ne faisait jamais rien au hasard. S'il dénouait sa cravate, c'était pour combler le fossé qu'il y avait entre l'élégant ensemble veste-pantalon qu'elle portait et la tenue plus décontractée de Rob.

Mais ce n'était pas nécessaire. Dès que Rob lui avait souri, la connexion s'était faite, avec une telle force que c'en était presque effrayant.

— Mettons-nous au travail, d'accord ? lança Phil en leur souriant. J'ai besoin de savoir quel rôle tu comptes jouer dans cette affaire, Rob.

Cela s'appelait aller droit au but. Rob eut un geste de la main qui signifiait qu'il n'attachait guère d'importance à la question.

— J'ai l'intention d'être là quand Stella aura besoin de moi, et de la manière qui lui conviendra. Ce sera sur une base informelle.

— D'accord.

Phil lança à Stella un regard interrogateur. Tout semblait montrer que Rob et lui voulaient qu'elle prenne les choses en main et, d'habitude, cela ne provoquait pas chez elle ce sentiment d'incertitude qu'elle éprouvait maintenant.

— Le cas d'Anna réclame d'avoir recours à différentes techniques de réparation de la peau et de les appliquer de façon différente si nous voulons obtenir un bon résultat. Nous avons commencé à en parler samedi dernier. J'aimerais poursuivre cette discussion et impliquer Rob dans la planification de l'opération. Il est clair qu'il doit voir Anna avant que nous n'allions plus loin.

Elle marqua une pause, attendant que l'un ou l'autre ne dise quelque chose, mais aucun n'intervint. Jusqu'à présent, tout se passait bien. Mais la suite pouvait les amener à exprimer des avis plus tranchés.

— Ce serait bien si Rob prenait part à l'opération, continua-t-elle. Dans quelle mesure ? Cela dépendra largement du résultat de nos discussions, mais aussi de Rob et de ce qu'il ressent à l'idée de reprendre la chirurgie après une coupure de trois ans. Il nous reste un peu de temps avant la date que nous avons provisoirement fixée pour opérer Anna. Alors, je suggère que nous réfléchissions à cette possibilité et que nous prenions une décision commune plus tard.

Rob et Phil avaient tous les deux les yeux fixés sur elle, et il était difficile de savoir ce qu'ils pensaient l'un et l'autre. Puis Phil prit la parole.

— Cela me convient. Qu'en dis-tu, Rob ?

— Oui, cela me paraît bien aussi.

— Parfait, commenta Phil, l'air ravi. Serais-tu disponible le jeudi et le vendredi ?

— Et aussi le week-end lorsque je ne serai pas de garde.

— Non, pas le week-end, précisa Stella.

Elle y avait déjà réfléchi et, même si elle ne pouvait pas empêcher Rob de travailler le week-end, au moins elle ne voulait pas l'y encourager.

Il sourit et haussa les épaules.

— D'accord. Pas le week-end. Je pourrai m'occuper de mes arbres fruitiers.

Il se montrait trop conciliant. Peut-être parce que Phil était là, ou bien parce qu'il était de retour au Thames Hospital, mais Stella en doutait. Il y avait autre chose…

— Avons-nous tout abordé ? demanda Phil.

Un éclair d'acier brilla dans le regard de Rob, même s'il affichait toujours un sourire.

— Comme vous le savez, dit-il, j'ai hésité à revenir travailler ici, mais j'ai conscience de pouvoir apporter ma contribution dans ce cas particulier et je serais heureux de pouvoir me rendre utile. Je souhaite travailler comme bénévole.

— Attendez… Quand vous dites bénévole… ?

Stella avait du mal à imaginer que Phil donne son accord. Cette proposition était pour le moins irrégulière, et peut-être même interdite par le règlement de l'hôpital.

Phil hocha la tête.

— Je pense exactement la même chose que Stella. Cet hôpital compte beaucoup de bénévoles, mais je n'ai jamais eu dans le service un médecin qui demande à travailler bénévolement. Est-ce que nous t'aurions mal compris, Rob ?

— Non. Tu fais tout le temps appel à des médecins ayant une expertise particulière. Je suis un employé du système de santé national et je possède toutes les accréditations nécessaires. Et c'est bien en tant que bénévole que je veux collaborer avec vous. Si tu es d'accord, bien sûr.

C'était clairement à prendre ou à laisser. Et le froncement de sourcil de Phil montrait qu'il devait y réfléchir.

— Je vais devoir en discuter avec le service des ressources humaines.

— Je comprends, dit Rob en se levant.

— Merci, Rob. Nous allons examiner les options qui s'offrent à nous. Où seras-tu ?

— Au café. Celui qui est dans le bâtiment principal et où l'on trouvait d'excellents gâteaux.

— Ils les font toujours.

Rob une fois sorti de la pièce, Phil fronça les sourcils, l'air contrarié.

— C'est tout Rob. Il faut toujours qu'il mette des bâtons dans les roues. Nous devons veiller à ce que tout se passe correctement et je ne vais certainement pas faire d'exception pour lui, même s'il entend agir à sa guise.

Stella hocha la tête. Elle devait réfléchir et trouver le moyen de résoudre le problème.

— J'ai peut-être une idée qui permettrait de faire avancer les choses.

Si elle ne parvenait pas à établir un compromis, il ne fallait sûrement pas compter sur Rob ou sur Phil pour y arriver.

Peut-être était-il allé trop loin… Rob n'avait pas vraiment réfléchi à ce qu'il dirait à Phil lors de leur rencontre parce qu'il avait passé la plus grande partie de la semaine à se demander dans quoi il s'était engagé. Et son retour à l'hôpital avait en partie confirmé certaines de ses craintes. Les gens se souvenaient de lui et, en trois ans, ils avaient sans doute eu le temps de comprendre ce qui s'était passé. Il avait été accueilli par des sourires et des salutations, mais il les avait sentis entachés d'un passé qu'il s'était efforcé de laisser derrière lui.

Cela l'avait déstabilisé. Au point qu'il avait été tenté de repartir chez lui, ce qui serait revenu à laisser tomber Stella et Phil. Peut-être était-ce là le vrai problème. Ne pas les laisser tomber aujourd'hui l'exposait au risque de le faire plus tard, et cette idée lui pesait.

Le café situé au rez-de-chaussée du bâtiment principal n'avait pas changé. Il y régnait toujours une grande activité, mais, à cette heure-ci, l'affluence de la mi-journée s'était calmée, et il y avait beaucoup de sièges disponibles. Il choisit de s'installer dans un coin, près d'une fenêtre.

Il avait passé machinalement la même commande que celle qu'il avait coutume de faire autrefois : un café corsé accompagné d'une pâtisserie. Il essayait de se détendre avant que le travail ne l'oblige de nouveau à se concentrer. S'efforçant de ne plus pianoter nerveusement sur la table, il se mit à penser au grand air et aux arbres de son verger. Il s'y croyait presque lorsqu'il vit Stella venir vers lui.

Elle marchait d'un pas décidé, donnant l'impression de savoir exactement où elle allait, avec une grande confiance en elle. Elle s'assit en face de lui et le regarda, l'air pensif. Rob ressentit ce regard comme une brûlure.

— Puis-je vous offrir quelque chose ? proposa-t-il, incapable de dire autre chose pour le moment.

— Non, merci, je viens juste de boire un café avec Phil, répondit-elle en souriant.

La combinaison de ce sourire avec l'allure parfaitement professionnelle de Stella lui donnait un charme auquel Rob avait du mal à résister.

— Voilà comment cela va se passer, Rob.

Il hocha la tête. Que faire d'autre face à une Stella aussi déterminée ?

— Je sais qu'il n'a pas été facile pour vous de venir ici.

— Vous comprenez cela ?

Même si elle paraissait douée pour se mettre à sa place, il était convaincu qu'elle ne pouvait savoir exactement ce qu'il ressentait.

— Non, pas vraiment, parce que je n'ai pas connu ce que vous avez traversé et que je n'ai pas eu à faire preuve du courage que vous avez montré pour vous en remettre. Cependant, je suis dotée d'une certaine imagination.

C'était bien répondu. Et Stella se montrait directe, ce qu'il appréciait. Son attitude sans état d'âme compensait le trouble qu'il éprouvait lui-même en ce moment.

Il hocha la tête.

— Vous avez besoin de vous remettre dans le bain, poursuivit-elle, et de vous réadapter à la routine de l'hôpital. Phil, lui, dirige un service, ce qui implique qu'il doit savoir à tout moment sur qui il peut compter...

C'était un assez bon résumé de la situation. Rob ouvrit la bouche pour acquiescer, mais Stella le fit taire d'un geste de la main. Visiblement, elle n'avait pas besoin de son accord pour le moment.

— Alors, voilà ce que je propose. Dix heures par semaine, vous pourrez venir dans le service pour y faire ce que vous voulez, en tant que bénévole. Boire un café avec qui vous voulez, assister à des interventions chirurgicales au bloc opératoire, ou même encadrer quelques-uns de nos étudiants, puisque nous sommes un hôpital universitaire.

L'offre lui paraissait acceptable. Il approuva d'un hochement de tête.

— Si vous vous occupez d'un patient, que vous assistez à une réunion de travail ou étudiez un dossier, ce sera considéré comme des heures de travail rémunérées, poursuivit Stella. Phil peut demander au service des ressources humaines de vous établir un contrat de travail de dix heures par semaine, en plus de vos heures de bénévolat.

— Ce qui ferait deux gardes par semaine.

— Il ne s'agit pas nécessairement de gardes à plein temps. Nous pourrons négocier avec vous les horaires où nous aurons besoin de vous, et vous vous organiserez comme vous voudrez pour ce qui est du bénévolat. Vous restez maître d'une partie de votre temps, mais vous nous laissez décider des moments où nous aurons besoin de vous. Pouvez-vous vous y engager ?

Il s'agissait d'un vrai engagement. Rob savait que Stella n'était pas pour les demi-mesures. Mais le plan qu'elle avait imaginé semblait pouvoir leur convenir à tous les deux.

— Est-ce que cela vous plaît ?

Elle sourit soudain.

— Je vous veux dans mon équipe.

— D'accord, ça marche, dit-il en lui tendant la main.

— Vous êtes sûr ? C'est contraignant, Rob.

Ne me laissez pas tomber. C'était sous-entendu. Mais, étant donné le cadre qu'elle lui proposait, il était sûr de ne pas la décevoir.

— Une fois le marché conclu, ce sera gravé dans le marbre.

Ils échangèrent une poignée de main et Stella, toute souriante, sortit son téléphone de sa poche et commença à pianoter sur les touches.

— Bon, dix heures de bénévolat, dix heures de travail rémunéré… Avez-vous pensé au taux horaire… ?

— Cela n'est pas très important, non ?

— Non, j'imagine. Le service des ressources humaines peut se charger de ce genre de détails. Ce n'est pas vraiment l'argent qui compte, pas vrai ? commenta-t-elle avec un grand sourire. Dès que Phil vous aura inscrit sur la liste des salariés, les procédures habituelles entreront en vigueur, et c'est ça le plus important pour vous deux, n'est-ce pas ?

Elle envoya son texto et reposa son téléphone sur la table. Un instant plus tard, il vibra. C'était Phil.

— Il devait guetter mon message, dit-elle. Il dit que c'est bon.

Elle reçut bientôt un autre texto dont elle fit part à Rob.

— Il a forcé la main au service des RH, et votre contrat sera prêt d'ici la fin de la journée.

— Parfait, merci beaucoup. Cela veut-il dire que je peux désormais vous appeler patron ?

— Il faudra attendre de mieux me connaître. Pour l'instant, Stella suffira.

Il se mit à rire.

— Vous avez raison. Est-ce que je pourrai rester dans les parages cet après-midi ? J'irai chercher mon contrat chez Phil quand il sera prêt et je le signerai.

— Absolument. Vous vous souvenez du Pr Maitland ?

— Bien sûr.

Tout le monde connaissait Alma Maitland qui enseignait ici depuis trente ans et refusait toujours de prendre sa retraite.

— Cet après-midi, elle donne un cours sur les techniques de suture. Elle ne refuserait certainement pas l'aide pédagogique de quelqu'un qui se trouverait être disponible…

Ce n'était qu'une simple suggestion de sa part. Rob y adhéra immédiatement.

— Je vais aller la voir et lui demander si je peux assister au cours. Mais, avant, je passerai voir Phil, juste pour confirmer que je suis d'accord avec tout ce qui a été décidé.

— Oui, c'est une excellente idée.

Elle envoya un texto à Alma qui lui répondit presque aussitôt.

— Elle dit qu'elle vous attend sans délai dans son bureau, vous et votre génial cerveau. Sinon, elle est prête à envoyer une équipe à votre recherche.

Rob se mit à rire. Visiblement, Alma n'avait pas changé.

— Je n'ai pas son numéro. Pouvez-vous lui dire que je serai là dans vingt minutes, le temps de passer voir Phil avant ?

Stella s'exécuta, puis se tourna vers Rob en souriant.

— Auriez-vous le temps de manger quelque chose avant de rentrer chez vous ce soir ?

— Disons 18 heures ? Je vous invite.

— Vous payerez pour moi et je payerai pour vous.

C'était une façon élégante de dire qu'ils partageraient l'addition. Il était clair qu'elle tenait à tracer une ligne de démarcation très nette entre une relation amicale et quelque chose de plus intime.

— Très bien, dit Rob. Je ferai de mon mieux pour avoir un gros appétit.

Stella éclata de rire. Elle se leva et prit son téléphone.

— Vous n'avez pas vu la liste des choses que j'ai à faire cet après-midi. À 18 heures, je mourrai de faim.

Un vendredi soir, l'été, tous les pubs et les restaurants des bords de la Tamise étaient pleins à craquer. Rob et Stella avaient préféré s'arrêter à la nouvelle friterie installée près de l'hôpital et, chargés de leurs barquettes de *fish and chips*, ils étaient allés s'asseoir sur les marches, au bord de la rivière.

— Comment s'est passé le cours d'Alma ? demanda Stella.

— Comme on pouvait s'y attendre, répondit-il en riant. Elle a fait un rapide survol de la théorie, puis m'a jeté dans le bain, disant aux étudiants que s'ils voulaient être validés, ils devaient pouvoir reproduire ce que j'allais leur montrer.

— Et comment s'en sont-ils tirés ?

— Il leur a fallu essayer plusieurs fois, mais ils y sont arrivés. Et quelques-uns sont restés après le cours pour poser des questions. C'est agréable de retrouver cet enthousiasme. Et j'étais ravi de voir que je peux encore suturer avec dix paires d'yeux braqués sur moi.

— Y compris les yeux d'Alma ?

— Oui, elle était au premier rang du groupe et surveillait le moindre de mes gestes. Comme elle ne m'a pas corrigé, j'en déduis que je ne dois pas être trop rouillé. Et vous ? Comment s'est passé votre après-midi ?

— Bien. Après avoir réussi à faire en sorte que, Phil et vous, vous tombiez d'accord, réduire quelques cicatrices m'a paru être un jeu d'enfant.

— J'en suis certain.

Il avait dans sa poche une copie du contrat que Phil lui avait donné et qu'il avait aussitôt lu et signé.

— Dans votre fratrie, poursuivit-il, vous étiez l'enfant du milieu, non ?

— Oui, en effet. Croyez-vous que cela fasse de moi une médiatrice ?

Ce n'était pas ce qui intéressait Rob. Elle savait beaucoup de choses sur lui, et il était clair qu'il cherchait maintenant à en apprendre plus sur elle. Cela la fit sourire.

— Je ne réduirais pas les choses à cela, dit-il.

— J'ai une sœur aînée et un petit frère. Chloé est mariée et mère de trois enfants. Jamie et sa femme ont un petit garçon. Tous s'entendent très bien, ils n'ont donc pas besoin que je joue les médiatrices.

— Tant mieux. Moi aussi, j'ai quelques neveux et nièces.

— Y a-t-il des voies que vous n'ayez jamais prises ?

— Oui, quelques-unes. Je n'ai jamais été présentateur du journal télévisé ni capitaine de bateau.

— Vous auriez aimé présenter le journal télévisé ?

— Oui, à une époque de ma vie. À huit ans, je trouvais qu'être assis derrière un énorme bureau et savoir tout ce qui se passait dans le monde devait être merveilleux. Et puis je me suis dit que ce devait être encore mieux de voir tous les lieux dont ils parlaient à la télé, et j'ai décidé que je serai capitaine d'un bateau. Pendant un moment, j'ai hésité entre cela et être pilote d'avion et, finalement, j'ai choisi la chirurgie.

— Moi, j'ai toujours voulu être chirurgienne. Mon père était chirurgien, et j'ai eu très tôt l'envie de faire le même métier que lui.

— Donc vous saviez déjà, étant enfant, quel chemin vous prendriez ?

Était-ce une critique ou un compliment ?

— Il n'y a pas de mal à cela, n'est-ce pas ?

— Mais non. Cependant, le risque est d'oublier tout le reste.

— Être chirurgien ne veut pas dire qu'on n'ait pas une vie à côté. Mes parents étaient très différents l'un de l'autre, mais ils formaient une belle équipe. Papa n'était pas souvent à la maison quand nous étions enfants, mais nous comprenions pourquoi et nous savions que son travail était important. Et maman était toujours là pour nous.

— Tout ce qui compte, alors, c'est de trouver la bonne personne ?

La conversation prenait un tour qui mettait Stella mal à l'aise. La relation de Rob avec son ex-femme ne la regardait pas et parler de cela lui donnait le sentiment de franchir une limite qui ne devait pas être dépassée.

— Je ne suis pas une experte en matière de mariage.

Il se mit à rire.

— Vous croyez que, moi, je le suis ? Je ne cherche pas des réponses, mais cela m'intéresse de savoir ce que vous pensez.

— Je sais simplement que mes parents ont bien fonctionné ensemble parce que tous les deux savaient ce qu'ils attendaient de la vie et que chacun a pu suivre la voie qu'il avait choisie. Lorsque j'ai voulu faire médecine, mon père m'a avertie que ce ne serait pas facile.

— Et cela vous a aidé ?

— À votre avis ? Je savais que les études de médecine exigeaient de s'engager complètement, mais je devais encore découvrir ce que cela signifiait vraiment. J'ai vécu des moments difficiles, comme tout le monde. Certains de mes petits amis m'ont quittée parce que je travaillais mes cours alors qu'ils avaient envie de sortir. J'ai eu le cœur brisé…

— Par expérience, je sais que les jeunes gens de cet âge sont parfois stupides, murmura Rob.

Ce commentaire fit du bien à Stella.

— C'est ainsi, dit-elle. J'ai fait mes choix, et je me concentre sur ce qui me tient à cœur. Je ne pense pas beaucoup aux routes que je n'ai pas prises. De toute façon, elles sont probablement criblées de nids-de-poule.

— J'envie vos certitudes.

Certitudes qui avaient tendance à faiblir, se dit Stella. Mais si une soirée passée avec un homme des plus attirants représentait une tentation passagère, ce n'était pas une raison pour changer brusquement de cap.

Ils terminèrent leur dîner en regardant les bateaux aller et venir sur la rivière.

— Que faites-vous, ce week-end ? demanda Rob.

Préférant ne pas lui dire qu'elle comptait aller travailler à l'hôpital le lendemain, elle parla du déjeuner familial qui aurait lieu dimanche chez ses parents et lui montra les photos de ses neveux et nièces sur son téléphone. À son tour, Rob lui montra les photos d'une jolie petite fille aux yeux gris-bleu comme les siens, et celles de deux garçons plus âgés.

Quand elle lui demanda quel était son programme à lui pour le week-end, il se mit à rire.

— L'avantage d'avoir un jardin, c'est qu'il nous dicte ce qu'il y a à faire.

Il consulta sa montre.

— Je dois y aller. Mon train part dans vingt minutes.

Stella hocha la tête et prit son sac qu'elle mit en bandoulière.

— Merci pour le dîner.

— Merci à vous.

Comment allaient-ils se quitter ? Un baiser sur la joue avait quelque chose de trop intime, et une poignée de main était trop formelle après l'échange de confidences qu'ils venaient de faire. Mais quand Stella leva les yeux vers Rob et qu'elle vit son sourire et son regard chaleureux, presque tendre, cela lui suffit. Elle tourna les talons et s'éloigna en emportant ce sourire avec elle.

4

Le jeudi suivant, de bon matin, Rob entrouvrit la porte du bureau de Stella et passa la tête.

— Est-ce que je commence mes heures rémunérées ?

— Certainement, répondit Stella en souriant.

Il entra et prit le dossier qu'elle lui tendait. C'était celui d'Anna qui devait venir en consultation à 9 h 30, ce qui donnerait l'occasion à Rob d'examiner ses blessures. Et Stella voulait encore discuter avec sa patiente de ce que la jeune femme attendait de son opération, en fonction des possibilités et des techniques que Rob et elle avaient déjà envisagées.

— Anna a-t-elle une idée claire de ce qui lui semble être prioritaire ? demanda Rob.

— Pour l'instant, elle est un peu dépassée par tout cela et j'aimerais vraiment lui faire comprendre qu'elle garde le contrôle de ce qui va se passer et que nous attachons beaucoup d'importance à ce qu'elle souhaite. Peut-être pourriez-vous commencer par l'examiner, et nous discuterons ensuite avec elle ? Qu'en pensez-vous ?

Elle tenait à laisser Rob décider du déroulement de la séance, tout en étant prête à prendre le relais si c'était nécessaire.

— Vous la connaissez mieux que moi, dit-il en souriant. Je ne veux pas vous marcher sur les pieds...

— Nous verrons comment cela se passe, d'accord ? Et nous aviserons...

Comme son téléphone sonnait, elle répondit.

— Anna et Jess sont un peu en avance, expliqua-t-elle en raccrochant. Elles sont déjà là...

Rob se montra très à l'écoute des deux jeunes femmes. Dès le début de la rencontre, il fit preuve d'une grande gentillesse, prêtant une oreille attentive à tout ce que disait Anna et prenant des notes.

— L'image que nous avons de nous-même est très personnelle, dit-il soudain. C'est sans importance, mais, par exemple, je n'aime pas beaucoup la bosse que j'ai sur le nez...

Stella trouvait cette bosse charmante. Un petit défaut dans un visage aux traits parfaits. Et en faire mention pouvait apparaître comme un manque de tact. Mais Stella savait que Rob avait parfaitement compris qu'en parlant de son propre complexe, il contribuait à briser la glace entre la patiente, sa compagne et lui.

— Cette bosse est très bien, dit Jess qui se montrait la plus directe des deux. En revanche, vous pourriez vous débarrasser de cette barbe.

— Jess ! intervint Anna en jetant un regard réprobateur à sa compagne. Ne l'écoutez pas, cette barbe vous va très bien. Grâce à elle, vous avez moins l'air d'être un médecin.

— Ravi que vous le pensiez. Pour être honnête, je dois vous dire que c'est pour cette raison que j'ai commencé à la laisser pousser.

Mise en confiance, Anna se mit à parler franchement, exprimant ce qu'elle aimait et ce qu'elle n'aimait pas chez elle. Rob répondit à toutes ses questions, lui disant clairement ce qui pouvait et ce qui ne pouvait pas être fait.

— Bon, commença Jess, avant que nous n'allions plus loin, puis-je savoir qui va opérer Anna ?

— Ce sera le Dr Parry-Jones, répondit aussitôt Rob. C'est elle le chirurgien en chef qui s'occupera d'Anna et elle prendra toutes les décisions en accord avec vous.

Jess et Anna échangèrent un regard. Il était clair que l'autorité tranquille de Rob les impressionnait et qu'elles se demandaient qui il était dans cette configuration.

— Mon rôle est celui d'un conseiller technique, expliqua-t-il. À la demande du Dr Parry-Jones, je fournirai des informations concernant quelques aspects particuliers présentés par votre cas, Anna, afin que vous puissiez bénéficier des meilleurs soins possibles.

— Je vois... Très bien, merci.

Jess semblait satisfaite de la réponse, mais Stella voulut la compléter.

— Le Dr Franklin est un expert dans la réduction des cicatrices comme celle que vous avez sur le front, Anna. Sa contribution sera ici particulièrement précieuse.

Anna avait mentionné que cette cicatrice-là était l'une de celles qui la gênaient le plus.

— C'est génial. Merci infiniment à tous les deux.

Elle semblait beaucoup plus confiante quant à l'issue de l'opération.

Après le départ des deux jeunes femmes, Rob se tourna vers Stella, affichant un sourire lourd de reproche.

— Vous n'étiez pas obligé de dire cela.

— Mais si. Anna a le droit de savoir qu'il y a d'excellents éléments dans l'équipe qui s'occupe d'elle. Est-ce Phil qui vous a donné le titre définissant votre job ici ?

— Non. Cela m'est venu à l'esprit sur le moment. Qu'en pensez-vous ?

— C'est un peu trop modeste, non ? Vous auriez pu dire que vous étiez un chirurgien qui travaille sur le cas d'Anna.

— Je ne suis pas très à l'aise avec cette présentation pour le moment. Je préfère garder le titre de conseiller technique.

— Et votre barbe.

Il haussa les épaules.

— Les avis semblent diverger à ce sujet. J'imagine que vous ne voulez pas user de votre autorité concernant ce point de détail ?

— Certainement pas. Mais je ne pense pas que cela ait quelque chose à voir avec le fait que vous voulez me convaincre que vous n'êtes pas ici pour me défier, n'est-ce pas ?

— C'est vous qui n'aimez pas que je vous appelle *boss*. Cependant, si vous voulez que je vous rappelle que c'est vous qui êtes aux commandes, je peux le placer dans la conversation chaque fois que j'en aurai l'occasion.

Stella, agacée, poussa un soupir.

— Je ne voudrais pas vous dicter ce que vous avez à dire. Je suppose qu'être en charge du dossier d'Anna ne m'autorise pas à vous demander ce que vous comptez faire maintenant ?

Rob se leva, lui adressant un délicieux sourire.

— C'est juste. Essentiellement parce que je ne suis plus en service, à présent, et surtout parce que je ne le sais pas trop moi-même.

Stella avait eu l'intention de demander à Rob s'il avait envie de l'accompagner au bloc opératoire pour assister à une correction de la maladie de Dupuytren à laquelle elle devait procéder à 13 heures.

Relâcher les tissus qui déformaient les doigts et limitaient les mouvements était une intervention relativement simple. Elle était consciente qu'elle n'avait rien à apprendre à Rob à ce sujet. Mais passer une heure au bloc, même si ce n'était qu'en tant qu'observateur, pouvait l'amener à avoir envie de pratiquer de nouveau la chirurgie.

Puisqu'il ne la suivait pas dans cette intervention, elle décida que ce serait pour une autre fois.

L'opération se déroula sans le moindre problème et, lorsque son patient fut installé en salle de réveil, elle se changea et, tandis qu'elle attendait l'ascenseur pour regagner son bureau, elle regarda les messages arrivés sur son téléphone.

— Il y a un patient blessé au visage qui est aux urgences ? demanda-t-elle en s'arrêtant devant les bureaux administratifs dont la porte était ouverte.

Sadie, qui savait toujours qui était où, leva les yeux de l'écran de son ordinateur.

— Ne vous inquiétez pas. Le Dr Franklin s'en occupe.

— D'accord. Merci, Sadie.

Ne te précipite pas. Même si ton cœur bat à tout rompre et que tu te demandes si Rob vient de rompre toutes ses promesses et qu'il fait n'importe quoi…

Cependant, ce fut d'un pas rapide qu'elle se rendit aux urgences où elle arriva légèrement essoufflée. Therese, médecin chef du service, l'accueillit avec le sourire.

— Bonjour, Stella. Personne ne m'avait avertie que c'était la journée des visites aux urgences…

— Désolée. Personne ne me l'a dit non plus. Auriez-vous vu Rob Franklin, par hasard ?

— J'ai vu tout le monde : Rob Franklin, Phil Chamberlain, et maintenant, vous. Ce doit être une journée calme dans le service de chirurgie reconstructrice…

Therese s'interrompit pour répondre au téléphone.

Bon. Si Phil était ici, peut-être ferait-elle mieux de regagner son bureau, puisqu'il gérait la situation. Mais elle le vit sortir d'un des boxes et venir vers elle.

— Merci d'être descendue, Stella. Rob est en train d'en finir avec un patient et moi je viens de recevoir un appel, je dois remonter dans le service.

— Bon, alors, tout est sous contrôle.

C'était le moment pour elle de s'en aller, avant que Rob n'ait l'impression qu'elle le traquait.

— Euh, attendez…, dit Therese qui venait de raccrocher. Est-ce que l'un de vous pourrait rester ? Un jeune homme vient de se présenter aux urgences avec une série de lacérations sur l'épaule, et il saigne abondamment. Un médecin s'occupe de lui en ce moment et nous faisons des scanners pour savoir exactement ce qu'il en est, mais nous allons avoir besoin de vous d'une minute à l'autre.

— D'accord, dit Philippe. Je peux vous faire remplacer là-haut, Stella.

— Je viens d'opérer un patient pour une maladie de Dupuytren, et il faut que quelqu'un s'occupe de lui quand il sortira de la salle de réveil. Et ensuite, je dois faire la tournée des autres patients dans les chambres…

— Je peux m'en charger. Vous restez ici et vous travaillez avec Rob.

Phil ne lui laissait pas le choix.

Voyant le visage contrarié de Stella, Therese crut que c'était parce qu'elle doutait des compétences de Rob.

— Rassurez-vous, dit-elle, il est toujours aussi bon. Peut-être même meilleur. Il semble avoir progressé dans sa façon de se comporter avec les gens.

C'était le fait d'avoir travaillé comme médecin généraliste. Et Therese qui travaillait depuis plusieurs années dans cet hôpital était bien placée pour voir la différence.

— Mais il est resté absent un bon moment.

Therese hocha la tête. Tout le monde comprenait qu'il fallait s'assurer que l'absence prolongée de Rob n'avait pas affecté ses performances. C'était dans son intérêt à lui autant que dans celui des patients.

— Ne me dites pas qu'il est meilleur que moi, lâcha Stella.

Elle avait confiance en Therese et savait que cette réflexion resterait entre elles deux.

Therese sourit.

— Cela ne marche pas comme ça. On ne compare pas des pommes avec des poires, pas vrai ? Bon, je dois y aller.

Elle s'éloigna. Le service des urgences était toujours en pleine activité. Stella se dit qu'elle devait, elle aussi, rester concentrée sur son travail.

Lorsqu'elle entra dans le box d'où elle avait vu Phil sortir, elle vit

Rob en train de discuter avec un jeune patient portant l'uniforme de l'équipe de football de son école, accompagné de sa mère. Se servant d'une brochure destinée aux patients, il était en train de leur expliquer les soins à apporter aux coupures et aux points de suture. Le visage du garçon portait une vilaine blessure que Rob venait de suturer.

Un simple coup d'œil permit à Stella de constater qu'il avait fait du très bon travail. Peut-être même mieux que ce qu'elle aurait pu faire elle-même. Des pommes et des poires...

— Et vous dites qu'il n'y aura pas de cicatrice ? demanda la mère.

— Il y en aura une, mais juste à la racine des cheveux. Ce sera à peine perceptible. Et David est jeune. Il est possible qu'avec le temps, il n'y ait plus aucune trace. Si vous voyez des signes d'infection, il faudra aller voir votre médecin généraliste, ou bien revenir ici, à l'hôpital.

Il se tourna vers le garçon.

— Et toi, David, moins de tacles avec la tête quand tu joues au football, d'accord ? Sers-toi plutôt de tes pieds. Ce n'est pas en atterrissant aux urgences que tu feras gagner ton équipe, n'est-ce pas ?

David secoua la tête.

— Merci, docteur Rob, dit-il.

— Avec plaisir, David.

Il tendit la brochure à la mère qui la rangea dans son sac en remerciant à nouveau Rob. Elle sourit à Stella tandis qu'elle quittait le box avec son fils.

— Vous avez repris vos fonctions de nounou ? dit Rob, le regard malicieux.

— Je ne dirais pas cela.

— Non, bien sûr.

Il se leva, emplissant le petit espace du box de son impressionnante stature.

— C'est mon interprétation, poursuivit-il. C'est moi qui hésitais à revenir, vous vous souvenez ? Je me moque de moi-même.

Était-il déjà la cible de ses propres plaisanteries lorsqu'il travaillait ici autrefois ? se demanda-t-elle. Mais c'était sans importance. Ce qui comptait, c'était le moment présent.

— Il y a un nouveau patient qui présente des lacérations à l'épaule, dit-elle. Ils contrôlent l'hémorragie et sont en train de procéder à des scanners préliminaires.

— Alors, inutile de remonter s'ils doivent bientôt nous rappeler.

À cet instant, le téléphone de Stella bipa. Elle lut le message.

— Il est dans le box n°10, dit-elle.

Ils s'y rendirent aussitôt. C'était l'un des plus grands boxes du service. Situé à côté de l'unité de traumatologie, il était équipé pour traiter les patients réclamant des interventions chirurgicales mineures.

Le jeune homme allongé sur la couchette était conscient. Une infirmière manipulait des vêtements et des pansements ensanglantés. La pâleur du patient, soulignée par ses taches de rousseur et ses cheveux flamboyants, montrait que l'hémorragie était sévère. Stella se souvint de ce qu'avait dit Therese : « Il s'est présenté. » Comment quelqu'un, surtout aussi jeune, avait pu venir jusqu'ici par ses propres moyens en ayant de telles blessures ?

Elle se tourna vers le médecin de garde qui s'activait au chevet du garçon et qui semblait soulagé d'avoir du renfort.

— Il s'appelle Matthew Jarvis, dit-il, il a dix-sept ans. Il présente des lacérations sur l'épaule droite et sur le haut du bras. Il a perdu beaucoup de sang mais, à présent, c'est sous contrôle. Nous avons mis en place un examen radiographique et une échographie en continu, et rien ne laisse penser que ces blessures soient profondes.

— Bien, je vous remercie.

Elle regarda les radiographies apparaissant sur les écrans et les étudia attentivement.

— Qu'en pensez-vous ? demanda-t-elle à Rob.

Elle tenait à lui laisser formuler le diagnostic. Il esquissa un petit sourire montrant qu'il lui en était reconnaissant. Il se pencha vers les écrans, puis, passant à l'échographie, il manipula les capteurs pour voir l'étendue des coupures et évaluer leur profondeur.

— Il semble qu'aucun tendon ni aucun muscle n'aient été touchés, dit-il, et il n'y a rien dans les plaies.

Il se tourna vers le jeune patient.

— Comment est-ce arrivé, Matthew ?

— Appelez-moi Matt.

Il affichait un air de bravade qui ne faisait que souligner son extrême jeunesse.

— Il y avait des gamins qui jouaient avec des couteaux dans la zone commerciale. Je suis allé les leur enlever.

— Cela témoigne d'un grand esprit civique. Quel genre de couteau était-ce ?

— Ils ressemblaient à des couteaux de chasse. Un type est venu m'aider et quand il a dit qu'il allait appeler la police, les gamins se sont enfuis. Je ne m'étais pas rendu compte qu'ils m'avaient blessé jusqu'à ce que je voie tout ce sang. Quelqu'un m'a amené ici. Il m'a laissé sur le parking, disant qu'il avait des courses à faire.

Quelque chose clochait dans ce récit. Les plaies de Matthew semblaient avoir été faites avec un cutter plutôt qu'avec un couteau. Et comment imaginer qu'on puisse conduire à l'hôpital un blessé grave pour le laisser en plan sur le parking ?

Matthew ne disait pas toute la vérité. Stella croisa le regard de Rob et comprit qu'il était du même avis qu'elle.

— Bien. Merci, Matthew, dit Rob en reportant son attention sur les écrans.

— Qu'en pensez-vous ? lui demanda de nouveau Stella.

— Je vais faire un contrôle visuel, puis je refermerai les plaies. Je ne vois rien qui nécessiterait une intervention chirurgicale.

— Je suis d'accord.

Elle prit la fiche du patient et y nota quelque chose dans la marge avant de la montrer à Rob.

Sécurité ?

Il hocha la tête.

— Je pense comme vous. Allez en parler à Therese.

Son ton était sans réplique. Sa décision était logique. Il allait rester là avec le médecin de garde et les deux infirmières qui s'occupaient de Matthew pendant qu'elle-même irait faire part de leurs soupçons à Therese.

Cependant, il y avait un côté protecteur dans l'attitude de Rob. Il lui adressa un sourire avant de s'approcher de Matthew et de lui demander s'il pouvait examiner ses blessures. Pendant qu'il soulevait doucement le pansement d'une des plaies, le médecin de garde et les deux infirmières s'écartèrent pour lui faire de la place, et Stella sortit précipitamment du box.

Quelque chose ne collait pas dans ce qu'avait dit Matthew. Rob était convaincu que le garçon avait menti. Dans ce genre de situation, les directives de l'hôpital étaient claires : il fallait demander qu'un des agents de sécurité affectés aux urgences monte la garde devant le box au cas où l'on aurait besoin de lui.

Quand Terry, l'agent de sécurité auquel on avait fait appel, eut pris son poste devant le box, Stella rejoignit Rob, et tous deux prodiguèrent leurs soins au blessé comme ils l'auraient fait avec n'importe quel autre patient.

Rob s'était assuré que tout ce qui pourrait servir d'arme se trouvait hors de portée du garçon. Celui-ci était légèrement somnolent en raison des analgésiques qu'il avait reçus avant que ne commencent les sutures des quatre longues entailles marquant son épaule et son bras.

C'était ce genre de défi pour lequel Rob avait vécu, autrefois. En général, ces défis portaient sur les difficultés médicales présentées par le cas particulier d'un patient, mais en l'occurrence, les questions soulevées par le témoignage de Matthew provoquaient chez lui la même excitation que celle qu'il éprouvait quand il travaillait dans cet hôpital, trois ans plus tôt.

— Voilà, c'est fini, Matt. J'ai terminé.

Il était content de constater qu'il n'avait rien perdu de son savoir-faire et qu'il avait su refermer les plaies avec la même habileté qu'autrefois. Matthew ne s'était pas révélé comme le meilleur des patients. Il n'avait pas cessé de se plaindre du temps pris par la pose des sutures, mais Rob en avait aussi connu de pires.

— Je peux y aller, maintenant ? demanda le garçon.

— Pas encore, répondit Stella en prenant une paire de ciseaux chirurgicaux. Je dois couper quelques fils, te faire un pansement et te donner de quoi porter ton bras en écharpe ces jours-ci. Y a-t-il quelqu'un qui pourra s'occuper de toi à la maison ?

— Oui, ma mère. Il faut vraiment que j'y aille. Elle m'attend, elle doit s'inquiéter.

— Et si tu l'appelais ? Peut-être pourra-t-elle venir te chercher ?

— Non, elle ne répond jamais au téléphone. Je vais me débrouiller.

— Si tu veux, nous pouvons t'appeler un taxi. Je ne crois pas que tu puisses rentrer chez toi tout seul. Et il y a autre chose dont j'aimerais discuter avec toi...

Jusqu'à présent, Matthew s'était montré surtout irrité que les soins prennent tant de temps, mais il n'avait pas eu d'attitude hostile. Rob qui n'avait cessé de le surveiller de près s'écarta légèrement pour prendre les pansements dont il couvrirait les blessures.

— Nous avons ici une assistante sociale qui peut dialoguer avec toute personne impliquée dans une attaque au couteau. Si tu veux, je peux la contacter et lui demander si elle serait disponible pour te recevoir.

— Non. Je ne veux pas avoir affaire à des travailleurs sociaux.

— D'accord, dit Rob. Mais je crois que nous devons aussi faire un signalement à la police. Tes blessures sont assez importantes, et ils voudront peut-être recueillir ton témoignage.

— Pas de police.

— C'est important, Matt, dit Stella d'un ton ferme

Matthew se tourna brusquement vers elle.

— Pas de police ! répéta-t-il, devenu soudain agressif.

Stella poussa un cri de surprise lorsque le garçon lui arracha des mains les ciseaux chirurgicaux et que, lui passant un bras autour du cou, il l'attira à lui.

— Matt, pose ces ciseaux, ordonna calmement Rob.

— Pas de police, je vous dis. Et écartez-vous, je veux me tirer d'ici.

— Pas tant que tu n'auras pas posé ces ciseaux et lâché ma collègue. Elle essaie simplement de t'aider, Matt.

— Elle veut faire venir la police. Maintenant, je m'en vais d'ici.

— C'est à toi de décider si nous appelons la police pour ce qui concerne tes plaies. Mais si tu blesses quelqu'un dans ce box ou si tu fais un pas dehors avec ces ciseaux dans ta main, alors tout sera différent. Ce n'est plus toi qui décideras quoi que ce soit.

Rob voyait que Stella était terrifiée, même si elle essayait de ne pas le montrer. Le bouton d'alarme n'était qu'à deux pas de lui, mais il ne pouvait pas prendre le risque de s'en approcher. Matthew appuyait les ciseaux sur le cou de Stella qui gémit en sentant l'acier froid contre sa peau.

— Pose les ciseaux, Matt. Laisse-la partir.

— Et après ?

— Après, je poserai un pansement sur tes blessures et je te mettrai le bras en écharpe. Ensuite, tu pourras aller où tu veux.

C'était un mensonge. Mais Rob était prêt à jurer n'importe quoi si cela permettait d'écarter Stella de Matthew.

— D'accord, dit le garçon. Donnez-moi juste l'écharpe, ça suffira. Et après, je m'en vais.

— Libère-la d'abord, Matt. C'est comme ça que ça marche. Je ne pourrai rien pour toi tant que tu ne l'auras pas lâchée.

Les ciseaux tombèrent par terre, et Stella se retrouva soudain dans les bras de Rob dont la première réaction fut de l'éloigner de Matthew. Il l'entraîna hors du box et quand Terry, l'agent de sécurité qui se tenait devant la porte, les vit apparaître, il se leva d'un bond.

Rob n'avait pas oublié la procédure. Elle était gravée dans son esprit. Se tenant dans l'embrasure de la porte afin de garder un œil sur Matthew, il communiqua rapidement le code signalant une agression contre un membre du personnel. Terry hocha la tête et, en baissant la voix, il envoya un message radio au centre de sécurité de l'hôpital.

— Reculez, s'il vous plaît, dit-il à Rob qui se mit sur le côté.

Quand Matthew le vit entrer dans le box, la vue de ce colosse suffit à le faire s'asseoir sur le lit, se tenant l'épaule en poussant des grognements de douleur.

Sachant que maintenant la situation était sous contrôle, Rob put enfin se concentrer uniquement sur Stella. Comme elle s'accrochait à lui, il lui passa son bras autour des épaules, essayant de la réconforter. C'est alors qu'il la vit se tâter le cou, cherchant…

— Tout va bien, Stella. Il ne vous a pas blessée. C'est le côté émoussé des ciseaux qu'il vous a appuyé sur la peau.

Les bords extérieurs des ciseaux étaient arrondis et conçus pour ne pas couper.

— Je croyais… C'est stupide, conclut-elle en tentant d'esquisser un sourire.

— Ce n'est pas stupide du tout. Vous ne pouviez pas le savoir. Tenez bon, nous allons bientôt sortir d'ici.

Une vague d'inquiétude avait traversé le service des urgences lorsque l'alerte avait été donnée. Un autre agent de sécurité et un médecin arrivaient en courant. Ils rejoignirent Terry au moment où il pénétrait dans le box. Et ils refermèrent la porte derrière eux.

Le service continuait de fonctionner, tous les soignants faisant de leur mieux pour maintenir un climat de calme et garder le contrôle. Rob avait l'impression de sortir d'un mauvais rêve.

— Rob… assurez-vous qu'il va bien… il ne faut pas qu'on lui fasse du mal, dit Stella en s'accrochant à son bras.

— Personne ne lui fera de mal. Ils s'assurent que tout le monde soit en sécurité, y compris lui.

Therese arriva vers eux en courant, l'air soucieux.

— Est-ce que vous allez bien, vous deux ?

— Mais oui, répondit Stella en s'écartant de Rob.

Elle l'avait presque repoussé. Le calme dont elle faisait brusquement preuve était des plus inquiétants.

— Je vais monter un moment dans mon bureau, poursuivit-elle en s'éloignant.

Therese la regarda partir.

— Elle est en état de choc, dit-elle, constatant ce qui était une évidence. Je vais avec elle.

Rob la vit rejoindre Stella, puis les deux femmes franchirent les doubles portes du service des urgences et se dirigèrent vers les ascenseurs. Il savait que Therese prendrait soin de Stella, mais il aurait nettement préféré être à sa place et se trouver à côté de la jeune femme en cet instant.

Mais elle lui avait demandé de veiller à ce que tout se passe bien pour Matthew. Il était médecin et sa mission, ici, était d'achever de soigner ce garçon avant d'aller retrouver Stella. Il secoua la tête, et ce fut à regret qu'il retourna dans le box.

Une demi-heure plus tard, Rob put passer le relais à un médecin urgentiste. Il venait de donner son témoignage à la police, racontant tout ce qui s'était passé dans le box, quand il vit Therese venir vers lui. Elle l'entraîna dans un box inoccupé.

— Comment va Stella ? demanda-t-il aussitôt.

Therese s'assit sur une chaise et l'invita à en faire autant.

— Elle est très secouée, mais elle va bien et elle gérera la situation à sa manière.

— C'est-à-dire ?

— Eh bien, pour le moment, elle est assise dans son bureau et fait semblant de travailler. Je lui ai préparé une tasse de thé et je suis restée avec elle pendant que la police prenait sa déposition. Et maintenant Phil Chamberlain garde un œil sur elle.

— Elle est donc seule, à présent ?

— C'est ce qu'elle voulait, Rob. Il faut lui laisser le temps de réfléchir, et elle pourra alors comprendre qu'elle n'est en rien responsable de ce qui est arrivé.

— Ce n'est pas la faute de Stella. C'est la mienne. Si je m'étais montré plus rapide, j'aurais pu arrêter ce garçon.

Therese leva les yeux au ciel.

— Vous vous entendez parler ? Ce n'est ni la faute de Stella, ni la vôtre. Nous avons affaire tous les jours à des personnes qui sont en pleine crise, et ce genre de chose arrive. L'essentiel, c'est que personne n'a été blessé.

— Alors, vous trouvez que je me comporte comme un idiot ?

Il l'avait toujours appréciée et respectée et il accordait beaucoup d'importance à son jugement.

— Oui et non, répondit-elle. Oui, parce qu'il est évident que vous n'avez rien à vous reprocher. Et non, parce que, avec du recul, il est naturel que vous soyez persuadé que vous auriez pu faire quelque chose qui aurait empêché que tout cela n'arrive.

Elle se pencha vers lui, cherchant clairement à capter son attention.

— C'est pour cette raison que la politique de l'hôpital est de mettre un psychologue à la disposition de tout membre du personnel impliqué dans des incidents de ce genre.

— Je n'ai pas besoin...

Il se tut avant de tomber dans le piège.

— J'imagine que c'est aussi ce qu'a répondu Stella.

— Pas tout à fait. Stella a terminé sa phrase. Vous, au moins, vous avez l'intelligence de comprendre que cette politique a une raison d'être.

Rob s'adossa à sa chaise.

— Je sais ce qui se passe quand on essaie de refouler ses émotions. Je suis bien placé pour le savoir.

— Oui, c'est vrai. Je ne vous ai jamais dit à quel point j'étais désolée de ce qui vous était arrivé, Rob. Cela fait vraiment plaisir que vous soyez de retour.

— Je n'ai jamais laissé personne essayer de m'aider, et maintenant je le regrette vraiment. Je suis heureux d'être revenu ici.

Rob savait ce qu'il lui restait à faire. Il était la preuve vivante de la force destructrice du stress si l'on ne faisait rien pour y remédier.

— Vous restez quelque temps dans les parages ? demanda Therese.

— Assez longtemps pour vous offrir une bière un de ces soirs… s'il n'est pas trop tard pour vous faire ce genre de proposition ?

Peut-être avait-il tout gâché, trois ans auparavant, en s'en allant sans rien dire à personne.

Therese sourit.

— Vous m'offrirez des chips ?

— C'est comme si c'était fait. On dit qu'on se voit la semaine prochaine ? Là, j'ai quelque chose à faire.

— Oui, très bien. À la semaine prochaine.

Assise à son bureau, Stella regardait fixement sa tasse de thé qui commençait à refroidir.

Elle avait eu envie de se blottir contre Rob, mais la honte et la gêne l'en avaient empêchée. Elle s'était montrée si stupide. Pourquoi ne s'était-elle pas tenue plus à l'écart de Matthew alors qu'elle savait que quelque chose clochait dans l'histoire qu'il leur avait racontée ? Pourquoi n'avait-elle pas posé les ciseaux avant de parler d'appeler la police… ?

Les ciseaux. Elle sentait encore le froid de l'acier sur son cou. Elle n'avait pu se résoudre à croire qu'elle était devenue subitement l'héroïne de l'une de ces histoires qui arrivaient de temps en temps aux urgences, et elle n'arrivait pas à sortir de ce cauchemar.

Elle avait essayé de ne pas pleurer et de ne pas trop se débattre, car Matthew était étonnamment costaud. Elle avait plongé dans le regard de Rob, comprenant qu'il était le seul à pouvoir la sortir de cette situation. Et elle l'avait entendu répéter toujours les mêmes mots, jusqu'à ce que Matthew les entende : « Pose ces ciseaux…

laisse partir ma collègue. » Il fallait qu'elle se ressaisisse et qu'elle aille le retrouver. Elle lui présenterait ses excuses, en espérant qu'ils pourraient tourner la page. Pas tout de suite, mais bientôt...

On frappa à la porte. Phil, sans doute. Il avait chassé tout le monde et pris l'initiative de venir la voir de temps en temps. Elle esquissa un sourire, avec l'espoir qu'il transparaîtrait dans sa voix lorsqu'elle lui lancerait à travers la porte que tout allait bien.

Trop tard. Quelqu'un entra dans la pièce. C'était Rob, tenant dans ses mains deux tasses de thé. Il en posa une devant Stella après avoir débarrassé le bureau de celle où le thé avait refroidi.

— J'ai pensé que vous aimeriez quelque chose d'un peu plus fort et de moins sucré, dit-il.

Stella hocha la tête et prit une gorgée du thé chaud.

— Merci. C'est bien meilleur. Comment va Matthew ?

— D'un point de vue médical, il va bien. Personne ne comprend comment il a réussi à agir comme il l'a fait, avec toutes ces blessures et la dose d'analgésiques qu'il avait reçue, mais à présent il est calme et se repose. Il a été placé en observation. Cependant, il va avoir des ennuis.

— Je ne compte pas porter plainte, affirma Stella.

— Cela ne changera rien. Vous savez que l'hôpital ne tolère aucune violence, et la scène s'est déroulée dans ses locaux. Mais Matthew a un autre problème, autrement plus grave. Un autre garçon de dix-sept ans se trouve aux urgences d'un hôpital de Richmond. Il présente le même genre de blessures que Matthew, sauf qu'elles sont au visage et sur la jambe.

— Y a-t-il un rapport entre ces deux histoires ?

— Oui. Apparemment, Matthew s'est disputé avec cet autre garçon, et ils ont décidé de régler cela à coups de poing. Les cutters étaient là pour mettre un peu de piment dans la bagarre et non pour infliger de vraies blessures, mais les choses ont mal tourné. Quelqu'un a appelé les parents des gamins. Ce sont eux qui ont pris la très mauvaise décision de les conduire dans deux hôpitaux différents dans l'espoir qu'ils soient soignés et libérés avant que quelqu'un ne fasse le rapprochement entre les deux garçons.

— C'est complètement idiot !

Mais cela aurait pu marcher.

— Oui, confirma Rob. Si ces deux jeunes ont peut-être des excuses pour s'être comportés aussi stupidement, en revanche les parents... En fait, ils cherchaient à leur éviter des ennuis.

— Que va-t-il leur arriver ?

— Je ne sais pas. Ce n'est plus de notre ressort, à présent. Buvez un peu de thé, ajouta-t-il d'une voix devenue soudain presque tendre.

Stella sentit venir les larmes. Elle voulait à tout prix éviter de pleurer devant Rob. Mais il ne parut rien remarquer. Il lui fit signe de boire une gorgée, et elle obéit. Cela lui fit du bien, et elle en prit une autre.

— Voilà ce qui va se passer..., commença-t-il.

— C'est ma faute, Rob, j'ai très mal géré la situation. Je n'ai plus qu'à m'excuser, en m'efforçant de faire mieux la prochaine fois.

— Je ressens la même chose que vous, dit Rob. Je m'en veux de n'avoir pas été assez rapide et de n'avoir pas réussi à jeter Matthew au sol avant qu'il ne vous menace avec ces ciseaux. Nous pouvons nous dire tous les deux que nous aurions pu mieux faire, et peut-être avons-nous raison. Ou peut-être pas. Il était de notre devoir d'informer la police de la nature des blessures de ce garçon, cela fait partie de notre travail.

— Peut-être aurais-je dû appeler Terry...

— C'est vrai, Terry est un type bien, mais faire surveiller nos patients par un agent de sécurité d'un mètre quatre-vingt-cinq, est-ce vraiment la bonne solution ? Croyez-moi, Stella, ajouta-t-il en se penchant vers elle, la regardant les yeux dans les yeux. Il ne s'agit pas là d'une opinion, mais d'un fait. Ce qui s'est passé n'est pas votre faute.

Il semblait si convaincu qu'elle se sentit mieux. Elle avait besoin de le voir sûr de lui. Elle but une nouvelle gorgée de thé. Il était chaud et réconfortant et, maintenant, elle avait l'impression d'être plus forte.

— Plaquer Matthew au sol n'aurait pas été une solution, Rob. Vous avez parfaitement su désamorcer la situation en lui parlant.

Comme il portait sa tasse à ses lèvres, elle vit qu'il avait la main qui tremblait légèrement.

— Merci, dit-il.

— En avons-nous fini avec cette histoire, maintenant ?

Elle l'espérait. Elle rêvait de pouvoir s'en aller en laissant tout cela derrière eux.

— C'est loin d'être terminé. Je sais ce que c'est quand il arrive quelque chose et qu'on essaye de l'enfouir en nous, en faisant comme s'il ne s'était rien passé. Au début, ça marche, et on continue jusqu'au jour où l'on ne peut plus contenir tout ce chagrin et cette douleur. Et tout explose.

Il parlait de lui. Revivant ses propres souvenirs et les erreurs qu'il savait avoir commises.

— Vous êtes en train de me dire que nous devons régler tout cela ?

— Oui, il le faut. Vous avez vécu une expérience terrifiante, vous vous êtes trouvée dans une situation où vous ne pouviez plus rien contrôler.

Il marqua une pause et, prenant un mouchoir en papier dans la boîte posée sur le bureau, il le tendit à Stella qui ne s'était même pas rendu compte qu'elle pleurait. Elle saisit le mouchoir et s'essuya les joues, mais il lui était de plus en plus difficile de retenir ses larmes.

— Phil a dû vous suggérer de rentrer chez vous, continua Rob. C'est aussi ce qu'il m'a conseillé de faire quand je l'ai vu alors que je me dirigeais vers votre bureau. Je vais appeler un taxi et vous raccompagner. Vous pourrez vous mettre en pyjama et manger une glace…

Stella sourit.

— Et cela changera tout, n'est-ce pas ?

C'était ce qui arrivait dans certains films. L'héroïne, assise sur un canapé, se réconfortait en dévorant un pot de crème glacée. Au moins Rob avait-il eu la bonne idée de ne pas mentionner la présence de la meilleure amie, car c'était lui, et personne d'autre, qu'elle avait vraiment envie d'avoir auprès d'elle en ce moment.

— Peut-être que oui, peut-être que non, dit-il. Ce qui changera vraiment les choses, c'est que vous preniez rendez-vous avec le psychologue de l'hôpital dès demain matin. À la première heure.

— Vraiment ? Faites ce que je dis et pas ce que je fais, c'est ça ? lança-t-elle en fronçant le nez.

Elle doutait fort que sa remarque ait une quelconque influence sur lui.

— Si vous croyez que vous allez vous servir de mes arbres fruitiers en guise de thérapie, répondit Rob, il ne faut pas y songer. Et même si je suis absolument convaincu que je ne tirerai aucun bénéfice de ces entretiens, je peux toujours y apprendre quelque chose. Et sans doute vous aussi.

Elle poussa un soupir.

— Bon, d'accord. Je le ferai si, vous, vous le faites aussi.

— Bien. Nous ferons cela tous les deux. Et après, nous comparerons nos notes.

Le lendemain semblait très éloigné, pour l'instant. Et Stella ne savait même pas comment elle allait passer la soirée.

— Voulez-vous manger quelque chose avant de rentrer chez vous ? proposa Rob. Je vais passer la nuit chez ma sœur, à Clapham. Ils ne sont pas là en ce moment, mais j'ai les clés de la maison. Et Emma s'occupe de Sophie. Je n'ai donc pas de train à prendre ce soir.

Il se montrait prudent. Le fait d'avoir un endroit où dormir ôtait toute ambiguïté à sa proposition. Il pouvait, pour un soir, être le meilleur ami, sans être un amant.

En tout cas, il était là pour elle.

— Vous n'allez pas m'abandonner, n'est-ce pas ? dit-elle, essayant de plaisanter.

— Non.

Son regard et ce seul mot disaient tout.

5

Ils avaient renoncé à dîner au restaurant, préférant acheter des plats à emporter et les manger chez Stella.

Lorsqu'elle le fit entrer dans son appartement situé au troisième étage de l'immeuble, elle s'excusa presque.

— Un de ces jours, il faudra que je songe à mettre quelques bibelots pour décorer cette pièce, dit-elle avec un petit rire gêné alors qu'ils pénétraient dans le salon.

Rob trouvait l'endroit lumineux sous le soleil de cette fin d'après-midi, et très bien aménagé.

— À quoi bon ? dit-il. Ce sont des nids à poussière qui ne servent à rien. On a besoin d'avoir une femme de ménage quand on accumule autant d'objets que moi.

— Je ne trouve pas que votre maison soit encombrée. Surprenante, peut-être. Intéressante.

La maison de Rob était son refuge. Le lieu qu'il avait fait sien pour s'aventurer dans une nouvelle vie, une vie qui lui convenait mieux. Il y avait déposé toutes ses douleurs comme toutes les bonnes choses. L'appartement de Stella était bien différent, comme une feuille blanche. On ne pouvait y deviner ni ses doutes ni ses erreurs.

— J'aime vraiment beaucoup votre logis. C'est calme.

Les teintes pastel, essentiellement des couleurs crème avec

une pointe de bleu, ne disaient rien de la vie de Stella, donnant simplement le sentiment que seul comptait l'instant présent.

Elle lui lança un regard amusé.

— Vous voulez dire qu'il manque de personnalité ?

— Il offre beaucoup de place à la vôtre, répondit-il en souriant.

Il avait l'impression qu'ici, ils pourraient se croire seuls au monde tous les deux, s'ils le voulaient. Rien ne viendrait les séparer, car ils seraient à l'abri du bruit de fond imposé par la vie quotidienne.

Il était en train d'apprendre à mieux la connaître. Sa cuisine était aussi nette que le reste de l'appartement. Elle aimait manger pas trop épicé et appréciait la même bière blonde, peu alcoolisée, que celle qu'il buvait.

Et lorsqu'ils allèrent s'asseoir sur le canapé du salon, elle n'eut pas le réflexe d'allumer aussitôt la télévision. Il semblait qu'elle avait pris comme lui l'habitude de passer ses soirées en tête à tête avec elle-même.

Il se demanda si c'était le bon moment pour suggérer de manger une glace.

— Vous savez, dit Stella, il y a des jours comme celui-ci où l'on serait content de retrouver quelqu'un à la maison quand on rentre chez soi le soir. Merci d'être là, Rob, conclut-elle en souriant.

— Avec plaisir. Moi aussi, j'avais besoin de compagnie.

Retrouver quelqu'un à la maison quand on rentre chez soi le soir ne correspondait pas toujours à ce qu'on peut croire. Quand il était marié, il se dépêchait souvent de rentrer pour ressortir presque aussitôt et passer la soirée ailleurs.

— Ma mère m'a avoué quelque chose récemment, reprit Stella. Elle m'a dit qu'elle savait toujours quand papa avait eu une mauvaise journée, car dans ce cas il montait directement dans nos chambres et restait assis dix minutes près de nos lits en nous regardant dormir. Je ne m'en étais jamais aperçu. J'imagine que le simple fait d'être chez lui, avec sa famille, lui permettait de remettre les choses en perspective.

Elle lui jeta un regard interrogateur, comme pour lui demander ce qu'il en pensait.

— Je ne sais pas, dit-il. Lorsque Kate et moi nous étions mariés, nous ne prenions guère le temps de nous arrêter et de faire le point. C'était bien là le problème.

Il s'était confié à Stella, qu'il connaissait depuis très peu de temps, bien plus qu'il ne l'avait fait avec Kate durant toute leur vie commune.

— Vous m'étonnez, commenta Stella.

Elle ne posait pas de question, mais il eut envie malgré tout de lui donner une réponse.

— Kate et moi, nous nous sommes mariés dès la fin de mes études. Elle savait que je travaillais beaucoup et que cela ne changerait jamais, mais c'était différent à l'époque. Nous ne nous posions pas beaucoup de questions. Et puis, de plus en plus d'opportunités se sont présentées à moi dans ma carrière et j'ai fini par me laisser aspirer par tout ça, l'enseignement, la recherche de nouvelles techniques... vous voyez...

— C'est pour cette raison que vous êtes si compétent dans ce que vous faites. Vous ne lâchez jamais rien.

Il y avait une lueur de malice dans son regard.

— Oui, mais il y a aussi le revers de la médaille. Je n'ai pas votre concentration.

— Pourtant, vous savez vivre. Parfois, je me demande si ma vie à moi n'est pas un peu vide.

— Vous n'avez jamais songé à vous marier ?

— Si, il y a longtemps. Mais j'en demandais trop.

— Je vois très bien ce que vous voulez dire.

— Quand j'étais étudiante, cela ne durait jamais bien longtemps avec mes petits amis parce qu'ils trouvaient que je travaillais trop et que je n'étais pas assez disponible pour eux. Et puis, un jour, j'ai rencontré quelqu'un pour qui cela ne semblait pas être un problème.

— Cela arrive parfois.

— Comme l'ont prouvé mes parents. J'étais ravie, je pensais avoir trouvé l'homme idéal. Jusqu'au jour où j'ai découvert qu'il profitait des soirées où j'étais à l'hôpital pour sortir avec d'autres femmes et s'offrir du bon temps.

— C'est… Vous méritez beaucoup mieux que cela, Stella.

— C'est aussi ce que j'ai pensé. Je n'ai jamais regretté d'avoir rompu avec lui, mais mon rêve s'est écroulé. J'ai perdu mes illusions.

Soudain, elle sourit et lui posa la main sur le bras. Il eut l'impression de recevoir un choc électrique.

— Et mes notes ont baissé, ajouta-t-elle.

Il n'osait bouger, de peur de rompre le contact.

— J'en suis arrivée à la conclusion que je pouvais faire tout ce que je voulais, mais que je devais faire des choix. Vous voyez ce que je veux dire ?

— Bizarrement, oui, je vois très bien.

— Et j'ai décidé que ce que je voulais, c'était me consacrer à la chirurgie. Le plaisir que j'éprouve à modifier des vies.

Là encore, il comprenait parfaitement ce qu'elle voulait dire. Comme elle retirait sa main, il eut l'impression que cela laissait un grand vide en lui.

— Et vous ne l'avez jamais regretté ? demanda-t-il.

— Non.

Elle réfléchit un bref instant.

— Pendant 99 % du temps. Et cela tombe à 90 % certains soirs comme celui-ci.

Si seulement il pouvait l'amener à penser différemment…

Pas ce soir. Elle était vulnérable, et ce n'était pas le moment pour elle de prendre des décisions qu'elle pourrait ensuite regretter.

— Avons-nous vraiment besoin de manger une glace ? demanda-t-il en souriant.

Il voulait plus que tout aider Stella à se sentir mieux après la terrible expérience qu'elle venait de vivre.

— Mais oui ! dit-elle en souriant. Ce serait parfait.

— En avez-vous dans le freezer ? Ou voulez-vous que j'en commande ?

— Et si nous allions en chercher dehors et que nous revenions les manger ici, sur le canapé ? J'irai bien faire une petite promenade.

Il était prêt à céder à toutes ses envies. Et manger une glace assis côte à côte sur le canapé ferait d'eux les meilleurs amis du monde pour un soir.

— Moi aussi, dit-il.

Ils marchèrent jusqu'au glacier et, après avoir pris tout leur temps pour faire leur choix, ils revinrent déguster leur crème glacée dans le salon. Le moment était agréable et convivial, et Rob oublia presque toutes les questions restées sans réponse qu'il se posait sur sa relation avec Stella. Il ne se demandait plus où elle les mènerait ni comment elle évoluerait. Ni s'il se pourrait que l'un ou l'autre change au point qu'ils deviennent autre chose que des amis.

— Pensez-vous que Clapham puisse se passer de vous pour un soir ? C'est un canapé-lit, dit Stella en tapotant le coussin posé à côté d'elle.

Elle venait de terminer son pot de glace et regardait sa montre. Il n'aurait su dire si elle voulait lui épargner de faire le voyage ou bien si elle avait vraiment envie d'avoir quelqu'un près d'elle ce soir.

— Ce sera difficile, répondit-il, mais Clapham se fera une raison.

Si sa présence permettait à Stella de se sentir rassurée et de trouver le sommeil, alors il n'y avait pas à hésiter.

Il était fatigué, et le canapé-lit lui parut confortable, si bien qu'il s'endormit facilement après que Stella fut partie se coucher. Mais le moindre bruit le réveillait : l'accélération d'une voiture dans la rue, le claquement d'une porte quelque part dans l'immeuble… Et, aux premières heures du jour, il entendit ce que son esprit endormi n'avait cessé d'attendre : le bruit d'une porte qui s'ouvrait doucement. Et puis plus rien. La pièce était sombre, mais il entendait Stella respirer. Elle avait le souffle court et saccadé, comme si elle pleurait.

— Hé, est-ce que ça va ?

— Oui. Désolée de vous avoir réveillé. Je retourne me coucher.

Non. Il n'allait certainement pas la laisser repartir maintenant alors qu'il la sentait au bord des larmes.

— Pourquoi n'entrez-vous pas ?

Silence. Il la sentait hésiter. Comment lui faire comprendre qu'il était là pour elle ? Devait-il se lever, ou même aller jusqu'à la porte ? Mais peut-être avait-elle déjà regagné sa chambre ?

Il la vit alors s'avancer sans bruit sur la moquette. À la lueur des lampadaires qui filtrait à travers les rideaux, il aperçut sa frêle silhouette enveloppée dans quelque chose qui lui couvrait les épaules et lui donnait l'air d'être encore plus petite, plus fragile.

Cette image lui rappela sa nièce qui, serrant contre elle son ours en peluche était entrée un soir dans la chambre où il dormait pour lui dire qu'elle avait entendu des bruits bizarres dans la maison et qu'elle avait peur. Il était resté éveillé toute la nuit auprès de la petite Grace, chassant ses craintes, permettant ainsi à sa sœur et à son beau-frère de profiter d'une bonne nuit de sommeil pendant le week-end qu'ils passaient chez lui.

Certes, Stella n'avait pas d'ours en peluche dans les bras, mais il ressentait le même besoin de la protéger. Comme s'il pouvait, d'une manière ou d'une autre, la mettre à l'abri du danger.

— Vous voulez venir vous asseoir… ?

Elle s'approcha et se mit à l'autre bout du canapé-lit, se perchant tout au bord.

— Est-ce que nous… pourrions juste parler un peu ?

— Bien sûr, dit-il en se redressant légèrement et s'appuyant sur son coude. De quoi voudriez-vous qu'on parle ?

Elle haussa les épaules.

— Je ne sais pas très bien.

— Peut-être pourriez-vous vous installer un peu plus confortablement pendant que vous y réfléchissez ?

Elle hésita de nouveau. Et puis, soudain, elle bougea, l'air très sûre d'elle. Glissant le long du canapé, elle s'allongea sur la couette, tout près de lui. Rob l'entoura de ses bras, rabattant un peu l'épais couvre-lit qu'elle avait enroulé autour de ses épaules, afin qu'il lui couvre les jambes et la tienne au chaud.

— C'est gentil, dit-elle.

Encouragé par ces simples mots, il l'attira contre lui. Il sentait le parfum de ses cheveux, chacune de ses respirations. Et puis, comme si elle avait attendu le moment où elle aurait enfin trouvé la place qui lui donnerait le sentiment d'être en sécurité, elle se mit à pleurer.

— Désolée..., balbutia-t-elle en essuyant ses larmes du revers de la main.

— Il ne faut pas. Tout va bien.

Il retint son souffle quand il sentit les doigts de Stella s'enrouler autour des siens et s'accrocher à lui tandis qu'elle pleurait sans tenter de se retenir.

Ils avaient dû finir par s'endormir. Rob s'était réveillé à plusieurs reprises et, à chaque fois, Stella était encore dans ses bras, dormant paisiblement. Et, bercé par le doux rythme de son souffle, il se rendormait.

Ce fut un énorme bruit venu de la cuisine, située juste à côté du salon, qui le réveilla.

— Tout va bien ? cria-t-il en se redressant brusquement.

— Oui, lança Stella à travers la porte ouverte. Désolée, je vous ai réveillé ?

Rob consulta sa montre. Le bruit qu'il avait entendu ressemblait à celui que ferait une pile de moules à pâtisserie en tombant sur le carrelage. Ou bien Stella avait décidé de faire des gâteaux à 7 h 30 du matin, ou bien c'était une façon de le faire sortir du lit. Il se leva, attrapa ses vêtements et se rendit dans la salle de bains.

Lorsqu'il la rejoignit, elle était assise à la table placée près de la fenêtre au fond de la cuisine, devant une tasse de café. En face d'elle, un autre couvert était mis, avec une tasse de café fumant et des toasts.

— Bonjour, dit-il en s'asseyant devant la tasse de café qu'elle lui avait préparée.

— Des toasts, ça vous va ? Je n'ai rien d'autre.

Il sourit.

— C'est parfait. Quand je travaille, je me contente généralement d'une poignée de céréales que je grignote en allant prendre ma voiture.

— Avec des fraises, c'est excellent. Mais peut-être un peu salissant quand on conduit.

— C'est vrai, mais pas aussi bruyant que de faire des toasts.

Elle le regarda un moment, puis se mit à rire.

— Exact. Mais je ne savais pas si vous aviez un réveil avec vous pour vous sortir du lit.

Et elle n'avait pas voulu retourner dans le salon. Cela se comprenait. La nuit dernière... eh bien, cela restait la nuit dernière.

Rob s'empara du pot de marmelade pour en étaler sur son toast tandis que Stella se levait afin de se servir un autre café.

— J'imagine que..., commença-t-elle, évitant de le regarder. Nous ne sommes pas obligés de tout dire à un psychologue, n'est-ce pas ? Je parle de ce qui s'est passé cette nuit.

— Nous ne sommes obligés à rien du tout. Ne lui dites que ce que vous voulez lui dire.

C'était bien qu'elle souhaite que personne d'autre ne soit au courant. Il partageait sa position. Parce que ce qui s'était passé était extraordinaire.

— Pour ma part, ajouta-t-il, je n'en parlerai pas.

— Moi non plus.

— Ce n'est pas pertinent...

Peut-être était-ce le moment de lui dire ce qu'il ressentait vraiment. Et si Stella ne partageait pas ses sentiments, eh bien, ce n'était pas grave.

— La nuit dernière a été unique en son genre. Cela signifiait beaucoup pour moi que vous ayez souhaité que je reste près de vous. Après tout ce qui est arrivé hier.

Soudain, elle sourit et revint s'asseoir en face de lui.

— Pour moi aussi, cela signifiait beaucoup, Rob. Je ne pouvais pas dormir et…

— Oui, je sais. Moi aussi, j'avais besoin de compagnie.

— Merci.

Leurs regards se croisèrent. C'était comme s'ils s'étaient dit tout ce qu'ils avaient à dire.

La situation aurait peut-être été moins gênante s'ils avaient simplement fait l'amour la nuit dernière. Peut-être y auraient-ils accordé moins d'importance et, bien sûr, ils auraient gardé cela pour eux. Mais, là, c'était différent. Il s'était établi entre eux une sorte de proximité qui n'avait rien de physique, mais qui était d'ordre émotionnel.

— Je dois voir si le psychologue de l'hôpital est libre ce matin car j'opère aujourd'hui, dit Stella qui semblait avoir retrouvé son enthousiasme.

— Est-ce une façon de m'inviter à venir vous voir opérer ?

Elle éclata de rire.

— Avez-vous besoin d'une invitation, Rob ?

— C'est la coutume.

— Dans la plupart des cas, oui, j'imagine. Mais la porte de ma salle d'opération vous est toujours ouverte.

— Eh bien alors… à quelle heure ? J'ai très envie de voir ce que vous pouvez faire.

Il savait qu'elle prendrait cela pour un défi.

— Peut-être ai-je très envie, moi, de voir ce que vous pouvez faire.

Il s'attendait à cette réponse.

— L'équipe se réunira avant le déjeuner afin que nous puissions commencer dès 14 heures, poursuivit-elle. Ne soyez pas en retard, s'il vous plaît, ou bien je devrai commencer sans vous.

— J'y serai.

Stella s'était sentie en sécurité dans les bras de Rob et elle avait du mal à l'oublier. C'était comme un rêve qui refusait obstinément de disparaître avec la lumière du jour.

Phil avait déjà alerté le psychologue de l'hôpital, pensant probablement que ce serait dur de les convaincre de prendre rendez-vous. Mais Rob se rendit à la consultation et, à son retour, il convainquit Stella d'en faire autant en lui murmurant juste quelques mots : « Il faut lui laisser sa chance. »

C'était ce qu'elle avait fait, et cet entretien l'avait aidée plus qu'elle ne s'y était attendue.

À présent, sa principale préoccupation était le comportement d'une étudiante nommée Ottilie. Au bloc opératoire, les étudiants étaient censés se montrer discrets, le patient étant au cœur de l'attention de toute l'équipe chirurgicale. Les deux interventions que Stella devait faire cet après-midi ne présentaient aucune difficulté particulière et elle n'avait aucune inquiétude au sujet de ses patients. Pour ce qui était d'Ottilie, en revanche…

Cette jeune femme avait un gros potentiel et elle était indiscutablement très brillante et pleine d'enthousiasme. La plupart des étudiants parvenaient à surmonter leur nervosité quand ils étaient au bloc opératoire, mais Ottilie semblait chaque fois plus agitée, cherchant tout le temps à intervenir, poussée par son trop grand désir d'aider. Elle avait fini par se mettre tout le monde à dos, bien que l'équipe de Stella soit formidable et, en général, toute prête à soutenir les étudiants.

Stella avait déjà pris Ottilie à part pour lui expliquer le plus gentiment possible que, en salle d'opération, un étudiant devait avant tout se tenir à l'écart pour ne gêner personne et faire ce qu'on lui disait. Ottilie lui avait présenté ses excuses et promis de mieux se comporter à l'avenir. Mais la fois suivante, alors qu'elle assistait de nouveau à une opération, elle avait fondu en larmes pour avoir subi une remarque sévère de la part de l'infirmier en chef.

Stella n'en faisait aucun reproche à Martin. Il régnait toujours une forte pression dans une salle d'opération, et il était crucial que tout se passe bien. Alors que Martin vérifiait la liste de tous les instruments qui seraient utilisés au cours de l'intervention, Ottilie avait eu le tort de se tenir derrière lui en effectuant le même décompte, même si c'était à mi-voix.

Stella avait été forcée de lui demander de quitter la salle, et elle l'avait retrouvée plus tard en train de pleurer à chaudes larmes dans le vestiaire. Elle avait alors essayé de lui expliquer une nouvelle fois, de façon ferme mais gentille, comment elle devait se conduire au bloc opératoire, mais cet après-midi serait pour Ottilie sa dernière chance. Aucun autre chirurgien du service n'acceptait sa présence lors d'une opération, et Stella commençait à se ranger à leur avis, même si elle le regrettait.

Ottilie avait assisté à la réunion de l'équipe et, comme d'habitude, elle avait pris beaucoup de notes. Stella espérait que, cette fois, tout se passerait bien, mais elle n'était guère optimiste en voyant que tout le monde ignorait l'étudiante.

— Voulez-vous que je garde un œil sur Ottilie ? lui demanda Rob.

La pièce s'était vidée, et il se retrouvait seul avec Stella.

— Ce n'est pas pour cela que vous êtes ici, Rob. J'ai passé beaucoup de temps à lui expliquer comment elle devait se comporter au bloc opératoire. Je ne veux pas être impitoyable…, ajouta-t-elle en se mordant la lèvre.

— Pourtant, il le faut. Il est de votre ressort de ne laisser personne compromettre le bien-être du patient.

Il semblait avoir bien compris le problème.

— J'ai été beaucoup aidée quand j'étais étudiante. Mon père m'a expliqué ce qu'on attendait de moi lorsque j'ai commencé à assister à des opérations. Il m'a même entraînée, organisant à la maison des séances pendant lesquelles il m'aboyait dessus. Je l'ai découvert alors sous un autre jour.

— Et vous, vous ne savez pas comment venir en aide à Ottilie ? Mais ce n'est pas pour cela que vous êtes ici. Moi, en revanche, j'ai plus de liberté que vous pour le faire.

Stella leva les yeux au ciel.

— Croyez-moi, j'en suis consciente. Mais, dites-moi, comment connaissez-vous les problèmes que pose Ottilie ?

Il n'était là que depuis quelques jours et il semblait déjà être plus au courant qu'elle de ce qui se passait dans le service.

— Pour savoir comment les choses se passent, il faut simplement prendre le temps de parler avec les gens. Et j'aime beaucoup cela.

— Et vous avez envie de faire vos preuves ?

À cet égard, Rob n'était pas très différent d'Ottilie, mais il s'y prenait mieux qu'elle.

— Oui, aussi, dit-il en souriant. Je suis vraiment trop transparent.

— Je vais vous faire une dernière proposition, alors.

— J'espère qu'elle est bonne…

— Je ne vais pas vous demander de vous charger d'Ottilie, parce que ce n'est pas pour cela qu'on vous a invité à venir ici. Mais si vous parvenez à l'orienter dans la bonne direction, toute l'équipe sera grandement soulagée, et je vous en serai personnellement très reconnaissante.

Rob fit mine de réfléchir un instant.

— D'accord. Content de me plier aux ordres, *boss* !

— Ne m'appelez pas *boss*, Rob ! Surtout quand vous faites exclusivement ce que vous voulez…

Si Stella avait craint de s'être montrée trop dure avec Ottilie, Rob l'avait nettement surpassée. Elle le soupçonna d'avoir demandé à l'étudiante de ranger sur le présentoir les chaussures du bloc opératoire. Celles déjà attribuées étaient rangées tout en haut alors que celles qui étaient en réserve occupaient le bas du présentoir. Personne d'autre qu'Ottilie pouvait avoir l'idée de si bien organiser les choses.

Et quand elle entra dans la salle, elle vit que l'étudiante aidait déjà à installer la patiente sur la table d'opération. Mais elle obéit à Rob dès qu'il lui fit signe de s'écarter.

Jusqu'à présent, tout se passait bien. Stella regarda autour d'elle, vérifiant que tout le monde était là et prêt à se mettre au travail. Elle suggéra alors qu'on mette de la musique.

— Quel CD souhaitez-vous écouter, docteur Parry-Jones ? demanda Ottilie.

— Qu'en pensez-vous, Sajiv ? dit Stella en se tournant vers l'anesthésiste qui se chargeait généralement de choisir le morceau.

— Le n°4, Ottilie, répondit Sajiv en lui souriant. Merci.

L'intervention chirurgicale consistait en une reconstruction mammaire chez une femme qui avait subi une mastectomie six mois auparavant. Stella constata que Rob s'était placé avec Ottilie dans la meilleure position possible, mais sans gêner personne. C'était en fait un vrai soulagement de ne pas avoir à se demander si Ottilie n'était pas juste derrière elle, essayant de voir tout ce qu'elle faisait.

— Écarteurs..., demanda-t-elle.

Du coin de l'œil, elle vit Ottilie se raidir, consciente que c'était là une tâche qu'elle pouvait remplir, mais devant le regard sévère de Rob, l'étudiante ne bougea pas.

— Rob, pouvez-vous m'aider, s'il vous plaît ? dit Stella.

Il s'approcha tranquillement et tint les écarteurs comme si c'était la chose la plus naturelle du monde pour un chirurgien hautement qualifié. Ottilie resta à sa place jusqu'au moment où Rob lui fit signe de s'avancer pour venir le remplacer.

Lorsque Stella proposa à Rob de refermer la plaie, il hocha la tête et fit les sutures avec tout le talent qu'on pouvait attendre de lui, tout en expliquant à Ottilie chacun de ses gestes.

— Je pense que ça ira, dit-il enfin. Qu'en pensez-vous, Ottilie ?

La jeune femme rougit. Elle savait qu'elle n'était pas censée juger du travail d'un chirurgien, mais Rob l'encouragea d'un signe de tête.

— C'est parfait, docteur Franklin.

— Oui. Croyez-vous pouvoir couper le fils ?

Ottilie parut prise de panique. C'était nouveau chez elle et Stella se demanda si sa nervosité et sa façon de bousculer tout le monde n'étaient pas dues à un manque de confiance en elle. Si c'était le cas, Rob prenait peut-être un risque.

Mais il le savait. Il montra à Ottilie exactement ce qu'il voulait qu'elle fasse, la guidant quand elle hésitait. Ils prenaient peut-être un peu de retard, mais Ottilie était en train d'opérer un virage, et c'était ce que toute l'équipe voulait pour elle.

Lorsque la jeune étudiante eut terminé et que Rob eut approuvé son travail d'un simple hochement de tête, elle se retira. L'équipe prit le relais avec tant d'efficacité que tout fut terminé dans les temps.

Stella remercia tout le monde, puis elle se tourna vers Ottilie.

— Vous avez bien travaillé cet après-midi.

— Merci, docteur Parry-Jones, dit-elle, rayonnante. J'apprécie vraiment que vous ayez accepté ma présence ici.

— Allez vous changer, ordonna Rob en lui montrant la porte.

Ottilie s'empressa de sortir.

— Que diable avez-vous fait à cette pauvre fille ? demanda Stella en le regardant, les sourcils froncés.

— Je l'ai emmenée manger un sandwich dans le parc. Elle avait beaucoup de choses intéressantes à dire sur elle-même.

Il se tut, lançant à Stella un regard énigmatique.

— Allez-vous m'en faire part ? dit-elle. Ou bien dois-je vous forcer à parler ?

— Eh bien, si vous voulez savoir… même si cela m'ennuie un peu de révéler mes secrets sur ma façon de gérer les gens.

Son sourire montrait qu'il n'était pas du tout ennuyé.

— Ottilie est la première dans sa famille à faire des études. Quand elle a annoncé à ses parents qu'elle allait se spécialiser pour devenir chirurgienne, ils ont organisé une fête en son honneur, afin d'annoncer à tout le monde la bonne nouvelle.

— Ah ! Le poids de la pression exercée par l'entourage.

— Oui. Elle a tout pour réussir, mais elle est terrifiée à l'idée de tous les décevoir, ce qui la pousse à commettre des erreurs.

Alors je lui ai dit qu'il n'y avait qu'une seule personne qu'elle devait impressionner.

— Et cette personne, c'est vous, j'imagine ?

— Je peux lui faire un retour immédiat sur son comportement. Tout le monde est trop occupé pour remarquer qu'elle avait rangé le présentoir à chaussures.

— Et en les classant selon leur utilisation. Je me demandais qui avait fait cela.

— C'est exactement ce que je veux dire, Stella. Vous êtes concentrée sur votre patient et vous n'avez pas le temps de parler du rangement des chaussures avec les étudiants. J'ai félicité Ottilie en lui disant qu'elle avait fait du bon travail.

Stella poussa un soupir.

— J'ai donc le mauvais rôle dans tout cela.

Voyant Rob ouvrir la bouche, elle le fit taire d'un geste de la main.

— Ce n'est pas vous qui l'avez dit. C'est moi.

— La vérité, c'est que vous vous concentrez sur ce qui est pour vous le plus important, le patient, et c'est pour cela que vous êtes une excellente chirurgienne. Vous n'êtes pas dans l'erreur, c'est simplement que votre job est différent.

Stella avait toujours vu les choses de cette façon, mais cela faisait du bien d'entendre quelqu'un d'autre le lui dire. En particulier Rob.

— Est-ce que cela vous manque ?

Il haussa les épaules.

— Pas le moins du monde. Les picotements que j'ai ressentis en entrant dans la salle d'opération sont sans doute dus simplement à ma tension artérielle. Il va falloir que je m'en occupe.

— Je peux la vérifier, si vous voulez.

Elle l'avait pris au mot, mais il secoua la tête.

— Je viendrai travailler ici samedi pour planifier l'opération d'Anna, continua-t-elle. Je voulais m'y mettre hier, mais je n'ai pas réussi à trouver le temps. Si vous êtes dans le coin…

— J'aurais aimé me joindre à vous, mais je dois rentrer chez moi. Je suis de garde.

Stella pouvait lui proposer une autre solution, ou bien ne pas réagir. Rob avait probablement encore plus besoin d'avoir ses week-ends à lui maintenant qu'il avait renoué avec son ancienne vie, une vie qui l'avait presque détruit autrefois. Mais il semblait sincèrement déçu.

— Je peux aussi venir chez vous, dit-elle. Enfin, si vous le souhaitez. Probablement vaut-il mieux que je vous envoie mes idées par e-mail et nous pourrons en discuter la semaine prochaine.

— Venez en train, c'est plus rapide, répondit Rob en souriant. J'irai vous chercher à la gare si vous m'envoyez un texto pour me dire l'heure de votre arrivée…

Il ne s'était vraiment écoulé que deux semaines ? Rob avait l'impression d'être arrivé à un tournant majeur dans sa vie, à l'un de ces moments qui pouvaient tout changer.

Cela n'était jamais arrivé auparavant. Le changement s'était toujours produit de façon progressive, sous l'effet d'une foule de facteurs différents. Mais sa vie lui semblait avoir été coupée en deux : il y avait un avant et un après Stella.

Probablement cela n'avait-il rien à voir avec la jeune femme. Le regret persistant qu'il avait de mener une existence d'où était exclu ce pour quoi il avait travaillé si dur, son excitation à l'idée de retourner dans une salle d'opération… Ce devait être cela, l'explication.

Pourtant, lorsqu'il arriva à la gare le samedi matin et qu'il vit Stella attendre à l'extérieur, avec ses lunettes de soleil perchées sur le sommet de la tête, ses sandales plates, vêtue d'une blouse sans manches et d'une jupe d'été, ce ne fut pas à la chirurgie qu'allèrent ses pensées. Son univers bascula, comme le jour où il l'avait vue pour la première fois. Mais aujourd'hui sa réaction était bien plus forte, au point d'en avoir presque le vertige.

Il avait installé une table et des chaises à l'ombre d'un grand chêne. Ils se mirent là pour travailler, et quand vint l'heure du déjeuner, Rob rapporta de la cuisine de la limonade, des sandwichs et un bol de cerises.

— Je crois que nous avons presque terminé, finit par dire Stella en se renversant sur sa chaise.

— Oui. Nous pourrons procéder à quelques simulations la semaine prochaine pour régler certains points.

Ils n'étaient pas tombés d'accord sur tout et, aussi passionnés l'un que l'autre, chacun avait tenu à défendre sa position, étant donné l'importance de l'enjeu. Il était déjà arrivé à Rob de se battre pour ses idées, mais jamais il n'avait trouvé cela aussi agréable qu'aujourd'hui.

La chirurgie était une chose, à la fois difficile et gratifiante, à laquelle il était très attaché, même si elle l'avait brisé. Mais Stella... Elle le comprenait si bien. Peut-être mieux qu'il ne se comprenait lui-même. Et, chaque fois qu'il la voyait, il était profondément troublé. Dommage que leurs styles de vie si différents les empêchent d'être heureux ensemble.

6

Les semaines précédant l'opération d'Anna furent très chargées. Rob s'était plongé dans le travail, au sein du service, et il semblait toujours être accompagné d'un étudiant ou d'un jeune médecin prenant des notes sur tout ce qu'il disait.

Ils firent des simulations, étudiant les diverses possibilités et s'entraînant pour être sûrs que le déroulement de cette longue intervention permettrait à Rob de relayer Stella à intervalles réguliers afin qu'elle puisse se reposer. Les prothèses qui remodèleraient la mâchoire brisée d'Anna avaient été fabriquées, et elles étaient prêtes à être mises en place. Stella était à la fois excitée par la mission qui l'attendait et consciente que tout pouvait mal tourner.

Le grand jour était arrivé. Rob se tenait en face d'elle, de l'autre côté de la table d'opération. Au-dessus d'eux, la galerie réservée aux observateurs était pleine à craquer d'étudiants et de jeunes médecins. Stella s'était entourée de l'équipe de son choix, avec qui elle avait l'habitude de travailler. Elle savait que tous étaient capables d'anticiper ce dont elle avait besoin avant même qu'elle n'ait à le demander.

Anna avait été préparée et anesthésiée. À présent, l'attention de tous était braquée sur Rob et elle, et la sienne était concentrée sur Rob.

Elle ne voyait que ses yeux, mais c'était suffisant. Il était

10 heures du matin, et l'opération durerait toute la journée et probablement une partie de la soirée. Mais ils étaient là l'un pour l'autre. Et pour Anna à qui ils s'efforceraient d'offrir la nouvelle vie qu'elle désirait tant.

— Sajiv… ?

Elle n'avait pas besoin d'en dire plus. Elle était sûre que Sajiv avait déjà préparé un CD.

— Tout de suite, répondit l'anesthésiste.

Les notes apaisantes d'une symphonie s'élevèrent bientôt dans la salle. Sajiv avait l'habitude de commencer avec un morceau de musique classique et de mettre plus tard quelque chose de plus moderne.

Stella tâta le point exact où elle allait pratiquer la première incision. Elle vit Rob hocher la tête et, prenant sa respiration, elle saisit le scalpel que l'infirmière lui tendait.

Dès qu'ils démarrèrent l'opération, il n'y eut plus ni espoir ni crainte. Seuls comptaient l'instant présent et l'intense concentration nécessaire pour mener à bien cette tâche.

À midi, la cicatrice qui marquait le front d'Anna avait été réparée, et Stella s'offrit une pause. Elle se rendit aux toilettes, se désaltéra et avala quelque chose, consciente que la journée serait longue.

Vers 14 heures, ils étaient en avance sur leur programme. À 15 heures, ils durent s'arrêter, attendant que Sajiv leur signale que les constantes vitales d'Anna étaient de nouveau satisfaisantes. À 17 heures, Stella s'éloigna un moment de la table d'opération et sentit que son dos et ses épaules étaient extrêmement douloureux.

— Vous voulez faire une pause ? murmura Rob.

Elle hocha la tête. Ils n'avaient pas encore fini, mais il était indispensable de garder la forme, physiquement et mentalement.

— Oui, dit-elle.

Rob prendrait le relais pendant qu'elle étirerait ses muscles fatigués.

À 19 heures, le délicat travail de remodelage de la mâchoire d'Anna était terminé, et le moment était venu d'attaquer la suite de la procédure.

— Maintenant, nous pouvons refermer, annonça Stella.

Chacun savait exactement ce qu'il avait à faire. Ce n'était pas le moment pour Stella de perdre sa concentration, mais elle pouvait prendre un peu de recul et assumer un rôle de soutien dans la tâche complexe qui consistait à remonter vers le haut le morceau de peau du cou d'Anna et à poser des greffes de peau là où c'était nécessaire.

Ils terminèrent juste avant minuit. L'équipe qui devait s'occuper d'Anna lorsqu'elle reprendrait conscience passa à l'action, et Stella s'éloigna définitivement de la table d'opération.

— Merci à tous, dit-elle. Vous êtes géniaux…

Levant les yeux vers la galerie, elle fut surprise de constater que beaucoup de ceux qui se trouvaient là ce matin y étaient encore. Phil Chamberlain se leva, et une salve d'applaudissements discrets venus de la galerie salua la performance de l'équipe chirurgicale.

— C'est vous qui êtes géniale, murmura Rob tandis qu'ils se lavaient les mains dans le vestiaire.

— Vous n'étiez pas mal non plus, répondit-elle en souriant, malgré son extrême fatigue.

Elle se sentait épuisée, mais l'un et l'autre savaient ce qui leur restait encore à faire. Ils se rendirent dans le salon où Jess et les parents d'Anna avaient patienté toute la journée, buvant café sur café.

Stella s'avança vers eux et attendit qu'ils soient prêts à entendre ce qu'elle avait à leur dire.

— Jess, monsieur et madame Leigh, j'ai le plaisir de vous annoncer que l'opération d'Anna s'est déroulée aussi bien que nous l'espérions. Elle est en salle de réveil, à présent, et elle passera la nuit dans le service des soins intensifs. Elle y restera sans doute la plus grande partie de la journée de demain. Mais dès qu'elle regagnera sa chambre, vous pourrez la voir.

— Est-ce que tout va bien se passer pour elle ? demanda Mme Leigh d'une voix tremblante.

— Il est trop tôt pour le dire, déclara Rob. Anna a encore devant elle une longue route à parcourir. Mais elle a bien supporté l'opération, ce qui est très prometteur, ajouta-t-il en souriant. Nous avons toutes les raisons de nous montrer optimistes.

Mme Leigh fondit en larmes, et son mari la prit dans ses bras. Se levant brusquement, Jess étreignit Stella de toutes ses forces.

— Merci, oh, merci.

— Si vous voulez la remercier, alors évitez de la serrer aussi fort, intervint Rob d'un ton plein d'humour et de compréhension.

Jess la lâcha aussitôt.

— Désolée... Vous devez être épuisée.

C'était peu dire. Mais Stella sourit et hocha la tête.

— Merci pour tout, répéta Jess en s'emparant cette fois de la main de Rob qu'elle secoua vigoureusement.

— Vous devriez rentrer chez vous pour essayer de dormir un peu, lui suggéra Stella. Vous ne pourrez pas la voir cette nuit, mais je vous promets qu'Anna est en de bonnes mains et qu'on s'occupe bien d'elle.

Jess secoua la tête.

— C'est que... je sais que c'est idiot, mais je veux rester aussi proche d'elle que possible.

Elle se mordit les lèvres.

— Ils me diront comment elle va, n'est-ce pas ?

— Oui, bien sûr. Vous êtes la compagne d'Anna et elle a signé un papier où elle vous désigne, vous et ses parents, comme les personnes les plus proches d'elle. Vous avez le droit de poser des questions, et on vous répondra.

— Dans ce cas..., dit Jess.

Elle se tourna vers les parents d'Anna.

— Si vous rentriez tous les deux pour dormir un peu ? Je vais me reposer ici sur le canapé, et je vous promets de vous appeler tout de suite s'il y a quoi que ce soit.

Visiblement, Jess était décidée à rester, et M. et Mme Leigh avaient l'air d'être l'un et l'autre à bout de forces.

— C'est une bonne idée, approuva Rob. Vous ne pouvez rien faire de plus ici, et la meilleure chose que vous puissiez faire maintenant pour Anna, c'est de vous reposer et d'être en forme quand elle se réveillera. Elle aura alors besoin de vous.

— Il a raison, Jo, dit M. Leigh en serrant la main de sa femme. Pourquoi ne viens-tu pas avec nous, Jess ? Tu ne peux pas rester ici toute seule.

Jess secoua la tête d'un air malheureux.

— Nous allons demander à quelqu'un de trouver un lit pour Jess dans l'une des chambres prévues pour les familles, dit Rob. Elle pourra dormir et on la réveillera s'il se passe quelque chose qu'elle doive vous communiquer.

— C'est parfait, merci, répondit Jess en lui souriant.

Il y eut un échange de poignées de mains et une nouvelle avalanche de remerciements, puis Stella quitta le petit salon avec Rob qui, arrivé dans le couloir, s'arrêta net.

— Ottilie ! s'exclama-t-il.

Stella se retourna et vit l'étudiante qui se tenait derrière la porte ouverte de la salle d'attente. Elle se collait contre le mur, comme si elle espérait être avalée par lui.

— Désolée, dit-elle en se voyant découverte.

— Vous avez quelque chose à nous dire ? demanda Rob, la fixant d'un regard pénétrant.

— Désolée. Non. Je voulais voir comment vous gériez cette partie-là...

Elle se tourna vers Stella.

— Je vous ai observée toute la journée. Je vous trouve géniale.

— Et très fatiguée, commenta Rob d'un ton gentiment fâché. Est-ce que cela vous fait réfléchir à tout ce qui vous attend ?

Il avait vu juste. Ottilie rougit jusqu'aux oreilles.

— Je ne pense pas être capable de faire ce que vous faites, docteur Parry-Jones.

— Peut-être pas maintenant, concéda Rob, et vous avez du mal à croire pouvoir y arriver un jour, mais je vous assure que vous êtes dans la bonne direction, même si vous avez l'impression d'avancer à l'aveuglette.

Ottilie hocha la tête. De toute évidence, Rob lui avait déjà tenu ce genre de propos. Il n'avait fait que renforcer le message.

— Rentrez chez vous et dormez, continua-t-il d'un ton ferme. Si vous voulez suivre l'évolution de cette patiente, vous pourrez le faire demain et, si vous le souhaitez, vous pouvez laisser un compte rendu de vos observations dans mon casier. J'ai hâte de le lire.

Ottilie le regarda sans même chercher à cacher qu'elle le considérait comme son héros.

— Merci. Je m'en occupe…

Elle tourna les talons et s'éloigna précipitamment.

— Dormez d'abord, lui cria Rob.

— Vous pensez qu'elle sait qu'elle se dirige vers le service d'imagerie médicale ? murmura Stella.

— Probablement pas, répondit-il en riant. Peut-être va-t-elle attendre dans un coin que la voie soit libre pour revenir par ici. C'est une personne pleine de qualités, vous savez. Elle fera une excellente chirurgienne si elle cesse de s'inquiéter au sujet de l'avenir et qu'elle se concentre sur le présent. J'ai jeté un coup d'œil sur certains des rapports qu'elle a faits sur les opérations auxquelles elle a assisté, et j'ai trouvé cela très bon.

— Vous l'avez aidée ?

— Oui, elle a beaucoup de potentiel. Simplement, elle traverse une période difficile. Quand elle cesse de se demander si ce qu'elle fait est bien ou non, elle est étonnamment réfléchie et sûre d'elle. C'est quelqu'un de très brillant. Elle avait l'habitude d'être la meilleure de sa classe et quand elle est arrivée à l'université, elle s'est retrouvée avec une foule d'étudiants aussi brillants qu'ambitieux. Il faut un peu de temps pour s'y habituer.

— Et comment savez-vous tout cela ?

— Je vis dans un village de huit cents habitants. Et je suis médecin généraliste, vous vous souvenez ? Les patients aiment se confier.

Il lui sourit.

— Ottilie a parfaitement raison, bien sûr, ajouta-t-il. Vous êtes géniale.

— Ne sous-estimez pas votre rôle dans cette affaire.

La nuit qu'elle avait passée blottie dans les bras de Rob les avait rapprochés, et cette journée n'avait fait que les rendre plus proches encore. Différemment, peut-être, mais tout tournait autour de la confiance. Une confiance qui lui permettait de se sentir en sécurité avec lui et de s'éloigner d'un patient, sachant qu'avec Rob, il était en de bonnes mains. C'était cette confiance qui leur avait permis de travailler ensemble et de donner le meilleur d'eux-mêmes pour aider Anna.

— Vous allez essayer de dormir un peu, à présent ? demanda-t-il.

Son ton dubitatif montrait qu'il savait qu'elle ne le ferait pas.

— Je vais aller dans mon bureau fermer les yeux pendant dix minutes. Je veux être là quand Anna sera transférée aux soins intensifs. Et vous ? Vous ne retournez pas dans le Sussex à cette heure-ci, n'est-ce pas ?

— Non, j'ai renoncé à être de garde ce week-end. Je vais rester un peu dans les parages, puis je retournerai chez ma sœur où je dormirai sur le canapé pour ne réveiller personne.

— Il y a un canapé dans le bureau de Phil. Il ne verra pas d'inconvénient à ce que vous en profitiez durant quelques heures.

— Je le ferai avec plaisir.

Il s'arrêta devant les ascenseurs et appuya sur le bouton d'appel. Les portes d'une cabine s'ouvrirent.

Ils passèrent moins d'une minute en tête à tête dans l'ascenseur, mais Rob mit à profit ce bref moment. Prenant la main de Stella dans la sienne, il la porta à ses lèvres en fixant sur la jeune femme un regard sombre et interrogateur. Comme Stella hochait la tête, il déposa un baiser sur ses doigts.

— Rob, je...

Trop tard. Les portes s'ouvrirent, les replongeant dans un monde où, même à cette heure tardive, il pouvait y avoir quelqu'un qui les voie et observe ce qui se passait entre eux.

À présent, il ne restait qu'un sentiment de perte et de regret. Ils se reverraient, car il y avait encore beaucoup à faire pour Anna. Et Rob s'était tellement investi dans le service qu'il aurait encore bien des choses à régler avant de partir. Mais ils n'auraient plus à se battre ensemble, que ce soit l'un contre l'autre ou contre tous les obstacles qu'ils avaient eus à surmonter. Leur rencontre avait modifié la vie de chacun d'eux et, maintenant, il fallait avancer.

— Je sais...

Bien sûr qu'il savait. Et Stella était presque soulagée de ne pas avoir à en dire davantage, car elle aurait eu du mal à trouver les mots justes pour exprimer ce qu'elle ressentait.

Rob était resté à Londres jusqu'au dimanche après-midi. Il avait réussi à dormir quelques heures dans la nuit du vendredi au samedi, avant d'aller voir Anna le lendemain matin avec Stella. Le samedi soir, il était rentré chez sa sœur, conscient que cela aurait été une très mauvaise idée s'il avait accepté la proposition de Stella qui lui offrait de dormir sur son canapé-lit. Après le rapprochement qu'ils avaient connu ces derniers jours, il était très peu probable que chacun serait resté seul dans son lit cette nuit-là.

Avant de quitter l'hôpital, le dimanche après-midi, vint le moment des adieux. Mais ils s'étaient déjà dit au revoir de façon improvisée dans l'ascenseur et, depuis, Rob était habité par un sentiment de perte. Ce qui se passait maintenant semblait n'être qu'une simple formalité.

— À plus tard, lui dit Stella en souriant.

Il lui rendit son sourire.

— Oui, on se reverra.

— Où cela ?

Stella aimait que les choses soient planifiées. Il eut soudain envie de voir si elle serait prête à faire un compromis avec lui et il décida de la laisser dans l'incertitude.

— Je sais où vous trouver et vous savez où me trouver. Probablement nous reverrons-nous au moment où nous nous y attendrons le moins.

— Vous voulez dire que je n'aurai pas l'occasion de m'y préparer ?

— Absolument pas. Mais, croyez-moi, cela arrivera...

Plus la semaine avançait, plus Rob s'en voulait, car il n'aimait pas faire des promesses en l'air. Or, plus le temps passait, plus il avait le sentiment qu'il avait commis une erreur en promettant à Stella qu'ils se reverraient. Il avait déjà laissé tomber tellement de gens : Kate, ses collègues à l'hôpital... Il n'avait pas envie d'en faire autant avec Stella qu'il trouvait très belle, parfaite telle qu'elle était.

Mais ils étaient si différents. Il aimait la campagne et le rythme lent d'un petit village où il connaissait presque tout le monde. Stella, elle, s'épanouissait dans la vie trépidante d'une chirurgienne exerçant en ville.

Elle lui avait promis de lui donner des nouvelles d'Anna et elle avait tenu parole. Il avait reçu ses messages et il lui avait répondu, commentant les photos et les rapports qu'elle avait envoyés en pièces jointes.

Était-ce le début de la fin de leur relation ? Stella avait peut-être compris qu'il serait difficile de continuer alors que ni l'un ni l'autre n'avaient une idée claire de ce qu'ils voulaient pour l'avenir. Et elle le laissait doucement tomber.

Il passa le jeudi et le vendredi à creuser une tranchée, en prévision des pluies d'automne. Cette tâche harassante et répétitive avait l'avantage de l'empêcher de ruminer et de se torturer l'esprit. Le samedi, le fossé terminé, il entreprit de désherber le jardin.

Lorsqu'il entendit une voiture s'arrêter devant la maison, il n'ôta pas ses bottes boueuses pour aller ouvrir la porte au visiteur.

Qui que ce soit, il ou elle viendrait probablement voir s'il n'était pas dans le jardin.

Un bruit de pas sur le chemin qui faisait le tour de la maison l'amena à se retourner.

Stella. Vêtue d'un jean et d'un petit haut coloré, elle était ravissante.

— Qu'est-ce qui me vaut le plaisir… ? dit-il en souriant.

— Vous ne m'attendiez pas ?

Non, il ne s'était pas attendu à cela. Stella incarnait la femme de ses rêves, mais aujourd'hui elle dépassait même ses rêves les plus fous. Il la préférait de loin quand elle portait ses tenues décontractées du week-end plutôt que lorsqu'elle était vêtue de son uniforme de travail. Et le fait d'avoir passé la semaine à se demander s'il la reverrait un jour expliquait peut-être qu'aujourd'hui la chevelure rousse de la jeune femme ne lui avait jamais paru aussi flamboyante sous le soleil.

— Si je vous avais attendue, je serais allé vous ouvrir. Et j'aurais accroché des guirlandes de fleurs dans la maison pour vous souhaiter la bienvenue.

— J'aurais apprécié. Pour ma part, si j'avais appris que vous étiez à Londres et prêt à venir dîner chez moi, j'aurais mis des torches enflammées devant ma porte…

Cet échange ludique levait tous les doutes de Rob. Stella avait fait le premier pas, et il y avait répondu. Ils allaient pousser les choses jusqu'au bout, sans se soucier de savoir où cela les mènerait.

Mais pas dans l'immédiat, car Stella ouvrit son sac et en sortit une enveloppe qu'elle lui tendit. Il vit qu'il y avait dans un coin le logo de l'hôpital.

— Qu'est-ce que c'est ?

— C'est Phil qui a eu cette idée. Je l'ai trouvée excellente et je lui ai proposé de vous apporter son offre ce week-end.

Rob ôta ses gants de jardinage et ouvrit l'enveloppe. Il en sortit une liasse de papiers et lut la lettre de Phil qui était attachée à un document d'une taille impressionnante.

— Il veut que je fasse quoi ?

— C'est... je ne sais pas quel nom cela porte. Il s'agit du développement des personnels en partenariat avec l'équipe enseignante de l'hôpital. Du monitorat, peut-être. ? Vous avez beaucoup de compétences et de connaissances, et une façon de voir les choses qui...

Elle haussa les épaules.

— Ce ne serait qu'un jour par semaine, avec peut-être un peu de télétravail et des vidéoconférences. Cela pourrait vous plaire.

Rob sourit.

— Et me donner envie de revenir plus souvent à l'hôpital ? Parce que vous trouvez que je gaspille mon temps en travaillant ici comme médecin généraliste ?

L'idée lui faisait mal, car il savait qu'il avait déçu tout le monde.

— Non... Enfin, si. Oui, je trouve que c'est du gâchis, avec le talent que vous avez. Mais je comprends maintenant pourquoi vous avez dû arrêter, parce que vous vous laissiez dévorer. J'ai dit à Phil qu'il ne devait pas s'attendre à ce que vous reveniez à plein temps avant que vous ne soyez absolument prêt à le faire. Sinon, ce serait cela le vrai gâchis. C'est à vous de décider. Je ne suis pas là pour essayer de vous convaincre dans un sens ou dans l'autre.

— C'est tentant, j'avoue. Mais il y a une chose que je voudrais savoir. Est-ce que par hasard mon e-mail ne fonctionnerait plus ?

— Je ne sais pas, répondit-elle en souriant. Vous êtes sûrement plus au courant que moi.

C'était tout ce qu'il avait besoin d'entendre. Il fit un pas vers elle et il était déjà perdu dans son regard quand elle lui passa les bras autour du cou.

Ce fut un baiser fabuleux. Un baiser qui lui permit de se sentir plus fort qu'il ne l'avait été depuis longtemps.

— Je n'aurais jamais pensé que ce serait aussi agréable, déclara Stella, les yeux brillants.

— Vous m'aviez sous-estimé ?

— Non, mais je n'ai peut-être pas autant d'imagination que je le croyais.

Elle l'embrassa de nouveau. Un autre baiser, encore incroyablement beau.

— Nous devrions peut-être rentrer à l'intérieur, suggéra Rob. Pour parler...

Il savait exactement où cela les conduirait et il ne pouvait pas y mettre un frein. Mais il voulait s'assurer que c'était ce que Stella voulait aussi.

— Cela me semble être une excellente idée, dit-elle.

C'était ce dont Stella avait rêvé sans oser l'espérer. Rob allait être son amant et, pour la première fois de sa vie, elle s'engageait dans une relation sans savoir où cela la mènerait. Et cela ne la dérangeait pas.

Il quitta ses bottes boueuses et entra dans la cuisine pour se laver les mains à l'évier. Le voyant prendre tout son temps, Stella s'approcha derrière lui, le prit par la taille et posa la tête sur son dos.

— Tu es en train de te poser des questions ? demanda-t-elle.

Il ferma le robinet et se retourna vers elle.

— Je veux que tu sois sûre. Vraiment sûre. Parce que je ne sais pas ce que cela va donner.

— C'est à cause de ma façon de raisonner, c'est ça ? Toujours envisager la fin avant même d'avoir commencé ? Mais je vais peut-être adopter la tienne et te dire que j'ai envie de commencer sans savoir comment cela finira, parce que j'ai confiance en toi.

Le visage de Rob s'assombrit brusquement.

— Je ne suis pas convaincu que tu doives me faire confiance...

— Trop tard, Rob. Tu ne peux plus rien y faire.

Comme elle l'embrassait, elle sentit qu'il l'enlaçait doucement. C'était une sensation délicieuse. Elle perçut qu'il y avait là du désir, de la passion même, mais Rob était clairement décidé à ne pas précipiter les choses.

— Comment allons-nous nous y prendre ? dit-il en couvrant son visage de petits baisers.

— Comme tu voudras.

Elle le sentit soudain hésiter, et cela lui plut, car il montrait ainsi qu'il avait compris le défi qu'elle lui avait lancé.

— J'aimerais que tu m'expliques exactement ce que tu veux dire par là, déclara-t-il.

— Je sais ce que j'aime. Découvrir ce que, toi, tu aimes, peut venir s'ajouter à cette liste.

Il avait compris. Elle ne l'invitait pas à prendre, elle voulait qu'il donne. Et c'était très excitant.

— Et, bien sûr, tu es parfaitement capable de me dire d'arrêter si mes fantasmes ne correspondent pas aux tiens.

Ah ! L'idée de découvrir les fantasmes de Rob et de pouvoir lui montrer les siens la mettait dans un état qui dépassait de loin la simple attirance physique ou la tension créée par l'excitation. Elle allait plonger dans quelque chose de plus profond et de plus sauvage.

Elle se mit à trembler, car elle ignorait par quoi il allait commencer.

Il la souleva pour l'asseoir sur le plan de travail, puis il la laissa lui ôter sa chemise. Mais comme elle approchait la main de la ceinture de son jean, il l'arrêta et lui écarta les genoux afin de pouvoir se rapprocher d'elle et l'attirer à lui. Soudain, Stella sut exactement ce qu'il voulait : la rendre folle de désir, en prenant tout son temps.

Elle s'accrocha à son cou tandis qu'il déboutonnait lentement son chemisier.

— Regarde-moi.

Ce n'était pas un ordre qu'il lui donnait, mais lorsqu'elle croisa son regard, elle eut aussitôt l'impression d'être prise au piège. Il lui couvrit les lèvres de baisers tout en lui enlevant son chemisier avec des gestes très doux. Sentir ses doigts sur sa peau la fit trembler comme une feuille.

— Tu… tu peux…, balbutia-t-elle alors qu'il touchait le fin tissu de son soutien-gorge.

— Te l'ôter ? Oui, je pourrais. Maintenant ou plus tard ?

Il prononça « plus tard » d'un ton plein de sensualité, comme pour dire que cela valait la peine d'attendre.

Il continuait de l'embrasser, lui tenant d'une main les poignets, mais sans serrer, car il voulait qu'elle reste ainsi de son plein gré. Elle pouvait s'échapper à tout moment si elle le désirait.

De sa main libre, il la caressait partout, sauf là où elle aurait vraiment voulu qu'il la touche. Sentant le désir l'envahir, elle serra les lèvres, décidée à ne pas le supplier en dépit des frissons qui la parcouraient sous ses doigts. Rob l'observait, attentif, heureux de voir l'excitation monter en elle.

Il avait pris une excellente décision en proposant d'opter pour le plus tard.

Le temps qu'ils montent à l'étage et terminent de se dévêtir, Stella était tellement envoûtée par Rob qu'elle ne voyait plus que lui. Mais il continuait à ne rien vouloir précipiter. Il lui mit dans la main un préservatif qu'il avait pris dans le tiroir de la table de chevet afin qu'elle puisse l'utiliser quand elle le voudrait, et elle se demanda combien de temps elle serait capable de patienter.

Tous deux étaient si excités qu'il semblait impossible qu'ils puissent attendre plus longtemps, mais cette lente chorégraphie était si délicieuse qu'elle ne cessait de promettre quelques minutes de plaisir en plus.

— Rob…, finit-elle par dire en lui prenant la main pour la placer entre ses jambes, le guidant vers les points les plus sensibles.

— Comme ça ? dit-il en déposant des baisers sur ses seins.

— Oui, oui, comme ça…

Elle fut saisie d'un orgasme dans lequel Rob l'accompagna. Il savait exactement comment faire pour prolonger le plaisir sans trop forcer le rythme.

— Comment fais-tu ? dit Stella en lui adressant un sourire paresseux tandis qu'elle se laissait emporter par les vagues successives d'un désir qui s'atténuait pour mieux renaître.

— Tu te donnes, répondit-il en multipliant ses baisers et ses caresses avec un savoir-faire plein de délicatesse. Tu es si généreuse dans ta façon de réagir

— À présent, c'est à ton tour de me donner quelque chose de toi, dit-elle en lui plaçant le préservatif dans la main.

Il sourit et s'écarta d'elle un instant pour mettre le préservatif. Lorsqu'il la pénétra, elle constata qu'il avait été excité autant qu'elle par leurs longs préliminaires. Au début, ce furent des mouvements lents qui leur permirent de découvrir ce qui leur procurait le plus de plaisir à tous les deux. Puis le rythme s'accéléra. Le regard de Rob s'assombrit, et il se mit à haleter tandis qu'elle laissait échapper des gémissements, le corps cambré. Soudain, Rob poussa un cri, et elle l'étreignit de toutes ses forces alors qu'elle était prise de convulsions

Elle n'aurait pu décrire ce qu'elle ressentait. Il n'y avait pas de mots pour cela. Blottie dans les bras de Rob, elle sentait son cœur battre à tout rompre contre le sien.

Leurs corps commencèrent à s'apaiser doucement.

— Tu... tu te sens bien ? demanda-t-elle.

Le petit rire de Rob la rassura.

— Je pense que je suis plus que bien. J'ai atteint des sommets. Et toi ?

— Tu m'as emmenée avec toi, Rob.

Rob n'aurait jamais osé penser que sa relation avec Stella puisse se révéler aussi merveilleuse. Elle aimait les mêmes choses que lui. Même s'il s'attendait à ce qu'elle soit audacieuse, car elle l'était dans l'ensemble de sa vie, il n'aurait pas imaginé qu'elle fasse preuve d'une telle assurance au lit. Elle lui avait proposé de prendre les choses en main parce qu'elle voulait savoir jusqu'à quel point il tenait à lui procurer du plaisir. Et elle lui avait montré qu'il lui avait donné du plaisir.

Après avoir fait l'amour, ils ne s'étaient pas endormis. Comblée et détendue, Stella avait voulu continuer son exploration, caressant doucement ce corps qu'elle avait auparavant serré avec une telle force qu'il en gardait certainement des marques sur la peau. Et il aimait qu'elle ne l'ait pas laissé exactement comme elle l'avait trouvé.

Au bout d'un moment, il s'était levé et avait pris Stella sur ses genoux en s'installant dans le grand fauteuil en osier qui se trouvait près de la fenêtre. Pour se réchauffer, ils s'étaient enveloppés dans le dessus-de-lit accroché au dossier.

— Je peux t'appeler *boss* maintenant ? demanda-t-il en l'embrassant sur le front.

— Seulement ici. Et seulement si, moi aussi, je peux t'appeler *boss*.

Rob éclata de rire.

— Marché conclu.

Elle lui lança un regard interrogateur.

— Vraiment ? Y a-t-il une date limite de prévue ?

L'un ou l'autre devrait se prononcer, tôt ou tard. Leur histoire avait-elle un avenir ?

— Le Sussex n'est pas très loin de Londres. Nous n'aurons pas à déménager, ni l'un ni l'autre.

Stella lui planta un baiser sur la joue.

— Ce serait facile de déménager.

Ils s'étaient retrouvés dans cette situation, poussés uniquement par la certitude qu'ils voulaient être ensemble. Et maintenant, la dure réalité commençait à s'imposer.

— Nous avons déjà tenté l'expérience : démarrer quelque chose et voir où cela nous mène, dit Rob. Nous avons des vies différentes, des objectifs différents, mais il n'y a pas de raison pour que nous ne puissions pas faire un bout de chemin ensemble et voir où cela nous conduit.

— Cela me plairait...

Il la sentit hésitante. Quelque chose la préoccupait, et il devina ce que c'était.

— Que tu ne sois pas là ne veut pas dire que je ne me considère pas comme n'étant pas engagé envers toi, Stella. Ce n'est pas négociable.

Jamais il ne la traiterait comme elle l'avait été par le passé.

Soudain, elle lui sourit.

— Pour quelqu'un qui a peur de tout gâcher, tu es très doué pour ne rien gâcher du tout.

— C'est bon à savoir, dit-il en l'embrassant pour sceller leur accord. Quoi qu'il arrive par la suite...

— Nous saurons nous débrouiller. Pour l'instant, occupons-nous d'aujourd'hui, pas vrai ?

Rob pensait que Stella lui avait tout donné, mais maintenant il découvrait qu'il y avait plus encore. Ayant trouvé un moyen pour poursuivre leur relation à l'avenir, ils pouvaient profiter du moment présent en toute liberté et échanger des fantasmes sans crainte de choquer l'autre. Il savait que Stella était capable de dire simplement oui ou non.

— Tu aimes me regarder, n'est-ce pas ? dit-elle en l'embrassant sur la joue. J'aime que tu me regardes.

Elle pointa du doigt un miroir ancien qui se trouvait dans un coin de la chambre. Rob l'avait acheté lors d'une vente aux enchères locale.

— On peut le déplacer pour le mettre où tu veux, proposa Rob.

— Nous pouvons aussi échanger nos places.

L'idée de voir Stella grimper sur lui et songer à ce qu'elle pourrait alors lui faire dépassait presque ce qu'il était capable de supporter.

Elle sourit et se frotta doucement contre lui, ce qui augmenta encore l'envie qu'il avait de retourner au lit avec elle. Elle s'en aperçut.

— Déjà ? dit-elle en le taquinant.

— Serais-tu fatiguée de moi ?

— Certainement pas ! protesta-t-elle en le caressant. Ah, impressionnant !

— Vraiment ? Tu sais ce qu'il faut dire à un homme ! Ou bien est-ce juste pour me faire plaisir ?

— Je ne parle que de ce que je constate, répondit-elle.

Elle l'embrassa avec douceur et gourmandise. Comme il lui caressait les seins, elle l'enveloppa d'un regard plein de désir.

— Qu'est-ce que nous allons faire… ? demanda-t-elle d'un air espiègle qui en disait long sur ses intentions.

— Tout ce que tu voudras, ma chérie…

7

Ils firent l'amour une bonne partie de la matinée et de l'après-midi. Seule la faim les poussa à descendre dans la cuisine. Stella avait enfilé la chemise de Rob tandis qu'il mettait un jean et un T-shirt, et tous deux restèrent pieds nus, prêts à dévaliser le frigidaire.

— Dois-je mettre au four ces deux baguettes partiellement cuites ? demanda Stella.

— Oui, bonne idée. Il doit y avoir quelque part du jambon et du fromage pour les accompagner.

« Quelque part ? » Elle commença à fouiller dans le réfrigérateur alors que Rob se plongeait dans la lecture des papiers qu'elle avait apportés ce matin.

Comme il levait les yeux, il la surprit à mettre de l'ordre dans le réfrigérateur.

— Hé ! Ne mets pas le bazar dans mon système !

Elle fronça les sourcils.

— Parce qu'il y a un système ?

— Mais oui. J'achète plein de choses et je les range à droite. Et ce que je n'ai pas mangé, je le mets à gauche quand je refais des courses.

— Je vois. Désolée, je n'avais pas compris. Poursuis ta lecture.

— Tu peux continuer à mettre un peu d'ordre si tu en as envie, à condition de respecter le principe de la droite et de la gauche.

Il lui sourit et se replongea dans ses papiers.

Stella prit une quiche dans la partie gauche du réfrigérateur, ainsi que du jambon, du fromage et différentes salades, et alla poser le tout sur la table.

Rob avait fini de tout lire et était prêt à manger.

Ils restèrent silencieux un moment, dégustant leur repas improvisé qui ressemblait à un festin, car Rob avait l'habitude d'acheter des produits locaux, à la fois frais et savoureux.

Stella fut la première à rompre le silence.

— Que penses-tu de ce job ? Tes premières impressions, je veux dire.

— C'est tentant. Pour être franc, c'est ce que je cherchais : l'occasion de revenir en arrière, selon mes propres conditions.

— Peut-être ne devrais-tu pas voir cela comme un retour en arrière, mais plutôt comme un pas en avant vers quelque chose que tu as déjà connu.

— Oui, tu as raison. Que penses-tu du fait que je travaille au sein du département ?

— C'est à toi de prendre ta décision, Rob. Vois ce qui est le mieux pour toi.

Il réfléchit un moment.

— As-tu quelque chose à me dire ? Était-ce ton idée, et Phil s'est contenté de l'approuver ?

Il était temps d'avouer la vérité, même si Stella aurait préféré qu'il ne pose pas la question.

— Je… C'est une idée de Phil, mais bien sûr j'étais au courant. Et quand je lui ai proposé de t'apporter ces documents, c'était juste un prétexte pour venir te voir. Aurais-tu débarqué chez moi en me disant que tu avais envie de coucher avec moi ?

Il se mit à rire.

— Je t'aurais probablement infligé la lecture de mon dernier article, puis je t'aurais ennuyée à mourir avec des suggestions de correction possibles, avant d'oser aborder le sujet. Mais, honnêtement, je ne serais sans doute jamais venu chez toi. Je sais combien tu es passionnée par ton travail et tu n'as pas besoin de t'encombrer de quelqu'un comme moi.

La même idée lui avait traversé l'esprit, mais elle était venue quand même parce qu'elle en avait eu envie.

— Tu n'es pas quelqu'un d'encombrant, Rob. Tu es… compliqué.

Il éclata de rire.

— Je préfère que tu dises cela. Toi aussi, tu es compliquée.

Il se tut, réfléchissant de toute évidence à la question.

Stella se leva et se dirigea vers la machine à café. Ils étaient en train de tourner en rond, se dit-elle. Peut-être avaient-ils besoin tous les deux de prendre un peu de recul pour y voir plus clair.

— J'ai appris à mes dépens que je ne pouvais pas tout avoir, reprit Rob. De ton côté, tu sais que te focaliser sur ce qui te tient le plus à cœur, ton travail, est ce qui te réussit le mieux.

— Oui, c'est vrai.

— Ce sont là deux bonnes stratégies d'adaptation, mais aucune n'est une vérité universelle. Et cela ne fonctionnera pas si nous nous en servons comme excuse pour nous priver des autres choses que nous avons envie d'avoir dans la vie. Nous devons simplement respecter les limites mises en place par chacun de nous. J'ai fait le même travail que toi, autrefois, alors je sais exactement comment respecter tes limites à toi.

— J'ai envie d'être avec toi, Rob. Très envie.

Il se leva et la prit dans ses bras.

— Moi aussi, j'ai envie d'être avec toi. Ce n'est pas trop demander à la vie. Les gens arrivent à mener de pair leur travail et leur vie privée. Ce n'est pas facile quand on a un métier aussi prenant que le tien, mais nous pouvons y arriver. Pas de reproches concernant le temps consacré au travail…

— Tu as connu cela aussi ?

— Oui. Et peut-être que le fait d'être impliqué dans la vie professionnelle de l'autre, tout en séparant cela de notre vie privée, se révélera bénéfique. Je suis fier de ce que nous avons pu faire ensemble pour Anna, et Phil mentionne la possibilité de renouveler ce type de consultation.

— Moi aussi, je suis fière de cette collaboration. J'aimerais beaucoup que nous puissions refaire cela un jour.

— Alors, qu'en dis-tu ? Que penses-tu de l'idée de retravailler avec moi ?

Elle n'hésita pas un instant.

— Je pense que c'est une opportunité géniale pour nous deux, dit-elle en lui caressant la joue. Et que nous pouvons bien nous amuser à chercher à faire des compromis l'un avec l'autre.

Qui aurait pensé que d'avoir passé un week-end aussi torride avec l'homme le plus beau qu'elle ait jamais connu améliorerait ses performances au travail le lundi suivant ? Tout ce dont Stella s'occupait ce matin semblait se dérouler remarquablement bien.

À midi, Phil frappa à la porte de son bureau et entra, affichant un grand sourire.

— Je viens d'avoir un appel de Rob. Il accepte le job. Il veut ajouter quelques éléments à la définition de son poste, bien sûr, mais cela ne m'étonne pas. Il a signé les contrats et il nous les renvoie par la poste aujourd'hui même.

— Génial.

Phil n'avait pas besoin de savoir que Rob avait signé les contrats la veille, en les posant sur son dos. Après quoi, il s'était servi de son stylo pour lui dessiner sur la peau deux cœurs entrelacés.

— Il commencera jeudi, continua Phil. Je lui ai dit que je n'aurai sans doute pas encore reçu les papiers, mais il a paru ne pas s'en soucier.

— Cela ne m'étonne pas. Phil, je lui ai demandé de vous informer…

— Au sujet de vous deux ? Oui, il l'a fait.

— Cela ne vous dérange pas ?

— Ce ne sont pas mes affaires, dans la mesure où votre travail n'en est pas affecté, et vous êtes l'un et l'autre suffisamment professionnels pour faire en sorte que cela ne se produise pas.

Il sourit.

— Autre chose ?

— Non. Merci, Phil, j'apprécie vraiment.

— Je suis heureux pour vous deux, car vous êtes deux personnes de qualité. Je sais que Rob a eu des problèmes, mais c'est l'un des êtres que j'apprécie le plus au monde. Et si jamais vous avez envie que nous bavardions en privé, vous savez que j'aime boire un jus d'orange à l'heure du déjeuner.

Stella hocha la tête. Tout le monde savait que Phil était à l'écoute et de bon conseil. C'était ce qui faisait de lui un excellent patron, apprécié de tous. Elle avait toujours essayé de suivre son exemple avec sa propre équipe.

— Je m'en souviendrai. Moi aussi, je considère Rob comme l'une des meilleures personnes qu'il m'ait été donné de rencontrer. En plus d'être un chirurgien de grand talent.

— Ça, c'est vrai. C'est une chance qu'il revienne travailler plus régulièrement ici.

Il quitta la pièce, visiblement heureux d'avoir rempli la mission qu'il s'était fixée.

Le mardi matin, Stella vit entrer Rob dans son bureau.

— Je t'ai manqué ? demanda-t-il.

— Non.

Elle éclata de rire devant son air déçu.

— Comment aurais-tu pu me manquer alors que j'ai encore des picotements partout ?

— Tu marques un point. Quant à moi, j'avais tout un tas de bleus totalement indolores pour me consoler de ton absence.

— Vraiment ? Je ne me suis pas rendu compte que je te faisais des ecchymoses.

— Je te l'ai dit, ce n'est absolument pas douloureux. Je les aurais à peine remarquées si je n'y avais pas été attaché sentimentalement, expliqua-t-il en se frottant le bras.

Stella se souvint vaguement s'être accrochée à lui comme à une bouée de sauvetage à un moment particulièrement torride de leurs ébats.

— Tant mieux. Est-ce fini, maintenant, ou veux-tu que j'y jette un coup d'œil ?

— Toi, tu as parlé de tes picotements. Veux-tu que j'y jette un coup d'œil ?

Touché.

— Nous n'allons rien regarder ni l'un ni l'autre. Je n'aurais même pas dû parler de cela puisque nous sommes au travail.

Rob sourit et s'assit en face d'elle.

— Je ne suis pas encore au travail. Je ne commence qu'à 9 heures.

— Mais moi, malheureusement, j'y suis. Que puis-je faire pour vous, docteur Franklin ?

— Appelle-moi Rob, s'il te plaît. Je crois qu'entre collègues, on peut s'appeler par nos prénoms. Dis-moi, j'ai entendu dire qu'Anna venait ici ce matin ?

— J'ai rendez-vous avec elle à 11 heures. J'en ai parlé à Phil. Il espérait passer un peu de temps avec toi avant le déjeuner, et j'ai pensé que tu voudrais aussi voir Anna.

— Je t'en remercie. Serais-tu d'accord pour qu'Ottilie soit présente ? Elle a rédigé un excellent rapport sur l'opération et elle espère que cela comptera pour ses notes concernant cette partie de ses cours.

— Je lui ai déjà demandé de me donner les résultats des scanners et des radiographies d'Anna et je lui ai dit que, si Anna acceptait qu'elle assiste au rendez-vous, j'étais d'accord. Ottilie a encore des progrès à faire, mais elle s'avère très utile au bloc opératoire, et j'ai pensé qu'elle aimerait peut-être suivre le cas d'Anna.

— Parfait. Il ne me reste plus qu'à rentrer chez moi, pas vrai ? Puisqu'il semble que tu aies déjà tout organisé.

— Ne t'avise pas de faire une chose pareille ! Je crois que

Phil a besoin qu'on lui donne un coup de main. Nous avons un chirurgien de moins cette semaine.

Rob afficha un grand sourire. Il n'était jamais aussi heureux que lorsqu'il passait à l'action.

— Bon, alors, je te laisse tranquille. À plus tard.

À 10 h 45, Ottilie frappa à la porte et présenta à Stella une tablette contenant toutes les informations dont elle aurait besoin. Stella étudia les radiographies en les commentant à voix haute à l'intention de l'étudiante.

— Le vrai test, c'est quand on voit le visage de la patiente, rien ne remplace cela. Mais ces clichés montrent que les implants commencent à bien se souder et j'ai bon espoir. Nous devons être très honnêtes quant à notre pronostic, mais en même temps nous pouvons donner à Anna les encouragements dont elle a besoin. Elle a traversé beaucoup d'épreuves pour en arriver là.

Ottilie hocha la tête.

— Je tiens à ce que vous ne montriez pas ces images à Anna ou à l'un de ses proches avant que je ne vous le dise. Anna porte toujours beaucoup d'intérêt aux scanners et aux radiographies, mais nous devons faire particulièrement attention à elle aujourd'hui. Je veux que les informations soient disponibles quand nous en aurons besoin, mais autrement l'écran doit être éteint. Je compte sur vous.

— Merci, j'y veillerai, docteur Parry-Jones.

— Bien. Savez-vous par hasard où se trouve le Dr Franklin ?

— Je crois qu'il est avec le Dr Chamberlain. Voulez-vous que j'aille le chercher ?

— Oui, emmenez-le à la salle d'examen n°3, s'il vous plaît. Je vais voir Anna.

L'infirmière avait déjà administré un analgésique à la jeune femme, ôté les pansements extérieurs et humidifié le tampon intérieur pour qu'on puisse l'enlever sans endommager la zone des greffes. Jess était là, tenant la main de sa compagne.

— Bonjour, Jess. Comment vous sentez-vous aujourd'hui, Anna ?

— Un peu effrayée. C'est le grand jour, pas vrai ?

Elle avait du mal à parler, à cause de l'émotion, mais aussi de l'hypersensibilité de sa mâchoire.

C'était un jour important. Mais pas le seul.

— C'est un long processus, Anna. Aujourd'hui, nous allons voir un peu mieux ce qu'il en est, parce que l'œdème a diminué, mais il faut que tout cela cicatrise.

— Ce sera difficile de se rendre compte, au début, dit Jess. Mais nous devons croire les médecins sur parole, Anna, et nous servir de notre imagination. Cependant, je comprends que tu aies peur, car c'est aussi mon cas.

— Ah, voici le Dr Franklin, dit Stella.

La porte venait de s'ouvrir, laissant apparaître Rob. Il était suivi d'Ottilie qui alla s'asseoir dans un coin de la salle.

Anna le salua d'un signe de la main tandis que Jess se levait et se dirigeait droit vers Ottilie. Les deux jeunes femmes échangèrent quelques mots. Ottilie parut essayer de convaincre Jess de regagner sa place auprès d'Anna. Elle serrait contre elle sa tablette, ôtant à Jess toute possibilité de voir l'écran.

Rob se tourna vers elles.

— Il y a un problème ?

— Non..., dit Ottilie.

— Aucun problème, confirma Jess. Ottilie s'est occupée de nous quand nous attendions dans le salon, le jour où Anna a été opérée. Elle nous a apporté des sandwichs et du café et, plus tard, de la soupe. Elle est restée avec nous et a parlé avec le papa d'Anna du mot croisé qu'il était en train de faire pour essayer de se distraire. Je n'avais pas encore eu l'occasion de la remercier...

— Je n'ai rien dit au sujet de l'opération, coupa Ottilie, le visage en feu.

Elle paraissait visiblement craindre que Rob puisse penser qu'elle avait commis une faute. Stella espérait qu'Ottilie n'avait pas cédé à la tentation de donner aux proches d'Anna des informations, forcément incomplètes et peut-être erronées, sur ce qui se passait au bloc opératoire.

Jess comprit qu'il y avait un problème.

— Ai-je eu tort de demander des nouvelles d'Anna ? Je suis désolée, mais l'attente me pesait vraiment…

Rob intervint.

— Je vous en prie, Jess, ne vous privez pas de poser des questions. J'en aurais le cœur brisé.

Anna se mit à rire et leva le pouce pour féliciter Rob de sa repartie gentiment ironique.

— De toute façon, déclara Jess, Ottilie ne m'a pas répondu quand je l'ai interrogée. Elle a dit qu'elle savait combien cette attente était dure, mais que les seules personnes qui pouvaient nous fournir des informations étaient les chirurgiens en train d'opérer Anna. D'ailleurs la question n'est pas là. Ce que je voulais vraiment dire à Ottilie, c'est que j'étais si inquiète pour Anna que je n'ai même pas pensé à la rembourser de ce qu'elle avait dépensé pour nous apporter à manger.

— C'était très gentil de votre part, Ottilie, dit Rob. Merci.

— Cela ne m'a rien coûté. Je suis allée à la cuisine de l'hôpital, et ils m'ont donné des restes.

Elle se tourna vers Jess et lui sourit.

— Je ne pensais pas que vous vous souviendriez de moi.

Rob haussa les sourcils. Visiblement, il pensait la même chose que Stella. Ottilie avait encore beaucoup à apprendre. Elle avait cherché à réconforter les proches d'Anna alors qu'ils connaissaient l'un des pires moments de leur vie. Il était évident que Jess ne pouvait pas oublier sa gentillesse.

Mais il était temps de s'occuper d'Anna.

— Nous pourrons discuter plus tard, dit Stella. Êtes-vous prête, Anna ?

En guise de réponse, sa patiente leva le pouce. Alors, elle se tourna vers le lavabo et se lava les mains.

Retirer les pansements du visage et du cou d'Anna était une tâche délicate qui devait être faite avec précaution. Et examiner soigneusement ce qu'elle voyait demandait à Stella de faire preuve d'une concentration qui pouvait créer un silence gênant risquant d'amener Anna à s'interroger sur ce qui se passait.

La présence de Rob facilita les choses. Il s'était placé de manière qu'Anna puisse le voir et il lui murmurait des mots d'encouragement pendant que Stella vérifiait l'évolution de la cicatrisation des greffes de peau et le bon alignement de la mâchoire de sa patiente.

— Je suis très satisfaite de vos progrès, Anna, dit-elle enfin. Vous cicatrisez bien, et la forme de votre mâchoire s'est vraiment améliorée.

— Je veux voir, bredouilla Anna.

— Bon, d'accord. Mais rappelez-vous que la peau est encore très décolorée, ce qui est normal. La mâchoire est un peu gonflée, alors ne vous attendez pas à des miracles.

— Laissez-moi voir.

Rob lui souleva doucement la tête et l'aida à s'asseoir tandis que Stella faisait signe à Ottilie de prendre le miroir et de le tenir devant la patiente.

Il y eut un moment de silence, chacun attendant qu'Anna se regarde dans la glace. Stella lui laissa le temps de contempler son image, puis elle commença à lui expliquer avec soin ce qu'elle avait sous les yeux.

— Vous voyez, la forme du côté gauche de votre mâchoire s'harmonise parfaitement avec le côté droit. Comme je vous l'ai dit, les greffes de peau sont décolorées...

Anna l'interrompit d'un geste de la main. Elle avait les yeux pleins de larmes. Stella s'empressa de lui essuyer l'œil gauche afin que la joue ne soit pas mouillée.

— Ce que je vois me ressemble. C'est moi.

Avec des ecchymoses, des œdèmes et un long temps de cicatrisation devant elle, mais Anna avait raison. La forme de son visage évoquait clairement celui de la jeune femme figurant sur les photos prises avant son accident Elles avaient été fournies à Stella par les parents d'Anna et par Jess.

— Magnifique. Tu es magnifique, mon cœur, dit Jess, en pleurs.

Rob lui tendit une boîte de mouchoirs en papier. Stella ne put s'empêcher de lui adresser un petit sourire discret. Le moment qu'ils étaient en train de vivre justifiait les longues heures de travail qui aboutissaient à ce résultat. Et Rob voyait cela, lui aussi. Il comprenait. Tout ce qu'elle avait sacrifié pour atteindre son objectif, les ruptures sentimentales, les petits amis qui n'avaient pas accepté qu'elle se focalise sur son travail... Tout cela n'avait plus aucune importance parce que Rob était là et partageait ce moment avec elle.

Stella avait pris quelques photos pour les mettre dans le dossier et Anna avait passé son téléphone à Ottilie en lui demandant de la prendre en photo avec Jess. Ensuite, Stella avait refait les pansements d'Anna. Elle espérait que la prochaine fois où elle l'examinerait, la cicatrisation serait suffisamment avancée pour qu'il n'y ait plus besoin de mettre des bandages.

Jess s'était encore confondue en remerciements, puis Rob et Ottilie l'avaient emmenée avec Anna dans le petit salon destiné aux patients, où Anna pourrait s'asseoir un moment avant d'être prête à rentrer chez elle.

Stella ne revit pas Rob de la journée. Il lui avait envoyé un texto pour lui dire qu'il l'attendrait en fin d'après-midi dans un café voisin de l'hôpital.

Elle le trouva assis à l'ombre d'un parasol sur la terrasse qui surplombait les rives du fleuve.

— Comment s'est passée ton après-midi ? lui demanda-t-elle en s'asseyant en face de lui.

— Bien. Terrifiante, précisa-t-il en souriant.

— Comment cela ?

— Quand on est entouré d'une trentaine d'étudiants qui ne vous quittent pas des yeux, on a l'impression de se trouver dans un bassin rempli de piranhas.

— N'exagère pas, ils ne vont pas te dévorer, dit-elle en riant.

— Peut-être pas. Mais je dois garder la tête froide, car ils sont tout à fait capables de me vampiriser pour tirer de moi le maximum d'informations. Tu te souviens de l'époque où tu étais étudiante ? On appelait cela la soif d'apprendre.

— C'est ce qu'ils ont montré ?

— Tu aurais été fière de moi en voyant comment j'ai fait face. Oui, ils ont beaucoup appris. J'ai utilisé des bananes.

Elle rit. Elle se rappelait l'époque où, étudiante, elle s'entraînait en faisant des sutures sur des peaux de banane.

— Ils n'ont donc pas des échantillons de peau artificielle ?

— Si, mais je ne les leur donnerai que lorsqu'ils auront parfaitement réussi leurs sutures sur des bananes. C'est un matériel bon marché pour s'entraîner chez soi et, en plus, après, ils peuvent manger la banane, riche en magnésium, en potassium, en vitamine B6…

— De sorte qu'ils seront bien nourris et en pleine forme pour exécuter des sutures parfaites lorsqu'ils seront autorisés à aller au bloc opératoire. Merci beaucoup, Rob.

— J'ai prévu encore un autre exercice pour eux. Je lancerai des ordres, et ils devront se précipiter pour les exécuter tout en évitant soigneusement de se bousculer entre eux. Ces cours ne seront pas obligatoires.

— Tu penses qu'ils attireront les étudiants ?

— Nous verrons bien. J'ai fait une vidéoconférence cette semaine avec Phil et le directeur de l'enseignement universitaire. Et Phil m'a dit « bonne chance ».

— Tu sais ce que cela veut dire dans sa bouche.

La serveuse arriva avec leur commande, un thé pour elle et un deuxième café pour Rob.

— On verra, dit Rob. Je prends le sous-entendu « cela ne marchera jamais » comme un défi.

Il gardait le sourire, mais il y eut dans son regard un éclair d'acier gris-bleu.

— Bon... alors, bonne chance ! Et à part tes cours, qu'as-tu fait d'autre ?

— J'ai effectué quelques courtes interventions au bloc opératoire, car il y avait un manque de personnels. J'ai assisté à une réunion de planification et j'ai remplacé Phil pour faire la tournée de ses patients pendant que lui-même opérait.

— Je vois que tu y es allé doucement pour ton premier jour !

Qu'il ait démarré en trombe ne la surprenait pas. Pour lui, c'était sans doute un rythme tout à fait normal.

— On parle des oreilles ?

Il était déjà passé à autre chose.

— Tu parles de l'oreille d'Anna ? Non, pas maintenant. Et peut-être jamais. Pour l'instant, elle est satisfaite de son oreille telle qu'elle est. Elle a déjà subi suffisamment d'interventions chirurgicales, et il pourrait y en avoir d'autres pour corriger certaines choses.

— Je comprends tes réticences, c'est louable. Il s'agit là d'une réparation assez simple du lobe de l'oreille.

— Et c'est son lobe à elle. Je ne vais pas l'encourager dans un sens ou dans l'autre.

— Tu as raison, bien sûr. Je ferais exactement comme toi, mais malgré tout je ne pourrais pas m'empêcher d'éprouver une certaine frustration à l'idée de ne pas avoir pu faire le maximum pour elle.

Soudain, il fronça les sourcils et but une gorgée de café.

— Mais là je retombe dans mes travers. Je m'étais pourtant juré de ne pas me laisser prendre au piège cette fois-ci.

— Aurais-tu vu les choses de cette façon autrefois ?

— Non, probablement pas. Il faut beaucoup d'énergie mentale pour essayer d'atteindre la perfection dans chaque aspect de sa vie. Il ne reste presque plus de temps pour autre chose.

Il réfléchit un moment.

— Jess voit Anna comme étant déjà parfaite.

— Non. Elle n'a pas besoin de la voir comme parfaite parce qu'elle la trouve belle. C'est différent.

Ayant passé plus de temps que Rob avec Anna et Jess, elle les connaissait mieux que lui.

— Oui, sans doute.

Son air pensif montrait que quelque chose le tracassait.

— Qu'y a-t-il ? demanda-t-elle.

— C'est juste que... Tu vas bien ? Je veux dire, vraiment bien ? Nous sommes en train de bouleverser nos vies respectives... Je suis en train de te déconcentrer...

Ce n'était pas de l'arrogance de sa part. Ils savaient tous les deux l'impact qu'ils avaient l'un sur l'autre. Stella avait toujours choisi de donner la priorité à son travail, et Rob était en train de remettre cela en question. Il se sentait coupable de vouloir tout avoir, et découvrir que c'était là la chose la plus destructrice qui soit le déstabilisait profondément.

— Tout va bien, Rob. C'est un nouveau territoire pour moi, mais tu es chirurgien. Tu comprends la passion que j'ai pour mon métier.

Il hocha la tête, visiblement rassuré.

— Que dirais-tu si nous laissions tomber l'idée d'aller dîner dans un petit restaurant que je connais ?

— Qu'as-tu en tête ?

Il lui prit la main et entrelaça ses doigts avec les siens. La légère pression de son pouce contre la paume de sa main avait quelque chose d'enivrant.

— Prendre le métro pour nous rendre chez toi et sentir nos peaux se toucher.

— C'est une magnifique idée, Rob.

Il rit et fit signe à la serveuse de lui apporter l'addition.

8

Rob avait décidé qu'un vrai rendez-vous où ils feraient des efforts de toilette pour se rendre quelque part constituerait une nouvelle étape dans leur relation. Il avait donc réservé des places de théâtre et acheté un costume. Stella ne quittant jamais son travail de bonne heure le vendredi soir, il se dit qu'il valait mieux prévoir de dîner après le spectacle. Et comme il n'était pas de garde ce week-end, ils pourraient rester au lit le samedi matin et faire la grasse matinée aussi longtemps qu'ils voudraient.

Après s'être douché et changé à l'hôpital, il prit un taxi pour aller chercher Stella chez elle.

Elle l'attendait devant la porte de son immeuble. Quand il la vit, il en eut le souffle coupé. Elle portait une petite robe noire qui mettait en valeur sa chevelure flamboyante et ses yeux verts.

— Tu es absolument magnifique, lui murmura-t-il à l'oreille avant qu'ils ne montent dans le taxi. J'aurais voulu être là quand tu t'es habillée.

— Merci.

Elle n'ajouta rien de plus. Elle semblait un peu soucieuse, mais peut-être était-elle simplement fatiguée.

Quand ils arrivèrent au théâtre, elle sortit son téléphone de son sac et tapa un texto. Lorsque la réponse lui parvint, elle hocha la tête en silence.

La pièce était géniale. Pleine d'esprit et de suspense, avec des costumes et des décors magnifiques. Au moment de l'entracte, alors qu'ils se dirigeaient vers le bar, Stella glissa la main dans son sac et parut essayer d'allumer discrètement son téléphone.

— Arrête-toi là, dit Rob en la prenant par le bras pour l'emmener vers un endroit plus calme. Que se passe-t-il ?

— Rien… rien du tout. Theo Vasilis s'occupe d'une de mes patientes et il m'a dit qu'il m'enverrait un texto s'il y avait du nouveau.

Elle saisit son téléphone, l'alluma et le tendit à Rob.

— Regarde, aucune nouvelle. Voyons si nous pouvons avoir accès au bar en jouant des coudes ?

— Tu veux l'appeler ?

Oui. Elle en brûlait d'envie. Rob le savait parce qu'il s'était trouvé bien souvent dans la même situation qu'elle.

— Non, ce n'est pas la peine, dit-elle. Theo veille sur elle. Je ne m'inquiète jamais pour mes patients quand c'est lui qui en a la charge. Nous avons tous les deux parlé avec le mari de ma patiente après l'opération et j'ai remis à Theo toutes mes notes.

— Pourquoi tiens-tu tellement à suivre cette patiente ?

— C'est une jeune femme qui s'appelle Aarya. Elle avait un kyste dans le cou. Elle avait décidé de se le faire enlever, mais elle a découvert qu'elle était enceinte. Alors, elle a préféré attendre d'avoir accouché. Elle est revenue aujourd'hui pour se faire opérer. Le kyste était assez gros et nécessitait une anesthésie générale.

— Et…

— L'anesthésiste a eu un peu de mal à la stabiliser, juste au moment où j'allais refermer la plaie. Je me suis arrêtée, voulant m'assurer qu'elle allait bien, et nous avons pu ensuite terminer l'intervention. Elle s'est remise de l'anesthésie sans aucun problème.

Aucune opération ne se déroulait en toute sérénité. Stella avait fait tout ce qu'il fallait, mais Rob savait que s'il avait été à sa place, lui aussi aurait préféré rester dans les parages pendant un moment.

Il la prit par le bras et la fit sortir du théâtre. Comme un taxi passait devant eux, il lui fait signe de s'arrêter.

— Emmenez-nous au Thames Hospital, s'il vous plaît, lui dit-il en ouvrant la portière et en poussant Stella à l'intérieur.

— Rob, c'est inutile ! protesta-t-elle tandis que le chauffeur démarrait. Retournons au théâtre pour voir la fin de la pièce !

— Si tu savais combien de fois je me suis trouvé dans une soirée quelque part, alors que je me faisais du souci pour un patient. Je faisais semblant de m'amuser alors qu'en fait j'aurais préféré être à l'hôpital. Kate m'envoyait des regards meurtriers, et je me sentais coupable de ne pas pouvoir être en même temps à deux endroits différents. Je n'ai pas envie de me comporter de cette façon, surtout pas avec toi.

— Je sais qu'elle va s'en sortir, dit Stella, les lèvres crispées.

— Bien sûr ! Mais nous sommes tous des êtres humains. Il arrive qu'on s'inquiète pour un patient et alors on veut être près de lui. De la même façon que nous sommes restés près d'Anna alors qu'en réalité nous ne pouvions rien faire de plus pour elle.

Elle hocha la tête.

— Oui, sans doute. Aarya est venue avec son bébé lors de sa visite préopératoire et elle était superbe. Son mari semblait très inquiet pour elle lorsque nous sommes allés le voir après l'opération. J'imagine que j'avais envie de faire en sorte que tout se passe bien pour eux tous. Je suis désolée, Rob.

— Tu as déjà fait tout ce qu'il fallait pour que cela se passe bien. Et tu n'as pas à t'excuser auprès de moi. Je suis médecin, tu n'as pas oublié ? Je t'ai dit que je ne voulais pas me mettre entre toi et ton travail, et je le pense vraiment. Nous pouvons profiter pleinement du temps que nous passons ensemble parce que nous ne sommes pas constamment tiraillés entre deux exigences.

Stella l'embrassa sur la joue, et la caresse de ses doigts sur son visage le fit frissonner. Sa réaction était peut-être excessive, mais elle redonna le sourire à Stella.

Elle insista pour payer le taxi. Ils entrèrent ensemble dans l'hôpital, ignorant les chuchotements et les regards en coin de ceux qu'ils croisaient, et ils se dirigèrent vers le bureau de Stella. Là, elle ôta son bracelet et passa une blouse blanche sur sa petite robe noire tandis que Rob ôtait veste et cravate et roulait ses manches jusqu'au coude. Après quoi, ils descendirent dans la salle postopératoire. Stella fit signe à un jeune médecin qui se hâta de venir à leur rencontre.

— Nous ne faisons que passer, Theo, dit-elle pour sauver la face, tout en sachant que cela ne tromperait sans doute personne. Comment va Aarya ?

— Bien. J'ai demandé à une infirmière de rester auprès d'elle, mais ce n'était pas vraiment nécessaire. Nous avons permis à son mari de la voir quelques instants, et maintenant il est rentré chez lui. Je pense qu'elle ne dort pas encore. Si vous voulez l'examiner...

— Oui, merci, Theo. J'apprécie vraiment.

Theo hocha la tête. Rob savait que la plupart des chirurgiens passaient en coup de vent dans les salles postopératoires, sans chercher spécialement à examiner les patients. Par sa démarche, Stella avait visiblement gagné l'estime de Theo.

Il fallut un moment pour que les yeux de Rob s'adaptent à la lumière tamisée du box. Aarya était réveillée. Stella s'approcha d'elle, affichant un grand sourire.

— Comment ça va ? Vous avez le cou un peu raide, j'imagine.

Un gros pansement recouvrait une partie du cou d'Aarya.

— Je me sens bien. On m'a donné des comprimés, et je ne souffre pas.

— Tant mieux. Autrement, tout va bien ?

— Oui, j'ai vu Dipak. Je lui ai dit de rentrer à la maison.

— Je parie que votre bébé vous manque.

— C'est la première fois que je me sépare de lui. Croyez-vous que Dipak pourrait me l'amener demain ?

— J'en ferai la demande pour vous. Vous pourrez toujours le voir dans le salon réservé aux visiteurs, mais le personnel du service organisera tout cela. Et vous pourrez bientôt rentrer chez vous. Le mieux que vous ayez à faire maintenant, c'est de dormir pour être en forme demain matin.

Rob sortit du box, prenant avec lui la fiche de la patiente afin de lire les notes et d'en faire un résumé rapide à Stella. Dix minutes plus tard, Stella apparut et lui lança un regard de reproche. Elle lui prit des mains la fiche médicale et alla la remettre en place au pied du lit.

— Tout va bien ? demanda Rob.

— Oui, elle dort, à présent. Que dit sa fiche ? Tout va bien ?

Elle n'avait pu s'empêcher de poser la question.

— Parfaitement. Il n'y a pas lieu de s'inquiéter.

Stella adressa un petit signe d'adieu à Theo et regagna son bureau avec Rob. Elle enleva sa blouse blanche et prit son sac à main pendant que Rob baissait les manches de sa chemise et remettait sa cravate. Ils étaient prêts tous les deux pour attaquer la seconde partie de la soirée.

— Merci, Rob, dit-elle en s'accrochant à son cou pour l'embrasser. J'apprécie vraiment. Et je suis désolée que nous ayons manqué la fin de la pièce...

— Nous pourrons retourner la voir afin de savoir comment elle se termine. Et pour ce qui est de ce soir, nous sommes à l'heure pour profiter de la table que j'ai réservée au restaurant.

Stella l'embrassa de nouveau. Ce rendez-vous se déroulait à merveille parce qu'ils avaient fait l'un et l'autre ce qui leur tenait à cœur, et ils l'avaient fait ensemble.

Soudain, Stella s'écarta de lui.

— Je sens la savonnette, non ?

— Oui, c'est vrai, dit-il en l'embrassant une dernière fois avant d'enfiler sa veste. Mais, tu sais, j'adore cette odeur...

Elle avait passé neuf week-ends parfaits dans la maison de Rob dans le Sussex. Des journées ensoleillées et des nuits chaudes et étouffantes, partagées avec Rob. Stella apportait parfois du travail avec elle. Ils allaient alors s'installer dans la serre transformée en bureau. Rob se plongeait dans ses cours ou dans ses notes de recherche pendant qu'elle examinait les dossiers de ses patients ou répondait à ses messages.

Le samedi soir, ils cuisinaient et dînaient souvent dans le jardin, en regardant le coucher du soleil. Le dimanche, ils exploraient la région qu'ils découvraient ensemble, car Rob n'avait pas encore pris le temps de la visiter.

Et il y avait les baisers et les caresses de Rob, ces nuits torrides où ils assouvissaient tous leurs désirs.

Ce week-end, Rob était déjà en train de charger la voiture lorsqu'elle arriva chez lui. Elle l'embrassa et lui tendit une enveloppe qu'il ouvrit aussitôt. Elle contenait une carte qu'il s'empressa de lire. Un large sourire éclaira son visage.

— C'est vraiment très gentil.

— N'est-ce pas ? Moi aussi, j'ai eu droit à une carte.

Ottilie avait parfaitement réussi ses évaluations de fin de trimestre et elle leur exprimait tous ses remerciements. Ce succès ne les avait pas surpris, car Rob avait rédigé un rapport élogieux sur les travaux pratiques de la jeune femme, mais elle avait obtenu aussi d'excellentes notes pour ses études de cas et d'autres travaux universitaires.

— Elle le mérite, déclara Rob d'un ton satisfait.

— Oui, c'est ce que je lui ai dit. Et aussi que nous étions impatients de travailler de nouveau avec elle.

— Parfait. Je vais aller poser cette carte sur le manteau de la cheminée.

Il disparut dans la maison, et Stella contempla la collection d'objets disparates qui se trouvait dans le coffre de la voiture. Il avait encore le sourire quand il la rejoignit.

— As-tu encore de la place pour trois cartons de plus ? demanda-t-elle.

— Trois ? Où as-tu trouvé trois cartons de livres ?

— J'ai mis un carton vide sur une table dans le hall de mon

immeuble, avec un petit mot disant qu'on pouvait déposer dedans tous les livres dont on ne voulait plus et qu'ils seraient vendus au profit d'un programme d'alphabétisation pour adultes. Le premier carton a été rempli en une journée, et j'ai dû aller en chercher d'autres dans une boutique du quartier.

— Beau succès, dit Rob.

Il l'accompagna jusqu'à sa voiture. Il ouvrit l'un des cartons qui se trouvaient dans le coffre et commença à fouiller dedans.

— Ah, il y a de très bons livres. Je n'ai pas lu celui-ci.

— Remets-le dans le carton, ordonna Stella en lui donnant une petite tape sur la main. Si tu veux l'avoir, tu devras l'acheter, comme tout le monde.

Rob s'exécuta et transporta deux des cartons jusqu'à sa voiture tandis que Stella se chargeait du troisième qu'ils durent mettre sur la banquette arrière, car il n'y avait plus de place dans le coffre.

— As-tu vraiment besoin de tous ces morceaux de bois pour une fête de village ? demanda Stella.

— Oui. Je dois réparer quelques tables et j'ai fabriqué un stand pour Emma, avec un grand tableau où elle pourra épingler des informations sur le programme d'alphabétisation. Je lui ai dit que je passerai la chercher, elle a encore des cartons de livres à transporter.

— Bon, alors j'irai derrière pour qu'elle puisse s'asseoir devant. Mais où est Sophie ?

— Ah... Il faut que je prenne aussi son panier. Elle va vouloir faire une petite sieste. Je devrais peut-être fixer la galerie sur le toit de la voiture.

Ils réussirent finalement à tout mettre dans la voiture et passèrent prendre Emma avant de se rendre au village. Lorsqu'ils arrivèrent sur la grande pelouse qui s'étendait derrière l'église, il y régnait déjà une grande animation. Le stand d'Emma s'ornait d'une enseigne très colorée et disposait de beaucoup de place pour les tracts et les affiches qu'elle avait apportés.

— J'ignorais que vous participiez à un programme d'alphabétisation pour adultes, Emma, dit Stella qui était occupée à écrire les prix des livres à l'intérieur des couvertures.

— Oui, depuis des années. J'ai été professeur, vous savez. On ne cesse jamais de faire ce qu'on aime.

— Quand on est enseignant, peut-être. Mais je ne me vois pas tenir un stand de chirurgie dans une fête de village.

Emma éclata de rire.

— Ce serait nouveau, en effet. Mais Rob semble avoir trouvé comment utiliser ses talents.

Stella se retourna et le vit en train de réparer des tables avec le bois qu'il avait transporté dans le coffre. Il semblait y mettre autant de soin et de concentration que lorsqu'il opérait, même si les outils n'étaient pas les mêmes.

— Il n'était vraiment pas en forme lorsqu'il est venu s'installer ici, continua Emma, pensive. Il s'est passé des mois avant qu'on ne commence à le voir dans le village.

— Oui, je sais.

— Je suis heureuse qu'il vous ait trouvée. Il est grand temps qu'il réintègre le monde.

— Comment était-il quand il est arrivé ici ?

La question pouvait paraître déplacée, mais Emma appréciait beaucoup Rob et se montrait très protectrice envers lui. Et Stella ne résistait pas à l'envie d'en savoir plus.

— Il était dans un état lamentable, très maigre, et il avait l'air d'être épuisé. Il faisait ce qu'on lui demandait, mais il ne prenait aucune initiative.

— Il m'a dit que vous l'aviez sollicité pour faire les courses des gens.

— Oui, c'est vrai. J'ai pensé que cela pourrait lui faire du bien, en lui donnant l'occasion de réussir quelque chose. D'après mon expérience, il arrive souvent qu'on se laisse ronger par un sentiment d'échec et on finit par s'en vouloir pour tout.

— Vous ne m'aviez pas dit que vous étiez détective.

Emma se mit à rire.

— Tous les enseignants doivent jouer les détectives. Vous avez une trentaine de visages devant vous, et peu de temps pour comprendre à qui vous avez affaire. Rob Franklin n'était pas très difficile à cerner.

— Vous êtes très gentille, Emma.

— C'est agréable de voir deux personnes prendre un nouveau départ.

Deux personnes ? Sans doute prenait-elle un nouveau départ, elle aussi, mais son parcours n'avait rien à voir avec ce que Rob avait traversé.

Après avoir consolidé les tables, Rob sortit les parasols de la réserve située derrière la salle paroissiale et en porta un jusqu'au stand d'Emma.

— Dois-je fixer votre parasol, Emma ?

— Oui, merci, Rob. Le soleil commence à chauffer. Je boirais bien quelque chose de frais.

— J'irai vous chercher cela quand j'aurai fini.

— Merci, c'est très gentil. J'ai besoin d'avoir les idées claires, cet après-midi, car Stella et moi nous avons décidé d'être fermes sur les prix avec nos clients. Nous avons besoin d'argent pour acheter du matériel pédagogique pour le programme d'alphabétisation.

Stella allait donc aider Emma sur son stand ? Ce qui voulait dire que s'il voulait la voir aujourd'hui, il devait lui aussi participer à la vente des livres.

— Bon, le parasol est en place, dit-il. Que voulez-vous boire, Emma ? Une orangeade ? Du thé ?

— En fait, je crois que je vais me réfugier dans la salle paroissiale, Rob. Nous avons deux heures devant nous avant que les choses ne commencent sérieusement. Je vais m'offrir une tasse de thé et faire une petite sieste avant d'affronter la foule.

— Elle est vraiment adorable, n'est-ce pas ? murmura Stella en regardant Emma s'éloigner.

— Oui, et très intelligente aussi, approuva Rob.

Il se retourna, soudain conscient de l'agitation qui se produisait autour de la tente où l'on trouvait boissons et pâtisseries diverses. L'une des bénévoles vint vers lui d'un pas précipité.

— Y a-t-il un problème, Cathy ? demanda-t-il.

— Oui, Janice s'est coupée. Pouvez-vous venir la voir ? Elle a sans doute besoin d'un pansement.

— J'y vais. Ma trousse médicale est dans ma voiture.

— Je vais te la chercher, proposa Stella.

Il lui donna les clés de sa voiture et se rendit auprès de Janice. Elle avait été l'une de ses premières patientes quand il était venu s'installer ici comme médecin généraliste. Elle attendait alors son premier enfant. Son petit garçon était assis sur les genoux d'une autre bénévole, à l'autre bout de la tente. Il se rendit compte alors qu'il connaissait le prénom de tous les enfants de la garderie improvisée. La différence entre ses deux jobs, entre ses deux modes de vie, était-elle aussi évidente pour Stella qu'elle l'était pour lui en cet instant ?

Il s'assit en face de Janice et lui sourit. Elle avait un morceau d'essuie-tout enroulé autour de son pouce et, à en juger par son tablier taché, la blessure avait beaucoup saigné ;

— Bonjour, Janice. Comment ça va ?

— Si j'enlève ça, ça va recommencer à saigner.

— Alors, n'y touchez pas pendant encore un moment. Avez-vous la tête qui tourne ? Ou mal au cœur ?

— Non, ça m'a fait un choc, mais je vais bien.

Stella arriva, tenant à la main la trousse médicale de Rob. Elle l'ouvrit et prit une lingette et des gants chirurgicaux qu'elle tendit à Rob. Ils travaillaient en parfaite synchronisation, comme s'ils étaient au bloc opératoire.

Il examina la plaie pour vérifier qu'il n'y avait rien dedans. Stella lui passa une compresse qu'il appliqua sur le pouce de Janice avant de lui tenir la main au-dessus de la tête.

Dix minutes plus tard, la blessure saignait toujours. Cathy

déverrouilla la porte de la cuisine de l'église, et Stella nettoya la table avec un désinfectant avant d'ouvrir la trousse de soins et d'étaler les pansements sur un linge stérile. Pendant ce temps-là, Rob nettoya la plaie et vérifia de nouveau qu'il n'y avait rien dedans, puis il fit deux points de suture et appliqua un pansement stérile sur le pouce.

— Appelez le cabinet lundi et prenez rendez-vous avec moi le lundi suivant pour enlever les points de suture. En attendant, continuez de mettre un pansement sur la blessure et, si vous voyez le moindre signe d'infection, appelez-moi aussitôt.

— Merci. Puis-je retourner donner un coup de main au stand ?

— Vous en avez fait suffisamment aujourd'hui. Allez plutôt profiter de la fête.

Elle sourit et s'en alla. Rob resta seul avec Stella. Ils rangèrent la pièce, jetant dans un sac en plastique tous les déchets laissés par l'intervention.

Soudain, Stella se mit à rire.

— Deux chirurgiens pour quelques points de suture, c'est un peu exagéré, non ?

— Il n'y a jamais trop de chirurgiens, commenta Rob en haussant les épaules. Et puis, ici, je suis médecin généraliste.

— Mais tu es toujours chirurgien. Tu l'as prouvé.

— Je n'ai pas vraiment l'impression de l'être.

— Je crois qu'Anna ne serait pas d'accord. Et moi, je ne le suis pas. E tes étudiants non plus.

— C'est différent. Je connais bien la chirurgie et j'ai encore des compétences. Mais je ne suis pas sûr d'être capable d'opérer tous les jours comme tu le fais.

Stella se laissa tomber sur l'une des chaises de la cuisine.

— De quoi parles-tu ?

— Je peux faire beaucoup de choses, dit-il en s'asseyant à côté d'elle. Transmettre des connaissances, aider à planifier et à réaliser des opérations. Je n'aurais jamais pensé, il y a trois mois, pouvoir en faire autant, et je dois t'en remercier.

— Non. C'est toi que tu dois remercier.

— Peu importe. Dès le début, je t'ai dit que je n'étais pas sûr de pouvoir travailler à plein temps comme chirurgien, et c'est toujours le cas.

Stella prit un air pensif. Il aurait voulu changer de sujet de conversation, mais il savait qu'elle ne lâcherait pas l'affaire.

— Tu penses que tu as laissé tomber les gens ? dit-elle. C'est ça qui t'inquiète ?

— Mais je les ai laissés tomber. J'ai failli à ma tâche. Je n'arrivais pas à me ressaisir…

Elle donna sur la table un coup de poing si violent que le bruit les fit sursauter tous les deux.

— Comment oses-tu dire une chose pareille ! Tu as subi un stress et connu la dépression. Dans ces conditions, personne ne peut se ressaisir. Si tu disais cela à l'un de tes patients, tu aurais de sérieux problèmes. Alors, ne te le dis pas à toi-même !

— Hé, tu es en train de me passer un savon ?

— Absolument ! Parce que je voudrais que tu te rendes compte de tous les progrès que tu as faits ces derniers mois, et je sais que tu peux en faire encore beaucoup.

— Je le vois et j'entends ce que tu dis, Stella. Peut-être devrais-tu continuer à me bousculer.

Si Stella restait avec lui, il commencerait peut-être à se croire capable un jour de prendre le risque d'aller de l'avant sans jamais la laisser tomber.

— C'est un défi que tu me lances ? demanda-t-elle avec un regard malicieux.

— Oui et, je t'en prie, relève-le.

Il se pencha vers elle et lui planta un baiser sur les lèvres.

— Je ne vais pas tout oublier juste parce que tu m'embrasses, dit-elle.

— Non ? Tu es sûre ?

Et il l'embrassa de nouveau. Elle fit semblant de soupirer.

— Bon, nous devons juste reconnaître que, pour l'instant, nous ne sommes pas d'accord.

— Et, en attendant, je vais vendre plus de livres que toi...

— Vraiment ? J'aimerais bien voir cela.

Elle se leva et alla s'asseoir sur ses genoux.

— Je vais faire tout ce que je peux, Rob.

Il n'en demandait pas plus. Peu importe ce que serait l'avenir, du moment qu'elle était là avec lui aujourd'hui.

9

Dans ses pires moments de doute, Stella s'était demandé si tout le bonheur qu'elle avait connu pendant ces trois derniers mois n'avait pas été qu'une illusion. Car la dernière semaine avait été atroce. Horrible, anxiogène... un désastre absolu.

Elle n'avait pas vu Rob, parti assister à une conférence médicale sur les nouvelles techniques chirurgicales. Cela avait eu au moins l'avantage de relâcher un peu la pression qui pesait sur elle. Ou de la faire monter, car elle vivait un moment où elle aurait bien voulu l'avoir auprès d'elle.

Il était prévu qu'elle se rende chez lui le samedi soir. Entre-temps, la situation s'était éclaircie, mais pour autant Stella n'était pas délivrée des questions qu'elle s'était posées tout au long de la semaine.

Elle trouva Rob dans le jardin, en train d'arracher les mauvaises herbes. Dès qu'il la vit, son visage s'illumina. Il retira ses gants de jardin et la serra dans ses bras.

— Tu m'as vraiment manqué.

Mais il vit que quelque chose la préoccupait.

— Tu vas bien ? Tu as l'air d'être fatiguée.

— Je n'ai pas bien dormi ces temps-ci.

— À cause du travail ?

Il lui passa un bras autour des épaules et l'emmena vers la cuisine.

— Non, je...

Elle se laissa tomber sur une chaise. Fallait-il parler à Rob de quelque chose qui aurait pu arriver mais qui ne s'était pas produit ? Oui, parce qu'elle savait exactement comment elle aurait réagi si c'était vraiment arrivé.

Rob lui prépara une tasse de thé qu'il posa devant elle avant de s'asseoir à table.

— Allez, dis-moi ce qui se passe.

— Ce n'est rien, Rob, je t'assure. Mes règles ont commencé ce matin.

— Tu avais du retard ?

— Une semaine. Ce n'est pas beaucoup, mais d'habitude elles arrivent avec une régularité d'horloge.

— Nous avons fait attention.

— Je sais, mais des accidents arrivent.

— Ce n'est pas le cas.

— Non, pas cette fois.

— Tu veux qu'on en parle ?

— Non.

— Tu es sûre ? insista-t-il. Je vois bien que tu es soucieuse. J'aimerais savoir ce qui te tracasse ainsi.

C'était gentil, mais cela ne faisait que rendre les choses plus difficiles encore. Peut-être ne serait-il plus aussi compatissant quand il découvrirait ce qu'elle avait en tête.

Elle devait lui parler. Maintenant. Quelles qu'en soient les conséquences.

— Quand j'ai cru être enceinte, j'ai paniqué. Je me suis dit que ce n'était pas possible, mais… et je me suis demandé ce que je ferais si je l'étais…

— Tu as pris une décision ?

Il gardait son calme, mais son visage fermé montrait qu'il était en proie à une lutte intérieure.

— J'ai décidé que je garderais le bébé. Je le désirais vraiment.

Rob parut visiblement soulagé.

— Tu as fait un test de grossesse ?

— Oui, j'ai finalement eu le courage d'en faire un hier, il était négatif, et j'ai eu mes règles ce matin.

— Je suis désolé, Stella. Même si tu n'as jamais été enceinte, tu l'as cru, et c'est une perte pour toi.

Il la serra dans ses bras. Cette étreinte, l'attention qu'il lui portait, étaient bien réelles. Mais le problème n'était pas là.

— Rob, je... Que se serait-il passé si j'avais été enceinte ?

— Tu n'aurais pas été toute seule, si c'est ce qui t'inquiète. J'aurais toujours été à tes côtés.

C'était tout ce qu'une femme confrontée à une grossesse inattendue rêvait d'entendre, non ? Savoir que l'homme qu'elle aimait ne s'en irait pas si la situation se compliquait. Stella avait fini par faire confiance à Rob, mais elle savait que quelquefois lui-même ne se faisait pas confiance.

— Est-ce que cela t'effraie, Rob ?

— Pourquoi ?

Elle trouva qu'il avait répondu un peu trop vite.

— Un bébé, c'est extraordinaire, poursuivit-il. La chose la plus extraordinaire qui puisse arriver...

— C'est quelqu'un qui dépend complètement de toi. Moi aussi, j'aurais dépendu de toi.

Le visage de Rob s'assombrit.

— Tu penses que je ne serais pas à la hauteur ? Que je ne pourrais pas être un bon père ?

— Mais non ! Je te fais confiance, Rob. La question est de savoir si, toi, tu te fais confiance.

Il n'avait pas la réponse. Il secoua la tête, comme pour chasser ces pensées.

— Cela n'a plus d'importance maintenant, Stella, dit-il doucement. Tu as cru être enceinte, et cela t'a perturbée, je peux le comprendre. Mais c'était une fausse alerte, et nous pouvons aller de l'avant.

Vraiment ? Elle aurait aimé le croire, penser qu'ils pouvaient continuer comme avant, mais elle avait eu un aperçu de ce que l'avenir pouvait leur réserver, et ni l'un ni l'autre n'étaient prêts à l'affronter.

— Nous n'avions pas prévu cela, n'est-ce pas ?

Ils n'avaient rien prévu du tout, préférant vivre au jour le jour, car ils étaient conscients que leurs modes de vie étaient trop différents pour qu'ils puissent faire des projets d'avenir. Mais Stella était tombée amoureuse de Rob et elle avait commencé à rêver que vivre avec lui résoudrait le problème, alors que c'était cela le problème.

— Non, dit-il. Nous devrions peut-être nous montrer plus prudents ?

— Comment ? Nous avons fait attention et, étant médecins, nous savons tous les deux ce qu'est la contraception. La question n'est pas là. Elle est de comprendre que, quoi que nous fassions ensemble, nous devons être capables d'en assumer les conséquences.

— Il y a toujours une solution, quel que soit le problème. Il arrive qu'elle ne soit pas évidente sur le moment...

— La solution est le problème, Rob.

Rob avait craint que Stella ne choisisse ce soir-là de dormir dans la chambre d'amis, mais elle l'avait suivi dans sa chambre. Cependant, s'ils partageaient le même lit, un fossé les séparait. Ils étaient deux ombres qui ne se retrouvaient pas dans l'obscurité.

Il resta longtemps éveillé. Stella avait raison. Ils s'étaient lancés dans une relation dont ils pensaient l'un et l'autre qu'elle ne durerait pas. Ils avaient imaginé partager quelques mois délicieux ensemble et se séparer ensuite en restant bons amis. Mais, contre toute attente, cela s'était passé autrement.

Il réfléchit une bonne partie de la nuit, songeant à toutes les possibilités qui s'offraient à eux, tandis que Stella, sans doute épuisée par une semaine d'angoisse et d'incertitude, dormait à son côté.

Le lendemain matin, il se leva tôt, se doucha et s'habilla avant que Stella ne se réveille. Il sortit dans le jardin, ce qui d'habitude l'apaisait, mais cette errance parmi ses arbres fruitiers ne le calma pas.

Stella le rejoignit une heure plus tard. Elle essaya de lui sourire. Pourtant, il devina qu'elle avait dû se réveiller en pleurant.

Il fallait mettre un terme à tout cela. Il ne supportait pas de la voir souffrir. Il l'invita à le suivre dans la cuisine et mit en marche la machine à café.

— J'ai réfléchi à ce que tu as dit hier, commença-t-il. Es-tu toujours dans le même état d'esprit ?

Il posa devant elle une tasse de café et s'assit.

— Je n'ai rien à ajouter, Rob, dit-elle en avalant une gorgée du breuvage brûlant.

Il n'avait rien à ajouter non plus. La perspective d'être responsable du bonheur de Stella le terrifiait. S'ils devaient rompre, il le ferait de la meilleure façon possible.

— Tu as eu le courage de dire ce que tous deux nous savions depuis le début. Il est temps maintenant pour nous de l'accepter. Mais sache que tu auras toujours une place dans mon cœur, et je serai toujours là pour toi quand tu auras besoin d'un ami.

Une larme roula sur la joue de Stella.

— J'apprécie ta loyauté. Moi aussi, j'espère que nous pourrons rester amis.

— Sans toi, je n'aurais jamais évolué comme je l'ai fait au cours de ces dernières semaines. Tu es venue ici, tu m'as sorti de l'ornière et tu m'as montré que je pouvais à nouveau aller de l'avant. Tu mérites d'être heureuse et je n'ai aucun regret, Stella.

Sauf de lui avoir fait de la peine. Et de savoir que, en le quittant, elle emportait avec elle le soleil qui avait illuminé sa vie durant ces derniers mois. Il avait toute une liste de regrets dont il ne lui parlerait jamais.

— Moi non plus, dit-elle. Rompre est la meilleure chose à faire, n'est-ce pas ?

Elle lui donnait une dernière chance. Mais à quoi bon la saisir ?

Cela ne changerait rien, si ce n'était repousser ce moment si douloureux de la séparation.

— Oui, la meilleure. Je suis désolé.

Elle se leva, prit un morceau d'essuie-tout et se moucha. Soudain, elle avait retrouvé des gestes vifs et une attitude professionnelle.

— J'espère que tu ne vas pas faire de bêtise, n'est-ce pas ? Quitter ton job à l'hôpital, je veux dire...

Il y avait sérieusement songé, mais les mots de Stella rendaient la chose impossible.

— Je ne compte pas y renoncer. À moins que cela ne te mette mal à l'aise,

— Non ! De toute façon, nous ne nous voyons presque pas dans la journée.

Ce n'était pas tout à fait vrai, mais il prit cela pour un conseil, celui de garder ses distances avec elle. Cela faciliterait sans doute les choses.

— Et si nous nous croisons par hasard dans les couloirs, nous nous comporterons comme deux bons amis, n'est-ce pas ?

— Oui, comme des amis. Cela me plairait.

À lui aussi, même s'il ne pensait pas en être capable avant un certain temps.

Stella consulta sa montre.

— Il faut que j'y aille.

Pas encore. Il voulait la garder encore quelques instants.

— Prends au moins un petit déjeuner, proposa-t-il. La route est longue pour rentrer à Londres.

— Je m'arrêterai en route. Si j'arrive à l'autoroute avant 9 heures, j'éviterai les bouchons.

— Emporte au moins un café. Tu remettras la tasse dans mon casier.

— D'accord. Merci.

Pendant qu'elle montait à l'étage rassembler ses affaires, il lui prépara un café, puis l'accompagna jusqu'à sa voiture.

— Au revoir, Stella. Fais bon voyage.

Aujourd'hui, et durant toute ta vie. Sois heureuse.

Elle lui sourit et prit la tasse qu'il lui tendait. Elle la mit dans le porte-gobelet et, après avoir attaché sa ceinture de sécurité, elle démarra.

Il regarda la voiture s'éloigner lentement dans l'allée avant de disparaître. Il rentra alors dans la maison et se jeta sur le canapé du salon, avec l'impression d'avoir organisé lui-même son exécution.

Sophie quitta sa place habituelle devant la cheminée pour venir se blottir contre son cou.

— Ne t'inquiète pas, Sophie. Je ne vais pas m'en aller

Il sentit une larme rouler sur sa joue, puis une autre. Il y avait bien longtemps qu'il n'avait pas pleuré. C'était une impression étrange. Stella l'avait arraché à l'insensibilité désespérée dans laquelle il s'était enfermé pendant trois ans. Elle avait fait renaître en lui des sentiments. D'abord les meilleurs, et maintenant les pires. C'était le dernier cadeau qu'elle lui avait fait.

10

C'était bizarre. Alors que Stella pensait que personne n'était au courant de sa relation avec Rob, tout le monde semblait savoir que c'était terminé. Elle avait réussi à ne jamais pleurer à l'hôpital, attendant pour cela d'être à la maison.

Elle n'avait pas revu Rob depuis deux semaines. Il avait tenu promesse, et elle lui en était reconnaissante.

Bien qu'elle n'ait aucune envie de sortir ni de parler à quiconque, elle avait accepté l'invitation de sa mère qui l'avait conviée au déjeuner du dimanche.

Son père l'accueillit sur le pas de la porte.

— Ma chérie ! dit-il en la serrant dans ses bras. Nous avons des nouvelles pour toi.

— Attends au moins qu'elle soit entrée, Edward ! protesta sa femme qui apparut derrière lui. Et moi aussi je veux un câlin.

— De quelles nouvelles s'agit-il, papa ?

Comme il ne pouvait pas s'agir de Rob, cela l'aiderait au moins à ne pas penser à lui pendant un moment.

Ce fut l'agitation habituelle pour savoir ce qu'on boirait et si on s'installait dehors ou dedans. Finalement, il fut décidé d'ouvrir une bouteille de vin blanc qui serait dégustée dans le patio.

Avisant l'étiquette, Stella constata qu'il s'agissait d'un vin très cher, le préféré de son père. Il le gardait pour les grandes occasions.

— Est-ce que Jamie et Chloe doivent venir ? demanda-t-elle.

— C'était prévu, mais ils ont tous attrapé le même virus.

Son frère et sa sœur habitaient l'un près de l'autre, et les deux familles se voyaient souvent. Rien d'étonnant à ce qu'ils se soient tous contaminés.

— Ils vont bien ?

— Oui, répondit sa mère. Ton père a insisté pour faire une consultation par vidéo. Il voulait passer chez eux, mais je lui ai dit qu'ils avaient déjà vu un médecin et qu'ils n'avaient pas besoin d'en voir un autre.

— Elle a raison, papa. Et tu ne voudrais pas contaminer tout l'hôpital, pas vrai ?

— C'est ce que m'a dit ta mère. Mais, en ce moment, je suis en vacances.

— Vraiment ? Vous n'allez pas dans le Norfolk en septembre, comme d'habitude ?

— Tu vas devoir le lui dire, Edward...

— Me dire quoi ?

— Nous avons acheté un cottage, déclara sa mère, trouvant sans doute que son mari tardait trop à lâcher la nouvelle. Dans le Norfolk.

— Mais c'est génial ! Vous pourrez y aller avec Jamie ou Chloe et passer du temps avec les enfants.

— Nous irons, c'est sûr, et toi aussi. Tout le monde doit prendre des vacances de temps en temps. Souviens-toi, nous passions un mois tous ensemble là-bas quand tu étais petite.

Elle s'en souvenait. Son père les rejoignait pendant deux semaines qui étaient pour elle les deux plus belles semaines de l'année.

— Il est grand comment, ce cottage, maman ?

Son père, occupé à servir le vin, sourit et poussa devant elle une enveloppe. À l'intérieur, elle trouva un document fourni par une agence immobilière, avec des photos et des plans de la maison.

— Mais c'est énorme ! Et magnifique... Il doit y avoir au moins cinq chambres.

— Six. Et chacune a sa salle de bains.

— Vous n'allez pas déménager là-bas ?

— Non, pas pour le moment. Je suis encore retenu par mon travail.

Ce cottage ferait une merveilleuse résidence secondaire, mais s'il devait n'être occupé que deux semaines par an auxquelles s'ajouteraient quelques séjours ponctuels de Jamie et de Chloe, cela semblait un peu démesuré.

— Je ne comprends pas.

— C'est que j'ai beaucoup réfléchi ces deux dernières années. J'ai consacré presque tout mon temps à mon travail quand vous étiez petits et maintenant je le regrette. C'est trop tard pour rattraper cela, mais pas pour changer. J'ai une femme extraordinaire, trois merveilleux enfants et quatre beaux petits-enfants. Je veux qu'ils aient un endroit qu'ils considèrent comme leur maison.

— Mais… Jamie et Chloe sont au courant ?

— En fait, l'idée vient d'eux. Ils parlaient d'acquérir quelque chose où leurs deux familles pourraient passer les vacances et les week-ends ensemble, mais ils n'en ont pas les moyens. Jamie m'a montré des brochures émanant d'agences immobilières, alors j'ai proposé à ta mère d'aller passer là-bas un long week-end avec moi.

— Ce fut un week-end formidable, n'est-ce pas, Edward ? dit sa femme, le visage rayonnant. C'était juste avant Noël et il faisait très froid, mais nous avons eu le coup de foudre pour ce cottage dès que nous l'avons vu. Et ton père s'est agenouillé devant moi et m'a fait sa demande.

— Vous nous auriez donc caché quelque chose, maman ?

Son père se mit à rire tandis que sa mère levait les yeux au ciel.

— Non, bien sûr que non. Il a été très honnête avec moi la première fois où il m'a demandé de l'épouser. Je savais exactement à quoi m'attendre. Cette fois, il m'a proposé de vivre tout à fait différemment, et j'ai accepté.

Elle leva la main, exhibant une bague qu'elle portait sur le même doigt que son alliance.

— Elle est superbe ! Très bon choix, papa.

— Nous avons fait une petite cérémonie sur la plage, juste nous deux, et nous avons prononcé de nouvelles promesses, expliqua sa mère en souriant.

— Ensuite, nous sommes rentrés à l'hôtel pour nous réchauffer. Je ne savais pas si c'étaient des grêlons qui tombaient à l'horizontale, ou bien la mer qui gelait.

— C'était très beau, Edward. Exactement ce que je voulais.

Stella n'avait jamais douté de l'amour qui unissait ses parents. Mais il y avait là quelque chose de nouveau, un avenir différent et lumineux qui s'offrait à eux.

— Je suis si heureuse pour vous deux, dit-elle. Et tu vas moins travailler, papa ?

— J'ai négocié avec l'hôpital, et nous sommes tombés d'accord. Je travaille treize jours par mois, ce qui suffira pour me permettre de me tenir au courant des choses et de transmettre mon expérience à ceux qui me succéderont quand je partirai en retraite. Ce sera dans cinq ans. J'espère que tu viendras passer des week-ends avec nous quand tu auras le temps. Le Norfolk n'est qu'à deux heures de Londres par le train.

— Je viendrai. Mais je continue d'apprendre, papa, tu le sais.

— Et cela a bien changé depuis l'époque où je faisais mes études de médecine. J'ai assisté à une conférence, l'autre semaine, et j'ai participé à une table ronde sur l'équilibre entre vie privée et vie professionnelle. Il y avait là des gens qui avaient des approches très différentes de la place à donner au travail. Notamment un type victime d'un *burn-out* il y a trois ans qui avait vu son mariage se briser et avait dû démissionner de son poste.

Stella frissonna. S'agissait-il d'une coïncidence ? Mais c'était le genre de débat qui pouvait avoir attiré Rob. Elle n'osa pas poser la question.

— Il a expliqué que cela lui avait pris du temps, mais qu'il avait compris récemment qu'il pouvait avoir de nouveau un avenir, à la fois personnel et professionnel. Il a dit qu'il avait appris cela de la plus dure des façons, mais qu'il sentait qu'il avait… comment a-t-il dit cela… trouvé sa place.

— Cela ne marche pas pour tout le monde, papa. Quelle était la spécialité de cet homme-là ?

Son père haussa les épaules.

— Dans ce genre de réunion, on s'appelle par nos prénoms et on n'est pas censé dire d'où l'on vient, même si j'ai reconnu quelques visages. L'anonymat facilite les confidences.

Rob avait trouvé quel chemin il devait suivre. Il lui avait parlé sincèrement, mais elle ne l'avait pas écouté, pensant qu'il exprimait ce qu'il croyait devoir lui dire et non ce qu'il pensait vraiment.

— Stella ? Ma chérie, qu'y a-t-il ? dit son père en la regardant fixement.

Elle sentit des larmes couler sur ses joues.

— C'est juste que… je suis tellement…

Faisant le tour de la table, sa mère vint la serrer dans ses bras.

— Nous ne voulions pas te faire de peine, Stella. Simplement partager cette nouvelle avec toi.

— Je sais. Et je suis contente pour vous. J'adorerais voir cette maison.

— Bien sûr, dit sa mère. Nous avons signé la vente la semaine dernière. Ce cottage est à nous, maintenant.

— Peut-être aimerais-tu choisir ta propre chambre ?

— Merci, cela me plairait beaucoup.

Elle prit le mouchoir que lui tendait sa mère et s'essuya les yeux. Le temps était venu qu'elle prenne l'une des décisions les plus importantes de sa vie et, soudain, elle sentit qu'elle avait retrouvé toute sa force.

— Maman, papa, je propose qu'on porte un toast, dit-elle en levant son verre. Aux nouveaux commencements, quels qu'ils soient.

Le lundi, elle se sentit mieux, car elle avait commencé à sentir qu'elle avait divers choix devant elle, et non pas l'obligation de suivre le seul chemin qu'elle avait pris jusqu'à présent. Peut-être que jeudi elle aurait le courage de demander à Rob s'il voulait prendre un café avec elle.

Elle travailla tard, ce lundi, et elle arriva chez elle à 20 heures.

Soudain, elle le vit. Rob était assis sur les marches devant son immeuble, les coudes appuyés sur les genoux. Dès qu'il l'aperçut, il se leva et l'attendit.

C'était trop tôt. Elle n'avait pas encore trouvé ce qu'elle voulait lui dire. Elle s'arrêta devant lui, évitant de le regarder en face.

— Je suis venu pour te parler, Stella. Tu veux bien m'écouter ?

— Oui.

L'ascenseur étant en panne, elle prit l'escalier, suivie de Rob. Elle le monta à toute vitesse et arriva un peu essoufflée devant sa porte. Elle invita son compagnon à entrer, se demandant si tout était bien rangé chez elle. Mais il n'était pas venu pour inspecter l'appartement.

— Veux-tu du thé ? proposa-t-elle.

— Oui, avec plaisir. Merci.

Jamais ils ne s'étaient montrés aussi polis l'un envers l'autre. Elle avait envie d'autre chose, comme le punir pour l'avoir blessée, ou peut-être tout oublier et faire l'amour avec lui.

Il la suivit dans la cuisine, et elle lui fit signe de s'asseoir pendant qu'elle préparait le thé. Quand il fut prêt, elle le lui servit et s'assit en face de lui. Maintenant, c'était à Rob de jouer.

Il sortit de sa poche un petit écrin sur lequel était inscrit en lettres d'or le nom d'un des meilleurs bijoutiers de Londres.

— Qu'est-ce que c'est, Rob ?

— Tu le sais. Et ce n'est pas négociable. C'est une chose sur laquelle je ne ferai pas de compromis.

— Ai-je mon mot à dire ?

— Tu as toujours ton mot à dire sur tout. Mais tu dois savoir que je ne peux pas cesser de t'aimer, Stella.

C'était énorme. Mais elle avait l'habitude des gros enjeux et elle pouvait y faire face.

— Qu'est-ce qui est négociable, Rob ?

— Tout le reste. Je t'ai laissée partir parce que j'avais peur. J'ai laissé tomber beaucoup de gens et je ne pensais pas avoir suffisamment changé pour ne pas te laisser tomber, toi aussi. Mais j'avais oublié une chose très importante. Ce qu'il y a entre nous est bien réel. Je ne te laisserai pas tomber, parce que cela m'est impossible.

C'était tout ce qu'elle voulait entendre.

— Je ne peux pas cesser de t'aimer, Rob. Même si cela ne me convient pas.

Il éclata de rire.

— Je suis donc un inconvénient pour toi ?

— Non ! Mais nous devons reconnaître tous les deux que nous avons des vies très différentes. Je t'en prie, dis-moi que tu as un plan…

— Aucun. Ce que nous avons maintenant est largement suffisant pour le moment. Nous pourrons passer les jeudis et les vendredis ensemble à Londres et les samedis et les dimanches dans le Sussex. Nous réfléchirons ensuite à une solution à long terme. Je pourrais m'installer à Londres.

— Et abandonner ta magnifique maison ? Non, Rob. Elle fait partie de toi. Mais le Sussex a des hôpitaux, et les hôpitaux ont besoin de chirurgiens.

— Nous verrons. Il est clair qu'il reste des choses à négocier.

Leurs regards se croisèrent. Stella sut que la question la plus importante allait venir.

— Pour ce qui est d'avoir des enfants, continua-t-il, ce sera à toi de décider. Si tu veux être mère, peut-être alors pourrai-je relever le défi d'être un père au foyer.

— Je tiens à participer, moi aussi. Crois-tu que j'aie l'intention de rater les premiers pas et les genoux écorchés ? De me priver de faire un câlin à mes enfants lorsque je les coucherai le soir après leur avoir raconté une histoire ?

L'expression du visage de Rob disait clairement qu'il désirait autant qu'elle fonder une famille.

— Là encore, il faudra négocier.

— Bien sûr, dit-elle. Je partagerai avec toi les genoux écorchés si tu partages avec moi les couches sales. On s'arrangera.

Elle lui saisit les mains.

— Est-ce qu'on y arrivera, Rob ? Est-ce vraiment possible ?

— Mais oui ! Il suffit que tu dises oui.

Il tendit la main vers l'écrin, mais Stella s'en empara la première et l'ouvrit. À l'intérieur, elle découvrit une bague sertie de cinq diamants.

— Rob, elle est magnifique !

Il prit la bague et s'agenouilla devant elle.

— Je ne peux pas tout te promettre, Stella, mais ensemble nous sommes capables de tout. Veux-tu m'épouser ?

— Oui, Rob, je t'aime tellement ! Et j'ai hâte de découvrir tout ce que nous pourrons faire ensemble.

Il lui prit la main gauche pour lui passer la bague à l'annulaire. Elle s'accrocha à son cou et l'embrassa.

— Peux-tu rester ici ce soir ?

— Oui, je suis en congé demain et mercredi. Je m'étais dit que j'aurais besoin de deux jours pour te convaincre si jamais tu me repoussais ce soir.

— Je n'aurais jamais pu faire une chose pareille. Tu es lié à moi, désormais, quoi qu'il arrive. Si les choses deviennent difficiles, nous trouverons une solution ensemble.

— Je sais, mais je t'aime pour l'avoir dit, murmura-t-il en l'embrassant de nouveau. Que veux-tu faire maintenant, Stella ?

— J'hésite entre deux options. Parler avec toi de nos projets d'avenir ou bien d'abord faire l'amour.

— Si nous commencions par aller dîner ? Nous aurons ensuite toute la nuit pour faire l'amour. Si nous sommes ensemble, les projets viendront d'eux-mêmes. Qu'en dis-tu ?

— J'en dis que c'est merveilleux. Tout simplement magnifique.

Épilogue

Aujourd'hui était un grand jour. Un chapiteau avait été dressé dehors, et la maison était plus belle que jamais. La cuisine regorgeait de victuailles qui attendaient d'être transportées à l'extérieur. Et ils étaient en retard.

— Le réveil n'a pas sonné ? dit Stella en se frottant les yeux.

— Hein ? Non, probablement pas, répondit Rob. Si tu allais prendre ta douche la première ?

— Ah, tu veux rester au lit cinq minutes de plus !

— Mais non. J'ai besoin d'avoir une conversation d'homme à homme avant que nous quittions la maison...

Il se leva et se dirigea vers le berceau pour prendre Daniel dans ses bras.

Voir ensemble son superbe mari et leur magnifique bébé de six mois était un spectacle dont Stella ne se lasserait jamais.

— Bon, dit-elle, je vais prendre ma douche et m'habiller. Pendant ce temps-là, tu pourras expliquer à Daniel ce qu'on attend de lui aujourd'hui.

Rob lui sourit.

— Les bébés sont censés pleurer lors de leur baptême, non ?

— Il fera ce qu'il veut, tu ne peux rien lui imposer.

Ils avaient échafaudé bien des plans au cours des deux dernières années. Ils avaient rapidement abandonné l'idée de devenir tous les deux médecins généralistes, ainsi que le projet de Rob de s'installer à Londres. Ils étaient trop attachés l'un et l'autre à la maison du Sussex.

Finalement, les opportunités s'étaient présentées d'elles-mêmes. Stella était enceinte lorsqu'il lui avait été proposé de diriger le service de chirurgie reconstructrice d'un hôpital du Sussex. La direction avait accepté qu'elle ne prenne son poste qu'après la naissance du bébé.

Rob allait un jour par semaine à Londres et consacrait le reste de son temps à l'enseignement et à la recherche. Une grande partie de son travail s'effectuait dans la serre qui contenait désormais deux bureaux.

Daniel avait les yeux bleu-gris de son père et la détermination de sa mère. Il avait beaucoup d'exigences, mais les satisfaire était pour ses parents la tâche la plus gratifiante qu'ils avaient entreprise ensemble. Un jour par semaine, ils confiaient leur fils aux parents de Stella, ce qui donnait l'occasion à son grand-père maternel de vivre ce qu'il avait raté avec ses propres enfants.

C'était une vie bien remplie qui nécessitait de l'organisation et des solutions originales. Mais les moments passés en famille et ceux qu'ils se réservaient pour eux deux faisaient partie du plan et en constituaient même la base.

Ils étaient presque prêts, à présent. Tout en se coiffant, Stella vérifia qu'ils n'avaient rien oublié.

— Le châle de baptême ?

C'était un châle blanc en dentelles dans lequel Rob avait été baptisé et que ses parents leur avaient prêté.

— Il est dans le sac. Je le sortirai dès que nous verrons ma mère à l'horizon.

— Le programme de la cérémonie ?

— Il y en a deux exemplaires dans ton sac à main.

— Ah… Et les invités ?

— Ils se débrouilleront. Nous avons plus de nourriture qu'il n'en faut, et le chapiteau en cas de pluie.

— Bien, on peut y aller, maintenant.

Ils quittèrent la maison en toute hâte et prirent le sentier qui descendait vers le village. Le baptême de Daniel devait se dérouler très simplement. La plupart des invités avaient laissé leur voiture à l'entrée du bourg et étaient allés à pied jusqu'à l'église, comme le voulait l'une des plus anciennes traditions de la région.

Les parents de Stella les attendaient derrière la gare, discutant au soleil avec les deux sœurs de Rob. Daniel passa des bras de son père à ceux de son grand-père, ravi de porter le bébé.

Alors qu'ils se dirigeaient vers l'église, ils virent les parents de Rob venir de l'autre côté. Les autres membres de leurs familles respectives étaient déjà rassemblés autour de l'édifice. Des habitants du village arrivaient de toutes parts. Phil et Liz Chamberlain étaient là, écoutant Emma qui semblait leur expliquer l'architecture de la vieille église.

— Cette journée est parfaite, non ? murmura Rob.

Stella jeta un coup d'œil vers la foule où se côtoyaient leurs familles et leurs amis.

— Je ne vois pas comment ce pourrait être mieux, dit-elle en souriant.

— Je le pense aussi. Ce qui est drôle, c'est de voir que si on accepte le fait qu'on ne peut pas tout avoir...

— ... c'est là qu'on découvre soudain qu'on a tout ce qu'on désire ? compléta Stella en le gratifiant d'un sourire.

Ils avaient découvert cette vérité dès les premiers jours de leur mariage. Rob s'arrêta et, la prenant par les épaules, il posa un baiser sur ses lèvres. Cette journée était en train de correspondre à tout ce que Stella en avait attendu.

« Le premier jour du reste de nos vies. » Rob lui avait dit cela le jour de leur mariage, et l'avait souvent répété par la suite.

— Qu'est-ce que cette journée va nous apporter ? dit-il.

Le même bonheur que celui qu'ils connaissaient jour après jour.

— Attendons de voir, Rob. Il suffit d'attendre et nous verrons bien.